张恨水散文全集
小月旦

张恨水 / 著

時代文藝出版社

图书在版编目（CIP）数据

小月旦 / 张恨水 著. —长春：时代文艺出版社，2015.8
（张恨水散文全集）

ISBN 978-7-5387-4326-5

Ⅰ.①小… Ⅱ.①张… Ⅲ.①散文集－中国－现代 Ⅳ.①I266

中国版本图书馆CIP数据核字（2015）第056043号

出 品 人　陈　琛
产品总监　郭力家
责任编辑　王默涵
装帧设计　孙　利
排版制作　吴　桐

本书著作权、版式和装帧设计受国际版权公约和中华人民共和国著作权法保护
本书所有文字、图片和示意图等专有使用权为时代文艺出版社所有
未事先获得时代文艺出版社许可
本书的任何部分不得以图表、电子、影印、缩拍、录音和其他任何手段
进行复制和转载，违者必究

张恨水散文全集
小月旦

张恨水 著

出版发行 / 时代文艺出版社
地址 / 长春市泰来街1825号　时代文艺出版社　邮编 / 130011
总编办 / 0431-86012927　发行部 / 0431-86012957　北京开发部 / 010-63108163
网址 / www.shidaicn.com
印刷 / 三河市万龙印装有限公司
开本 / 710mm×1000mm　1 / 16　字数 / 305千字　印张 / 21.25
版次 / 2015年8月第1版　印次 / 2015年8月第1次印刷　定价 / 68.00元

图书如有印装错误　请寄回印厂调换

闲适冲淡与家国情怀

——张恨水散文札记

谢家顺

对于自己的散文创作，张恨水有两次提及，一次是写于1944年五十寿辰的《总答谢》："不才写了三十四年的小说，日子自不算少，其累计将到百来种，约莫一千四五百万字"，"关于散文，那是因我职业关系，每日必在报上载若干字"，"朋友也替我算过，平均以每年十五万字计算，二十六年的记者生涯，约莫是四百万字。"① 另一次是写于1949年的《写作生涯回忆》："我平生所写的散文，虽没有小说多，当年我在重庆五十岁，朋友替我估计，我编过副刊和新闻二十年，平均每日写五百字的散文，这累积数也是可观的。"② "对散文我有两个主张，一是言之有物，也就是意识是正确的（自己看来如此），二是取径冲淡。小品文本来可分两条路径，一条是辛辣的，一条是冲淡的，正如词一样，一条路是豪放的，一条路是婉约的。对这两条路，并不能加以轩轾，只是看作者自己的喜好。有人说辛辣的好写，冲淡的难写，那也不尽然。辛辣的写不好，是一团茅草火，说完就完。冲淡的写不好，是一盆冷水，教人尝不出滋味。"③

以上文字，一说自己散文创作数量，一表达自己的散文主张，是张恨水生前仅有的关于散文创作的自述文字。这对研究他的创作成就而言，益发显得珍贵。

---

① 张恨水《写作生涯回忆·总答谢——并自我检讨》，重庆《新民报》，1944年5月20日至22日。

② 张恨水《写作生涯回忆·上下古今谈》，北平《新民报》，1949年2月4日。

③ 张恨水《写作生涯回忆·散文》，北平《新民报》，1949年2月5日。

较之小说创作，张恨水散文创作贯穿于他写作生涯始终，与他的思想性格、感情心态、生活阅历有着更为直接的联系，因而加强其散文研究，将具有透视作家心灵世界、观照作家创作思想的直接意义。

一、张恨水散文分期

早期（1912年—1919年）

张恨水少年时代，即受过严格的散文读写训练，十二岁那年，在两个月内，模仿《聊斋》《东莱博议》笔法作文，完成论文十余篇，其中文言习作《管仲论》颇得（萧）先生和父亲的赞赏。

真正开始散文写作，约在他十九岁那年秋天。他流落汉口，替一家小报写填补空白的稿子，并开始以恨水为笔名发表文章，这些稿子，除诗词外，也包括小品随笔和散文游记。

1916年冬，二十一岁的张恨水回故乡自修期间，在写小说的同时，写作题为《桂窗零草》的笔记，这是张恨水较正规的笔记散文。

1917年春，张恨水应郝耕仁之邀作燕赵之游。这是一次半途而废的旅行，虽旅途艰辛，却开阔了张恨水的眼界，促使他写了一部长篇游记《半途记》。这段流浪生活对张恨水的创作影响很大，"一来和郝君盘旋很久，练就了写快文章。二来他是个正式记者，经了这次旅行，大家收住野马的心，各入正途，我也就开始做新闻记者了"。

1918年至1919年，张恨水在安徽芜湖《皖江日报》工作期间，还曾负责两个短评栏和一版副刊的编辑工作，除写长篇小说外，还写"小说闲评"之类的论评式散文。

以上这些散文，因年代久远，或文稿丢失或报刊散佚，我们已无法见到，尤其是《桂窗零草》和《半途记》。

丰硕期（1919年—1938年）

张恨水开始大量写作各类散文，是在1919年秋到北京以后至1923年，这期间他任北京《益世报》助理编辑、芜湖《工商日报》驻京记者，以撰写通讯为主。直至1924年5月、1925年2月，他先后主编北京《世界晚报》副刊《夜光》、《世界日报》副刊《明珠》，张恨水的散文进入第一个密集发表期。长期新闻工作的锻炼，使张恨水成为一位阅历丰富、才思敏捷、注重纪实、面向社会的散文作家。

1934年5月，张恨水首次西北之行，创作了系列游记散文《西游小记》，内容反映了当时西北地区的民生疾苦。1936年他自办《南京人报》，自编副刊《南华经》并写了大量散文。

全盛期（1938年—1949年）

这一时期张恨水的散文创作贯穿于他在《新民报》工作的全过程。1938年1月，张恨水到达重庆即被陈铭德聘为《新民报》主笔兼副刊主编。自1月15日起，在副刊《最后关头》连续发表《忆南京》系列散文、《杏花时节忆江南》等多篇散文及大量杂感；特别是1941年12月1日至1945年12月3日开设《上下古今谈》专栏，张恨水每日一篇，累计发表杂文一千多篇，字数达百万字，这些是张恨水杂文的代表作。值得一提的是，这一时期，张恨水还结集出版了仅有的两本散文集《水浒人物论赞》与《山窗小品》。此外，张恨水又连续发表了回忆北京、南京的系列散文《两都赋》，以及《蓉行杂感》《华阳小影》等系列散文。这些作品的发表，体现了张恨水在抗战时期的散文创作已呈全面丰收的态势。

抗战胜利后，张恨水除主持北平《新民报》工作外，还以副刊《北海》为园地笔耕不辍，先后有《东行小简》《还乡小品》《北平的春天》《山城回忆录》《文坛撼树录》等系列散文问世，以及大量杂感、杂谈发表。

晚期（1949年—1963年）

1949年1月至2月13日，长篇回忆录《写作生涯回忆》在北平《新民报》连载。1955年夏，病后的张恨水南行皖沪等地，创作的中篇游记《京沪旅行杂志》于当年9月在香港《大公报》发表。1956年春末夏初，张恨水应邀参加由全国文联组织的作家、艺术家赴西北参观旅行活动，并写作游记《西北行》在上海《新闻日报》发表，这些散文，叙写了西北地区面貌的变化并抒发了作者由衷的喜悦之情。这一时期，张恨水还创作了一些描述首都北京风光的游记散文。直至1963年，张恨水应全国政协《文史资料》编辑部之邀，写作长篇回忆录《我的创作和生活》。

张恨水一生到底创作了多少散文？迄今为止，我们尚无法做出具体回答，只能做一个粗略的估计，有人对他已发表的散文作品进行过估算，其文字总量在六百万字左右，其中半数以上是新闻性散文，在中国现代新闻史上具有一定的价值；文艺性散文约两百万字，两千多篇，数量之多，在现代散文史上也属于屈指可数的丰产者之一[1]。

二、张恨水散文特点

张恨水的散文作品，就其性质而言，可以将其粗略划分为新闻性散文和文艺性散文。限于篇幅，笔者在此仅就其文艺性散文作一评介。

（一）杂感文

这类散文在张恨水散文创作中比重最大。从二十世纪二十年代至四十年代，写作杂文近三十年，创作数量大、延续时间长，与作家长期担任报纸主笔副刊主编有关。这种随写随发的杂感散文，取材广泛，选题随意，关注社会人生，反映现实生活，反应快速敏捷，议叙海阔天空，形式不拘一格，笔锋多趣微讽。题材几乎触及政治、经济、道德、文化以及世态、人情、风物、习俗等社会生活的各个方面。

早在二十世纪二十年代，张恨水作为一个编辑和记者就主张新闻自由。他认为报纸应敢于讲真话，敢于为人民呼吁，直言不讳，揭露社会黑暗。如1928年"济南惨案"时，张恨水在《世界日报》副刊上连续发表了《耻与日人共事》《亡国的经验》《学越王呢学大王呢？》《中国不会亡

---

[1] 董康成，徐传礼《闲话张恨水》，黄山书社，1987年版，第195页。

国——敬告野心之国民》等一系列文章,揭露了日本帝国主义者的侵略罪行,表达了与日本帝国主义战斗到底的决心。又如《我主张有官荒》对当时的官场黑暗进行了揭露;《无话可说的五卅纪念》表达了作者对北洋军阀政府镇压学生运动的愤慨、对学生爱国行为的赞颂之情。

抗战时期,要在报刊上讲真话极其困难,国民党当局对陪都重庆报纸的检查十分严格,他的不少杂文被书报检查官剪掉、抽稿、开"天窗"。他主编的《最后关头》,也不得不改名为《上下古今谈》。张恨水谈到这一专栏时曾说:"上至宇宙之大,下至苍蝇之微,我都愿意说一说。其实,这里所谓大小也者,我全是逃避现实的说法。在重庆新闻检查的时候,稍微有正确性的文字,除了'登不出来',而写作的本人,安全是可虑的。"①而在实际中,张恨水一方面要揭露黑暗现实,另一方面要不被当局抓辫子,保全自己。他采取多种多样的手法,将鲜明的战斗性与巧妙的灵活性有机结合,将历史与现实巧妙结合,以古讽今;将普通科学常识与社会问题巧妙结合,以此喻彼。比如通过谈贾似道的半闲堂,影射孔公馆;通过谈杨贵妃,暗示夫人之流;通过谈和珅,提到大贪污;通过说雾,提到重庆政治的污浊;通过讲淮南王鸡犬升天的传说,影射权贵们狗坐飞机的事。声东击西,含沙射影,既击中贵要的要害,又使之无可奈何。

这些杂感文,或借鉴历史,以古讽今借题发挥,或以此喻彼运用对比,或以甲衬乙,形式生动活泼,短小精悍,往往一事一议,平易晓畅,适应不同阶层读者的阅读需求。

(二)小品文

这类散文包括两个部分,其一是对文艺作品、文艺体裁、文艺思潮和文艺流派等进行评论和考证的专著和专文;其二是自己作品的序跋、创作经历的回忆和创作经验的漫谈等。

在第一类中,结集出版的有《水浒人物论赞》,散篇发表的有《长

---

① 张恨水《写作生涯回忆·上下古今谈》,人民文学出版社,1982年版,第68页。

篇与短篇》《短篇之起法》《水浒地理正误》《〈玉梨魂〉价值堕落之原因》《小说考证》《中国小说之起源》《旧诗人努力不够》《著作不一定代表人格》《泛论章回小说匠》《北望斋诗谈》《武侠小说在下层社会》《〈儿女英雄传〉的背景》《章回小说的变迁》《文化入超》《在〈茶馆〉座谈会上的发言》等。这些文章选题面宽,论述范围广,议论引经据典,博古通今,叙议结合,寓渊博的学识与丰富的艺术体验于随笔浅谈之中,反映了张恨水在各个历史时期的历史观和文艺观,其中不乏真知灼见。

在第二类中,主要作品有《春明外史》的前序、后序、续序,《金粉世家·自序》《剑胆琴心·自序》《啼笑因缘·作者自序》《作完〈啼笑因缘〉后的说话》《新斩鬼传·自序》《八十一梦·前记》《水浒新传》的原序、新序等,以及一些专门介绍作者自己创作经历的文章,如《我的小说过程》《总答谢——并自我检讨》《写作生涯回忆》《我的创作和生活》等。这些文章,或介绍和评述自己的作品,或回忆自己的写作与生活,均能实事求是,毫无某些文人自吹自擂的恶习,写得谦虚谨慎,诚挚感人。同时也表现了他自强不息、奋斗不已的精神追求,这些文章是我们当今研究张恨水创作道路、文艺观形成的第一手材料。

这些小品类散文包括抒情写景、纪游记事、怀古咏史的小品文和游记等。早期习作《桂窗零草》《半途记》是其开端,二十世纪三十年代的《西游小记》《白门十记》,四十年代的《华阳小影》,五十年代的《南游杂志》《春游颐和园》《西北行》等都是其中的佳作。其抒情写景散文代表作是抗战时期创作并结集出版的《山窗小品》,这本散文出版后颇受好评,曾再版多次。

张恨水的小品文取径冲淡、清新洁雅、隽永多趣,具有较强的知识性和可读性。究其源,一方面,受中国古代散文"言之有物""文以明道"思想影响,对散文取实用态度;另一方面,可上溯魏晋南北朝散文,直接继承和发扬了明清两代小品文朴质冲淡的艺术风格,主张散文风格冲淡平和，在意境创造、抒写情趣、驾驭语言等方面都达到了很高的水平。这类散文有写名胜古迹、名山大川的，但更多的是写人们时常所忽视的身边小景、生活中细小的琐事。他的《山窗小品》里的六十二篇短文"乃是就眼前小事物，随感随书"而成，虽称小品，但内容大都撷拾重庆乡间的寻常风物着笔，如珊瑚子、金银花、小紫菊等山间花草，禾雀、斑鸠与雄鸡一类乡野动物，以及卖茶人、吴旅长、农家两老弟兄等寻常人物，或描述其仪容姿态、行为举止，比拟绝伦且刻画逼肖，可谓传神写照，文风沉郁浅淡，从平常习见的事物中发掘诗意，富有生活气息，读来亲切感人。展读《路旁卖茶人》《吴旅长》诸篇，感觉历史情境并不久远，山窗风物虽平常，家国忧思犹在肩。

与《山窗小品》连载的同时，是《两都赋》，共二十六篇，其时张恨水任职重庆《新民报》，居住在重庆郊区南温泉三间茅屋之中，面对家破国亡的现实，对于曾经居住的北平、南京，不禁悠然神往，以忆旧笔法，采取日常清谈式白话行文，回忆南北两旧都的旧时巷陌、市井人流，间有斜阳草树、断井残垣的历史沧桑寄寓其中。凡北平之琉璃厂、陶然亭，松柴烤肉、大碗凉茶，南京之中山陵、鸡鸣寺，椒盐花生、铺子烧饼，乃至杨柳、梧桐类树木，均流于作者笔端，处处充满诗情画意，清淡秀雅之中透露出闲情逸致，并在每文文末，将闲适灵动的笔锋一转，时有哀伤叹惋、言近旨远意旨流出，家国前途之忧思、个人身世之飘零，深得杜甫沉郁苍凉之气韵，不尽之意趣与无限之惆怅兼而得之。

两者相较，《两都赋》白话行文，《山窗小品》文言写就，虽文笔取径及描绘对象不同，但其中蕴含的一片抗日救国之心、一腔家国情怀却历历可见。

《西游小记》是作者西行的一组游记，文中尽数描述了所游历地区的地理状貌、文物古迹、风土人情，同时还融合了丰富的历史文化知识、历朝历代的掌故以及作者浓厚的人文关怀，是游记散文的经典之作。

综观张恨水的散文创作，他写在二十世纪二十年代的散文显得有些单薄，三、四十年代的作品则走向丰满和成熟，而五十年代则显得力不从心，行文枯涩生硬，缺少情趣。

张恨水执着于小说创作而又青睐散文，固然是记者的职业需要，但更深刻的原因却在于他的根深蒂固的中国传统文学观念。传统文学观念轻小说而重散文，张恨水是一位旧文学根底极深的文人，自然难以避免这种观念的影响。也许正是传统观念影响加之中国古代散文（特别是明清笔记小品）的艺术熏陶，才使作家养成了特别看重散文、欣赏散文，并勤于写作散文的习惯，由此形成了一种闲适冲淡中寓家国情怀的独特散文风格。

基于此，我们研究张恨水时，理应不能忽视对张恨水散文的搜集、整理与研究。

（谢家顺：池州学院中文系教授，安徽省张恨水研究会副会长。）

张恨水散文全集

目录

小月旦

- 王法与小太监 …… 003
- 安水心不能做青天大老爷 …… 003
- 不嫌玻璃盏大 …… 004
- 油匠担子往上跷　缸罐担子往下跷 …… 004
- 卖去年的历书 …… 005
- 罗曼·罗兰的几句话 …… 006
- 崇效寺看牡丹 …… 006
- 一个三匾担一个匾担三 …… 007
- 知道了 …… 007
- 第二回以后不问政治 …… 008
- 大总统令别来无恙 …… 009
- 同行是冤家 …… 009
- 时局像放花盒子 …… 010
- 国人没有想到梁启超 …… 011
- 哀海上小说家毕倚虹 …… 011
- 无话可说的五卅纪念 …… 012
- 干者人情避闪者不可测也 …… 013
- 红楼梦中三侍儿 …… 013

岂但纲纪荡然 …………………… 014
我主张有官荒 …………………… 015
还谈得到过节吗 ………………… 015
端午节不吃肉的感想 …………… 016
岂但北京将化为灾城 …………… 017
不吃饭的风头主义 ……………… 017
推翻一首神童诗 ………………… 018
章孤桐穷得卖字乎 ……………… 019
呜呼女明星之权威 ……………… 019
提倡外货和一身穿 ……………… 020
成功也不过几亩田 ……………… 021
你们打扑克罢 …………………… 021
当局不会支配眼睛 ……………… 022
我有做院秘书长的才具？ ……… 022
不适用茶酒店掌柜态度 ………… 023
叫卖文虎章 ……………………… 024
不发表主张为妙 ………………… 024
出门勿认货
　　——主张尽管有 …………… 025
风庭星光下之一点禅思 ………… 026
靳云鹗闭户读《孟子》 ………… 026
间接喝秽水 ……………………… 027
这是恭维孔夫子 ………………… 028
未盖新屋不可毁旧屋 …………… 028
战场上的和平福音 ……………… 029
人到无求品自高 ………………… 030
难得麻木 ………………………… 030
供兔儿爷及其他 ………………… 031
中国人是应该专门对内的 ……… 032
看戏何如听戏好 ………………… 032

目录

做哪行不妨骂哪行 …………………… 033
映电影的时局 ………………………… 034
流着眼泪说 …………………………… 034
举世不复须注意圣人矣 ……………… 035
女学生的装饰问题 …………………… 036
若要人心足　除非黄土筑 …………… 037
天似乎没祸中国 ……………………… 037
有感于小说家之疑案 ………………… 038
武官不要钱文官不怕死 ……………… 039
罗刹国岂无璧人耶 …………………… 039
知音非可求而得也 …………………… 040
张飞放着一把火　李逵打倒一堵壁 …… 040
报费有无多少不论 …………………… 041
越穷越闹越穷 ………………………… 042
白话文里的典雅派 …………………… 042
瞧你的 ………………………………… 043
望低处看 ……………………………… 044
为女子 ………………………………… 044
灶神的嘴恐怕粘不住 ………………… 045
算不了什么英雄好汉 ………………… 046
庙里有鼓也无 ………………………… 046
总而言之跌价罢了 …………………… 047
读了卫生令以后 ……………………… 048
吴佩孚沿途乞食 ……………………… 048
这两口死尸古来就有 ………………… 049
投机与识时务
　　——罪言之一 …………………… 050
脱帽与换帽 …………………………… 050
欲念战胜了一切
　　——罪言之二 …………………… 051

希望不自然之成长
　　——罪言之三 ······ 052
一条讨厌的狗
　　——罪言之四 ······ 052
为什么不做官 ······ 053
送火腿挨骂 ······ 054
香国与人肉作坊欤 ······ 054
一味地向前 ······ 055
长衫友人 ······ 056
一了百了 ······ 056
外人消息宣告破产 ······ 057
空手入世界 ······ 057
劝业场一炬焦土 ······ 058
脚踏两边船 ······ 059
兔儿爷的价值 ······ 059
死人臭 ······ 060
十二字诀 ······ 060
被眼瞒 ······ 061
节关不住人 ······ 061
过来了 ······ 062
同情非偶然 ······ 062
不了解吃饭问题 ······ 063
劝不醒村牛木马 ······ 063
真个用咱不用咱 ······ 064
暗香疏影 ······ 064
百忍堂 ······ 065
又饱又暖胜似做官 ······ 065
写在雷声下 ······ 066
供给因需要而起吗 ······ 066
少爷之写真 ······ 067

诗与非诗	068
骡车走沥青油马路	068
丢了打狗棍	069
雅而不通	069
识货不在比	070
既吃鱼又避腥	070
为酬答主顾起见	071
差得太远	071
乐意过不文明的日子	072
天与穷人为难	073
何难何易	073
两个车夫之言	074
天亦忍矣	074
北京城里三样好	075
和尚通告就职	075
读了中央公园记	076
送寒衣	076
爱当家	077
墙壁开放	078
戏与真	078
穷凑付	079
不做官而先存坏心	079
为新明戏院惜蒲伯英	080
伙计都快活	080
报纸和老鸦一般	081
头痛不能医头	082
优待学生	082
破坏与建设	083
花柳大夫	083
越穷越没有	084

心不死 …… 084

小三天 …… 085

拼命人可怕 …… 086

男女社交私开 …… 086

爆竹声 …… 087

字母地名 …… 088

赴邮局者留心扒手 …… 088

封箱大吉 …… 089

吉祥新戏 …… 090

一分行情一分货 …… 090

替人发愁 …… 091

不反任何守教 …… 092

第三种水 …… 092

诸事不宜 …… 093

耻与日本共事
——柯老先生有骨子 …… 093

亡国的经验 …… 094

六月还能纪念东邻 …… 095

日货家家有 …… 095

各是其是 …… 096

你且看他 …… 096

吊黎元洪 …… 097

这相思苦尽甘来 …… 098

至少也是瞎说 …… 098

外人方面消息减少 …… 099

望勿太深 进勿太烈 …… 099

何责乎裁缝落布 …… 100

我只有痛哭 …… 100

瞧我吧 …… 101

幻境勿想得太完备 …… 102

低下去罢	102
蒋锄欧邹鲁	103
大城人大吃大菜	103
健者不健矣	104
想起过素节	105
取消公理战胜碑	105
狗性不变	106
打倒虱多不痒	106
转到笔底下	107
何必怕说做官	108
赶不上了	108
靠天吃饭	109
回到中华民国去	109
吃饭问题	110
一家哭一路哭	110
候补道万能	111
这是和平门罢	112
谁该让让	112
我来做和我来做好	113
中山服应用中国布	113
注意天安门外清洁 ——别让那儿成了露天厕所	114
人到穷途迷信多	114
何必怕迁都	115
十分红处便成灰	116
丝毫不放松	116
向下看	117
来打倒粪阀	118
打倒水阀	118
北平要长衫朋友帮忙	119

带发修行 …………………………… 120
明天雇辆汽车来
　　——中山公园门口偶成 …………… 120
要有路挖古墓 ……………………… 121
不能躺着吃喝 ……………………… 121
瓦片也靠不住 ……………………… 122
你也来了 …………………………… 123
灾官太太的话 ……………………… 123
不宜称本平 ………………………… 124
废娼不在表面 ……………………… 124
怪可怜的 …………………………… 125
市面穷 ……………………………… 126
车夫是分利的 ……………………… 126
绝交罢 ……………………………… 127
狗血与神兵 ………………………… 128
焦德海下天桥了 …………………… 128
朽木不可雕也 ……………………… 129
市政第一步 ………………………… 130
大休息室 …………………………… 130
呻而无病 …………………………… 131
赋得越穷越没有 …………………… 131
读书运动与运动读书 ……………… 132
拉主顾去 …………………………… 132
兔犹如此　人何以堪 ……………… 133
是谁替我们分了家 ………………… 134
昔日如彼　今日如此 ……………… 134
葬在圆明园 ………………………… 135
一盒子来　一盒子去 ……………… 136
电灯断火问题 ……………………… 136

新华门旁一面破旗 ······ 137
青年守寡不旌奖 ······ 138
护城河应该洗刷一下 ······ 138
红煤要成燕窝了 ······ 139
琴无弦瑟无柱 ······ 139
枳无止敌无木 ······ 140
居然容纳了两件事 ······ 141
就医难 ······ 141
到失业之路 ······ 142
去年今日的小月旦 ······ 143
卫生局与当街便溺 ······ 143
电灯又断火了 ······ 144
玩得腻了 ······ 145
嗜好三定理 ······ 145
亡命进步 ······ 146
为吃饭而努力 ······ 146
说谎价 ······ 147
要不要彩牌坊 ······ 148
浸透了的 ······ 148
中南海开放以后 ······ 149
小心门户
　　——君子之道大行 ······ 150
征女友 ······ 150
廉价租售 ······ 151
多言何益 ······ 151
注意冷来了 ······ 152
别用外国字缩写法 ······ 152
非罚电灯公司不可 ······ 153
打倒月老 ······ 154

庆贺千秋	154
有饭一家吃	155
肃静回避	156
赌咒	156
不成问题之问题	
——打倒马褂	157
欢迎飞机	157
优待花柳	158
难免要钱	159
感情用事	159
两个人口中的雪	160
老段穷不穷	160
吟风弄月罢	161
亲爱的	161
莲花应作杭州市花	162
忘了这个爱字吧	162
为什么用阳历呢？	163
两件小事的主张	163
磕头乎	164
不算命便唱大鼓	164
打倒半夜敲门心不惊	165
卫生局成绩零分以下	166
本性难移	166
煤渣平马路	167
庙中神签问题	167
平等的爱	168
我怎能变块顽石	169
没有学曹瞒的勇气	169
非钱不行	170
与木石居　与鹿豕游	171

记者有不逢汉武之感	171
完了罢	172
真个谦受益吗？	172
怎样处黄金时代	173
人不求人一样大	173
妻的人选	174
夫的人选	175
利害与是非	175
好人政府的好人呢？	176
女子的名字	177
谈爱莫忘做人	177
钱与信义	178
好汉不论出身低	178
中国好譬一条大鲸鱼	179
强迫之镇静	180
干等着罢	180
谁能学求雨的和尚	181
西瓜皮	181
政治与婚姻	182
莫乱打孔家店	183
哪里能怪天	
——电灯电话自来水全坏原因	183
拼得不值	184
出份子	184
怨天	185
令人想起冯玉祥	186
铁路两边的树	186
社会新闻	187
什么玩意儿	
——和平门洞口的茅厕	187

清查户口 ………………………………… 188
这就叫市自治吗？ ……………………… 189
禁止大车通行 …………………………… 189
戏园子应废旧历 ………………………… 190
到哪处找出一个是来 …………………… 190
人亦剃其头 ……………………………… 191
拳打中三路 ……………………………… 192
平津驰名的无名者 ……………………… 192
最小的市自治 …………………………… 193
好譬踢球 ………………………………… 194
要钱的艺术 ……………………………… 194
象嘴里长狗牙 …………………………… 195
呜呼平市电灯 …………………………… 195
圣旨下跪 ………………………………… 196
所贵乎标语者 …………………………… 197
坐汽车与骂汽车 ………………………… 197
亲生女儿告娘 …………………………… 198
公益捐要官派 …………………………… 199
装糊涂的是聪明人 ……………………… 199
游艺会赞 ………………………………… 200
妙 ………………………………………… 200
阴历废除得了吗？ ……………………… 201
以待来年 ………………………………… 202

小世说

北大之母
　　——儒行之一 ……………………… 205
李家寨
　　——儒行之二 ……………………… 205

章士钊不读《红楼梦》
　　——儒行之四 …… 206
罗家伦精于牙科
　　——儒行之五 …… 207
鲁迅之单人舞
　　——儒行之八 …… 208
刘半农迫学汉隶
　　——儒行之九 …… 208
蒋梦麟闻捷戒纸烟
　　——儒行之十 …… 209
李大钊之死
　　——儒行之十一 …… 210
陈独秀之新夫人 …… 211
林损以姨为母 …… 212
诗人杨云史 …… 212
曲典吴梅 …… 213
复旦之校宝 …… 214
洪宪事物 …… 215
洪宪事物 …… 216
都督名称之变 …… 216
顾鳌薛大可 …… 217
辫子兵 …… 218
小扇子徐树铮 …… 219
张敬尧祝寿去湘 …… 220
张宗昌供养两父 …… 220

艺林珠玑

不通联语偶谈（一） …… 225

不通楹联偶谈（二） …………………… 225
热心之红娘 ………………………………… 226
拘谨不好　放浪也不好 …………………… 227
白话旧体诗 ………………………………… 227
文言之妙用 ………………………………… 228
胡适新作的旧诗 …………………………… 229
诗与散文之别在行列
　　——有诗一首为证 …………………… 229
曹雪芹　高兰墅 …………………………… 230
金圣叹与毛奇龄 …………………………… 231
项羽 ………………………………………… 232
桃花扇
　　——恭维之反面 ……………………… 233
辞达而已矣 ………………………………… 234

上画随笔

恨水先生津浦道中一封书 ………………… 237
张恨水先生来函 …………………………… 238
技击余谭（一）
　　——盘肠战士 ………………………… 238
技击余谭
　　——盘肠战士 ………………………… 239
张恨水启事 ………………………………… 240
旧京俏皮话诀 ……………………………… 240
旧京刻本小说涨价胡圣人多少负点责任 … 244
张恨水之新居与新著
　　——与逸芬书 ………………………… 245

丹翁赐联"年少妙文宜上画，名家
　　小说重吾宗"，愧不敢当，诗以谢之 … 246
恨水先生抵平后来书 …… 246
旧年怀旧（一） …… 247

杂感

菩萨较佛如何？ …… 251
有猴儿自有紧箍儿咒 …… 251
女孩儿家恁响喉咙 …… 252
还是两头大罢 …… 252
家常便饭的民意 …… 253
群兽的大会议 …… 254
失恋只有一死吗？ …… 255
几句小引 …… 256
民意和名义 …… 256
不要紧 …… 257
阳历毒月过去了 …… 257
"者"化教育 …… 258
茶点了事！ …… 258
花子拾金不宜久演 …… 259
大家都为护腰运动我为林孔唐呼冤 … 260
廉耻道丧 …… 260
我主张有官荒 …… 261
没有法办，就该滚蛋 …… 261
谁的责任 …… 262
关着门做买卖 …… 263
君子国 …… 264
爱当夹板风味 …… 264

我只是图着什么来 …… 265
作文不可乱改 …… 265
保定好开封好武昌更好 …… 266
抱杨树兜洗澡 …… 267
熬到长胡子就好了 …… 267
狗咬你，你也咬狗吗 …… 268
要钱做什么 …… 268
无话说逼出迎年诗 …… 269
关于两封怪信 …… 269
又要马儿不吃草 …… 270
旧年怀旧（一） …… 270
旧年怀旧（二） …… 271
旧年怀旧（三） …… 272
情波（一） …… 272
情波（二） …… 273
几句上场白（一） …… 274
几句上场白（二） …… 274
白费三副眼泪 …… 275
谈谈国产女明星的面孔 …… 276
生活程度 …… 277
七个字 …… 278
关于杨贵妃之故事 …… 279
江山情重美人轻
　　——为杨贵妃呼冤 …… 280
贫不必炫亦不必隐 …… 281
有力才谈理 …… 282
怎样替我们的鼻子保险 …… 283
只要有羊肉包饺子吃就得了 …… 283
打倒窑子 …… 284
恋爱上六个疑问 …… 286

瞧灯去	288
北平的马路	289
作诗与哭穷	290
百忙里写几句	291
创造与不了解	292
霸王别姬	293
将毋同	294
反孔子主义	295
有纯阳的有纯阴的也有名阴而实阳的	296
信口开河	297
到民间去	298
洒松香火	299
替北京天文台吐一口气	300
向墓中去	301
咏北京	302
风都可以往北	302
吉人自有天相	303
热中之不亦快哉（一）	303
热中之不亦快哉（二）	304
从军乐	305
无我主义	305
叶楚伧当当	306
认定几个字做去	307
无法安贫　焉能知命	307
梦中得诗	310
我的一个戏迷儿子	311

小月旦

王法与小太监

我尝见京戏中之法门寺矣。刘瑾谓赵廉曰好一个大胆的眉坞知县……你眼中还有王法吗？这话可又说回来了，你眼中没有王法，还有咱家吗？其语毕，小太监遂亦曰：这话可又说回来了，你眼中既没有千岁爷，还有我吗？吾初观之，颇以为其语不伦。至今思之，其语亦自有理。盖王法者，千古来皆私有之物。刘瑾既为明室之权臣，且曾自曰：明是君臣，暗如手脚一般。则人之无王法，自是无刘瑾，无刘瑾，自是无小太监，反言以明之，眼中无小太监，便是无王法也。

观此剧，令人深痛君王时代之专制。吾何幸生于今日，而得为共和之民。

（原载于1926年5月1日《世界晚报·夜光·小月旦》）

安水心不能做青天大老爷

开源莫如节流，谋善莫如改过，尝试莫如守成。

宋范仲淹整顿吏治，将班簿上之不才监司，一笔勾之，盖免之也。富弼见之曰：一笔勾去，一家哭矣。范曰：一家哭，何如一路哭耶？范之言，固为痛快，富之言，亦属人情，故好官皆有好心，而有好心不必尽为好官，盖人才与道德究为两事也。《儿女英雄传》中之安水心，不能不谓是好人，而却做不成好官。彼贾府中"世事洞明皆学问，人情练达即文章"之句，宝二爷视为俗不可耐，岂其然哉？故安水心如不得罪河漕大人，其能做一任青天大老爷到底，亦无所不信耳。

（原载于1926年5月2日《世界晚报·夜光·小月旦》）

不嫌玻璃盏大

近来得小暇，恒以浏览《西厢》为乐。灯下开《赖婚》一折，辄谈莺莺为古今第一情种子。读甜水令云：还有甚相见话偏多？星眼朦胧，檀口嗟咨，攧窨不过，这席面真乃乌合。予即不免怃然长叹，更读折桂令云：你嫌玻璃盏大，从因我，酒上心来较可。你而今烦恼犹闲可，你久后思量怎奈何？予读至此，予诚欲效作圣叹语，久久伏地，不敢仰视。予虽姓张，予乃不名君瑞。使予而为张君瑞，予必不嫌玻璃盏大，当如鲸吸海，一饮而尽。盖人而坐于乌合之席上，山珍海馐，皆为苦药，惟有酒上心来较可也。

今之烦恼，虽曰犹闲可，而久后思量，实有不忍思者。刘伶醉而携铲，乃曰死便埋我，其为真能不嫌玻璃盏大之人也哉！

（原载于1926年5月3日《世界晚报·夜光·小月旦》）

油匠担子往上跷　缸罐担子往下跷

我们乡下有一句话，挑缸罐的匾担往上跷（读作上声）挑油桶的匾担往下跷，各有各的窍。这话虽在可解不可解之间，但是由兴而比也的例子看起来，很有道理。何以呢？挑缸罐的怕担子碰地，所以要往上跷，挑油桶的怕摇，所以要往下跷，这里面确乎各有各的窍。如其不然，缸罐担子匾担往下跷，油桶担子匾担望上跷，那就要闹乱子了。

惟其如此，所以美国的政治，不能搬到英国，英国的政治，不能搬到法国。就一国言，也是这样。西南的政治，不适用于东南，东南的政治，不适用于西北，何以？各有各的窍呀！再切实些说：在汉口的议员，不愿谈护法；在北京的议员，不愿谈护宪。你若强之，就是要油匠匾担往上跷，缸罐贩子匾担往下跷了。乌能望其依允哉？

(原载于1926年5月4日《世界晚报·夜光·小月旦》)

卖去年的历书

江西老表有一句俗话，三十晚上卖门神花笺（桃符也）那是最后五分钟了。相传有一个卖花笺的，到了三十晚上，还剩下许多，丧气得很，就不管了。第二年要过年穷得很，他老婆说：不要紧去年的花笺，我还留着呢，于是拿出来卖，大赚其钱。对门的王大哥每到年边，是卖历书的，王大嫂聪明不过，一学就会。她偷偷儿地收起一大半历书来。明年过年，王大哥也穷得很。王大嫂说：不要紧，我还和你留着许多历书呢。便搬了出来。王大哥打了她个耳刮子，骂道：好东西，去年的历书，今年来卖，你还算学来的呢！

现在的事，就是这样，人家早新鲜过去了的事，还要拿出来奇货可居。这是将去年的历书留着卖，也够得上王大哥两个耳刮子了。

(原载于1926年5月5日《世界晚报·夜光·小月旦》)

罗曼·罗兰的几句话

近日以来,新文化运动家谈罗曼·罗兰者甚嚣尘上。特刊专论风起云涌,似兴味极浓者。《世界日报》副刊波光亦发表席尔士君讲演一文,批评罗氏一切思想事迹,井井有条,颇多趣兴。中含数语,足可为专事漫骂争惊虚名之新文化运动巨子作一忠告。席尔士君之言曰:"欧战开始后数月,(罗曼·罗兰)作一书曰《战场之天空》。在书中,他说:'在这一年中我的仇敌增加多了,我只有一句要说,就是他们可以恨我,但是他们不能教我去恨人'。"意颇浅明,毋庸费词。愿新文化运动家,对于罗氏之言行,即推崇矣;罗氏之艺术,即研究矣;第恐对此寥寥数语,未免作东风吹马耳也。

(原载于1926年5月6日《世界晚报·夜光·小月旦》)

崇效寺看牡丹

牡丹花开了,到白纸坊崇效寺去看牡丹,这是一件最时髦的玩意儿。其实为了看牡丹而到崇效寺去的,那不过极少极少数,一半都是去赶热闹罢了。这种赶热闹的人,按着中国事事不外三的习惯,应有三种。

(一)阔人和阔人的家属,他们吃了饭,老是没事做,专门想着如何消遣。

(二)住闲的主儿,手头又还有两文儿,到处逛逛,混混日子。

（三）到京来的旅客，采风问俗，听说哪里有花头，就往哪里去。

若说为了牡丹去看牡丹，那大概是文学家艺术家的事，北京有多少呢？这种消遣的地方愈多，愈可看到北京有钱的闲人不少。由这上面慢慢去推测，北京之为北京多少可以知道一点了。

（原载于1926年5月7日《世界晚报·夜光·小月旦》）

一个三匾担一个匾担三

我乡下有一个笑话，很可以影射世事。有一个和事佬从甲村走到了乙村。有人问道：调停得怎样了？和事佬说，难！公说公有理，婆说婆有理。另外有一个老头儿说：哈哈！你不会办事。要是我呢，有理的三匾担，无理的匾担三。你不要瞧这老头子此话不通，要知道天下事没有始终是非不明的，若是真弄到是非不明，那就是各有理各也没有理了。

今日的时局，也是如此。无论什么人，不能一下个断论，说那方面真是，或那方面真非。所以真正有大公无我的人出来，只有给他们一个教训，一个三匾担，一个匾担三。

（原载于1926年5月8日《世界晚报·夜光·小月旦》）

知 道 了

王士珍老将军，为北洋一龙，这是人人知道的。但是此老的淡泊公正，还不过尔尔，他的滑稽，却是不可及。在老辈中寻去，除了王湘绮、吴稚晖而外，不能不算此老。

他的滑稽史，据我所知，有以下几件。有人当面称他是龙，他说龙字下应该添个耳字。有人欢迎他上台，他问：明年怎样欢送我呢？军事委员和各大机关，欢宴卢永祥，他说：我这会儿说起来只有惭愧，就请大家吃杯惭愧酒。这却是痛快可喜的话。最近他回信给人，却只用三个字，知道了。

知道了。妙乎不妙？钦此，原来从前御旨上常用的话，难道此老还想试一试皇帝口吻？我想不然。所谓知道了者，是不便表示意见的意思，不能反对，也不能赞同，不过知道有这事罢了。扩而充之，政局知道了，天下事知道了，人心知道了。于是乎王老将军之为王老将军，你们大家也可以知道了。

（原载于1926年5月11日《世界晚报·夜光·小月旦》）

第二回以后不问政治

据通信社报告，段芝泉回到天津以后，专门看佛书，曾对人言，以后不问政治。我看到这一段话，不由想起直皖之役，皖系失败以后，段也曾一再这样对人说，以后学佛下棋，不问政治。这回又宣言不问政治，已经是第二回了。以后不问政治之后，不幸问了政治，结果，还是宣言以后不问政治。那么，这回宣言不问政治，以后谁能信他以后真不问政治呢？

有人说：段芝泉以后也许真不问政治了。因为他第一回不问政治期中，还在下棋，下棋，寓争夺者也。所以不若说他没有上台意思。这回不问政治期中，却只看佛书不下棋，是一点争夺之念都没有了，大概不会再"不问政治"吧？

虽然，我们不要势利眼，落井下石。不问政治以后，又问政治，岂止芝泉老一个呢？

（原载于1926年5月13日《世界晚报·夜光·小月旦》）

大总统令别来无恙

　　大总统令这四个字，自十三年以后，就和我们告别，直到前天颜惠庆摄政，颁布命令，昨日报上登了出来，才和我们重见面，不知不觉之间，前后十三个年头了。

　　这十三个年头里，少了这样一个名词，一品老百姓们，固然是痒也没痒一痒。如今添上了，不知道老百姓作什么感想，难道也是痒也不一痒吗？

　　老百姓们，你不要睡在鼓里了。从前为除掉大总统令这四个字，去了多少代价？如今为恢复这大总统令四个字，又去了多少代价？这个代价都是我们出的啊。

　　既除掉它又恢复它，这两次代价出得多么冤？大总统令是别来无恙，只是我们百姓呢？

（原载于1926年5月15日《世界晚报·夜光·小月旦》）

同行是冤家

　　胡说，混账，什么叫做合作？什么叫做互助？动物的脑筋里面，无非是些妒嫉、竞夺、垄断的思想。这种思想，于人尤甚，而且也不分什么知识阶级不知识阶级。

惟其如此，所以甲家报馆怕乙家报馆发达，就说他暗拿津贴鼓吹暴动。甲女学堂怕乙女学堂发达，就说他学风不良，女学生可以叫局。甲政党怕乙政党发达，就说他狐群狗党图谋不轨。越是所谓知识阶级，越是杀人不用刀，自有种种加害于你的方法。

穿着灰色短衣，扛着亮闪闪的铁器，你以为这种人是不可轻侮的。其实那都全在面子上，而且他们都有管头。至少是十目所视，十手所指。惟有戴着学士高帽的人，又穿着既漂亮又文雅的衣服，你别看他文绉绉的，那才不可侮呢。

总之，人类是自行相残的。事业和性质越相近，越残杀得厉害。这有一个典故，叫同行是冤家。

（原载于1926年5月16日《世界晚报·夜光·小月旦》）

时局像放花盒子

中国的时局，有人说像剃头，又有人说像走马灯。我想这都不确切，其实很像放花盒子。

在盒子亮起来的时候，其光熊熊，火焰四散是多么好看。可是不上两分钟的工夫，它就烟消火散了。所以花盒子虽然好看，到底是不经久的东西。最有趣味的，就是这一幕刚刚开，下一幕引线，已经在这里慢慢燃烧起来。你瞧在盒子的人瞧到这一幕的热闹，不知道已预约下一幕了。

中国的时局，每变一回，无不热闹一回。而热闹一回，又无不埋伏下改变一回的引线。那么说时局像放花盒子，还有什么不对呢？

（原载于1926年5月17日《世界晚报·夜光·小月旦》）

国人没有想到梁启超

二十几年前的梁启超,是中国人最崇拜的人物。不要说现在的胡适、蔡元培不如他那样走运,就是现在吴稚晖、蒋介石也不及他那样得人信仰。所以那时候的梁先生,虽然是做保皇事业,他却以为他的思想中的一切计划,都有必需之一日。他曾作诗说:十年以后当思我,举国如狂欲语谁?你看他那两句诗,是如何地自许。虽不至自料像兴登堡一般,还有做德意志共和国总统的希望,至少也要像目前颜骏人博士,将有以东山再起。唉!话却难说。不但十年以后(从他做诗那年算起),没有人思想梁先生,如今二十年了,国人都会把梁启超三个字忘了呢。

所以,英雄也是有时代的,你别看见眼前抬举你的多,时迁势变,就不能在旧宪书上,择吉日良辰了。

(原载于1926年5月24日《世界晚报·夜光·小月旦》)

哀海上小说家毕倚虹

海上小说家,汗牛充栋,予恒少许可。其文始终如一,令予心折者,仅二三人,毕倚虹其一也。倚虹所为长篇小说,动辄数十万言而炼词炼意,无不隽永可爱。《人间地狱》一书,予尤悦之。近阅上海报,知倚虹死,殊为小说界惜此人才也。

沪报传倚虹之死,其故有二,一为经济压迫,一为家庭烦恼,而病不与焉。吾人读倚虹之文，逆料其为倜傥不群之人物，而何至有此？而何至因此而死，则殊为不解，于是可见卖文之业，无论享名至如何程度，究非快活事也。

予读《人间地狱》叙曼殊和尚客死事，以为文人末路，乃复如此，为之咨嗟不置。使今有人为倚虹写死况，殆尤不堪卒读矣。嗟夫！卖文之业，卒可为而不可为也。

（原载1926年5月29日《世界晚报·夜光·小月旦》）

无话可说的五卅纪念

今日是五卅纪念，我们报纸上应该要有一点表示，凡是新闻界的人，都是这样说。其实真要拿起笔来，说些什么呢，将国民激劝一番罢，老生常谈。对政府痛骂一顿罢？莫谈国事。对外强指摘一次罢？于事何补？我们很想在五卅这天说几句话，但是实在研究起来，有什么可说。

固然，多纪念一次，可以多给国民一种深刻的印象。多刺激他一番。可是这样少数创巨痛深的国民，和多数麻木不仁的国民，我真觉得刺激他也无用。好譬一个伤重的人，和一个无知识的人，你就给他一种兴奋剂吃，他也不能爬起来的。

我写到这里，我要抄两句诗经，天实为之，谓之何哉？至于什么勿忘国耻，牺牲，奋斗，这一类的话，听的已嫌臭腐，我也有些不好意思说了。

（原载于1925年5月30日《世界晚报·夜光·小月旦》）

干者人情避闪者不可测也

欲除烦恼须无我,各有因缘莫羡人。人家都说这是最解脱的话。其实照我看来,完全是一股醋劲。不烦恼就不烦恼得了,一定谈什么须无我!认因缘就得了,一定叮嘱什么莫羡人!

我的解脱的话,不是这样。乃是:三餐饱后先除虑,一觉醒来去做工。干脆一句话,我干我吃与我吃我干。这种主张,虽极其浅陋,我以为中国的国民,都能如此,那就成了无怀葛天之民。不然,你看一看那些什么人不犯我,我不犯人的宣言,结果怎么样?又看一看那些莳花养鱼,供佛念经的主儿,结果又怎么样?

诸位!你要崇拜伟人吗?我告诉你一条路,那天天往前干的人就是。至于今日言谢政,明日言下野的,那是伪人,不要信他呀。这里我们掉一句文,干者人情避闪者不可测也。

(原载于1926年6月2日《世界晚报·夜光·小月旦》)

红楼梦中三侍儿

吾读红楼梦,得侍女三人,曰鸳鸯、紫鹃、平儿。柳湘莲谓贾府除一对石狮子外,无干净人物,非深知贾府者也。

鸳鸯以身殉主,已为士夫所难。紫鹃之于黛玉,则生死两难,有孤臣孽子之心,尤不易矣。至于平儿,起自凡庸,深受宠幸,而凤姐残刻成性，无往不忌，其对于平儿，独视为亲信不贰之臣，此非古人所谓至诚所感者，曷克臻此哉？

士君子怀才不遇，辄发浩叹。殊不知怀才遇人，而不知所以处之，尤能令全局皆非。忠如曾国藩，逊清犹不能无疑，更何况其富贵不可言之韩信哉？故持身涉世，杜渐防微，正不必以瓜田李下之嫌为拘泥。世有读红楼梦者可起平儿而师之矣。

（原载于1926年6月3日《世界晚报·夜光·小月旦》）

岂但纲纪荡然

从前的通电上，在钧鉴之下，总是紧接天祸中国。走来开头一句，就归罪于天，这话就好说了。不过这话说得多了，有一点烦腻。而且天虽不能否认，他曾祸中国。可是祸太多了，每次通电都要往天身上推，有些说不过去。

所以到了近两年来，这个调儿没有了。不过通电像作诗填词一样。诗有诗眼，词有词眼，电也有电眼。从前以呜呼天祸中国为电眼。而今不用了，自然应该补上一个电眼。这个补的电眼，据我调查，也是六个字，就是"年来纲纪荡然"。

不忠，不孝，不仁，不义，无礼，无信，无廉，无耻，到了极点了。"年来纲纪荡然"这句话，谁也不能否认。但是纲纪荡然这四个字，哪里包括得尽中国的近况！真要说良心上的话，应该是民生荡然，国脉荡然。我愿救国救民的贤豪注意，岂但纲纪荡然！

（原载于1926年6月10日《世界晚报·夜光·小月旦》）

我主张有官荒

端午节又快到了。一班以官为业的人，到了这时，不免又要皱损眉头。算一算，米钱、煤钱、零碎账一切都来了。打听打听本机关什么日子发薪水，却一点消息没有。干脆，节过不成了。奈何？奈何？

在这种情形之下，我们都应该为做官的说几句公道话。什么枵腹从公啦，什么米珠薪桂啦，一派老话头，又可翻一翻版。但是仔细一想，中央闹欠薪，不是一年了。而且欠薪这种趋势正是每况愈下。做官明明看到是末路，而不远走高飞，非做官不可。其穷也不亦宜乎？原做官的人罢了，还有一班新进之徒以得官为荣。所谓天堂有路你不走，地狱无门闯进来，那又怨谁呢？

中国人只要认识几个字，父诏兄勉，就要他做官。因之中国人读书，专为做官而来，一切没有进步。你想官穷到如此，他们还是不断地干，还怕什么穷？若是官更能有利无害，恐怕要全国皆官了。其如此，所以我主张官荒。

（原载于1926年6月10日《世界晚报·夜光·小月旦》）

还谈得到过节吗

年年都有个端午，年年的端午，编辑先生都要做一篇应景的文章。这种办法，过得久了，真如告朔之饩羊一般。苏州人打话：唔煞好看。

不过今年这个端午，似乎和往日不同，有很可纪念的。第一是内阁大感不快，贺电要比往常少得多。第二小纸烟店罢了业，走了大节下一笔生意。第三索薪人员，弄得无处可索。此外，酒店、肉店、公园、戏馆，生意都恐怕不如往日好。再说就是诸位看报的先生们，也觉得今年节下的报，闷沉沉的，不如往年好。

这样往下说，真是不胜今昔之感了。唉！朋友们！挣钱顺算蚀本倒算，就不要这样想了。你看北京城外有多少无家可归的，还谈得到过节吗？

(原载于1926年6月13日《世界晚报·夜光·小月旦》)

端午节不吃肉的感想

昨天过端午，北京城里，满街买不到鸡鸭鱼肉，十停人家，有几停人家是吃斋过节的，这也算是一百零一回的事了。本来呢，有钱在腰里，天天可以买肉吃，何必一定要在端午这一天吃。不过端午这一天，是一个节，是应该快乐的。因为人生劳苦，选几个日子叫佳节，安慰安慰自己，若是买不到肉吃，未免太煞风景了。

我听到许多人说，端午买不到肉吃，这是今生很大的一个纪念。他们对于端午买不到肉吃，怀着一种什么感想，也就可知。人生到了用自己的钱，去安慰自己都不能够，当然是一件烦恼的事。我怎能说人家肉食者鄙呢！

(原载于1926年6月15日《世界晚报·夜光·小月旦》)

岂但北京将化为灾城

火先生在京尘一幕中说：不出三年，北京将一变而为灾城。大有慨乎言之的样子。我要套一句古文调说：子诚齐人也，知管仲晏子而已矣。您先生只看见北京市民这两月疾首蹙额，好像有点不得劲儿，其实不得劲的人多着呢，地方大着呢。

咱们从京汉津浦这两条路往南数处，那几省的百姓，还是人过的日子啦。再又数到长江，这要算是中国富饶之区，战事也没有停好久吧？都在闹饥荒呢。四川湖南，那是不必提了，广东云南，都把一个省区的收入，顶着一个中央政府的场面。福建贵州，逼于强邻，以穷地而驻大军。陕西的地方，有几十里无人烟的，现在索性连陇东都打上了。

全国真不受兵灾的地方，恐怕只有一个新疆了。但是西北军那些个人马正和他做紧邻呢，后事又何敢想哩？咳！岂但北京将化为灾城？

（原载于1926年6月24日《世界晚报·夜光·小月旦》）

不吃饭的风头主义

奇怪与平常，是一个对立名词，无平常显不出奇怪，凡事一到了奇怪的程度，就可注意了。其实仔细说来，宇宙中间，没有一样不奇怪，也没有一样不平常。何以呢？抬起头，一望蔚蓝的天，这是最平常的东西了。但是空空洞洞，何处为上呢？这不可怪吗？初有火车的时候，不识者说是吃云的怪兽，觉得很奇怪了。一说破了，不过一只汽缸里一点儿水汽的冲动，也就平常极了。那么，我们可以下一个结论，就是稀有少见的为怪，多见的为常。人生在世，吃饭做事睡觉，是多见的，所以也就叫常人。你想不做常人，又没有什么本事可以不做常人，于是干些人家不干的事，说些人家不说的话，也就不平常了。所以有人于此，大家都吃饭，他一个独吃粪，事并不难办，却可以大风出头，惊动一时。何以呢？怪呀！

世上有许多奇言异服，好恶拂人之常情的，这就是实行吃粪主义的人了。

（原载于1926年6月28日《世界晚报·夜光·小月旦》）

推翻一首神童诗

白马紫金鞍，骑出万人看，借问谁家子，读书人做官。这是圣经贤传以外的渣滓，名曰神童诗。三家村里教书先生，都把这不二法门，传授给他十几岁以下的令徒。他言外之意，就是读书有这样好处，你们都要读书呀！

中国为做官读书，这是几千年来的恶毒，我们不必去攻击这首诗了。所可惜的，就是这首诗现在没有存在的价值。因为现在的官，不是白马紫金鞍，骑出万人看的。早已由八抬大桥，改为双马车，再由双马车改成摩托卡和专车了。他结句读书人做官，更谈不到。而今书越读得好，越不做官呢？

由此说来，所以这首神童诗，应当根本推翻。

（原载于1926年6月29日《世界晚报·夜光·小月旦》）

章孤桐穷得卖字乎

报载章孤桐卖字集资,续刊甲寅,吾窃疑之。以孤桐事段之亲,做官之热,岂并区区杂志印刷费而不能筹耶?闻人言,段氏当国一年,政府收入达四千万,其支出之有数可稽者,仅二分之一。余二分之一,其如何消耗,可以想见。章托迹于聚敛之门,书策于贪墨之数。而曰下野之后,两袖清风,求生笔砚。吾谁欺,欺天乎?

年来失势政客,恒喜附庸风雅,登报鬻字。不知者谓其清寒,而彼实欲以此自掩其积迹。吾以为真穷者,不呼穷,真困者,不呼困。何则?其穷人已习知毋庸呼也。孤桐素以强项闻,不穷则不穷,又何必如此掩耳盗铃哉?

(原载于1926年7月4日《世界晚报·夜光·小月旦》)

呜呼女明星之权威

上海的报界常笑北京的报界,说他们决计不敢在政治上说公道话。就是偶然有一两句公道话,也是倚着甲党的实力骂乙党,或者拿了乙党的金钱骂丙党。总而言之,他们是倚着政治作背景,不能离开政治谋生活的。

我虽是个小记者,凭着我的良心,哪敢绝对否认这句话!不过上海报界的议论,我也就着实不敢恭维。对于租界当局,畏之如虎,这是地位关系,倒不必去说这种伤心话。只是他们得了电影公司百十元的广告费,对那班男女拆白党的电影演员，不骂也就够了，还要左一句明星，右一句艺术家，叫得人满身肉麻，这是何苦？近来所谓女明星也者，越发不堪了。明目张胆，开饮冰室，当女招待，以广招来，实行做侑酒的生活。这是把艺术看作什么呀？女明星堕落到这一步田地，上海报界没有一个不字的批语，简直和北京报界怕军阀一样，也就太可怜了。呜呼女明星之权威，呜呼广告费之魔力！

（原载于1926年7月14日《世界晚报·夜光·小月旦》）

提倡外货和一身穿

提倡国货的声音，喊到于今，大概已有十年，我们到大栅栏东安市场绕一弯，睁着眼睛看看，舶来货还不是满坑满谷吗？别的不说，单说我们所穿的衣料。

我试问你，绸衣服什么衣料最时髦，你必然说：印度缎，物华葛（出自日本），印花哔叽，亮纱。我又问你，布衣服什么衣料最时髦，你必然说：假印度绸，俄国标，麻纱。哎呀呀！这都不是外国货吗？一个住在通都大市的人，他若是没有穿过一件印度绸、哔叽麻纱的衣料，这是多么顽固哇。

由上之话述来，归纳一句，非顽固人，都以穿外国货为应当。而实际上惟聪明人能提倡外货了。

（原载于1926年7月17日《世界晚报·夜光·小月旦》）

成功也不过几亩田

唐罗隐《咏隋帝陵》的诗说：入郭登桥出郭船，红楼日日柳年年，君王忍把平陈业，只换雷塘数墓田。你们听听！争城夺地，死命地往前干，结果是怎样？极多极多，也不过像隋炀帝一般，抢了陈室天下，只落了雷塘几亩田，葬他一副臭皮囊。

隋炀帝这种人本来就狗彘不食。落了雷塘几亩田葬他，还不至于无葬身之地。像洪秀全这样的人，也算是个创业的主儿。只因为事情失败，连一个三尺地葬身之所都没有，惨乎不惨？成功哩？也不过几亩田，不成功呢，南方人说的话，骨头给人打鼓，什么意思啊？虽然，我这话对屠夫劝戒生，也就实在道学了。

（原载于1926年7月25日《世界晚报·夜光·小月旦》）

你们打扑克罢

据报上说：四川有八个大军阀，各据一方。打起仗来，并不恶干，只是向对手方的军队，以升官为引敌之计。所以四川那些师旅长，没有几个是战功上弄来的，都是东投西降升的官。这话如确，那就是仿自打扑克，吾侪小民，要举起双手赞成了。

何以呢？大家若能实行上法，以后遇到打仗，双方只要摆一个阵式，就可引起敌来，不必开火了。譬如甲方引乙方的团长，许他降过来当旅长，乙方也就可以引甲方的旅长，请他为师长，仿佛打扑克，偷鸡的遇到捉鸡的，大家争着下注，靠用本钱去拼人。这就是胆大的赢钱，何其痛快呢。

这样一来，不必筹款买枪弹了，不必征发夫马了，大炮不伤百姓毫末了。在军界虽然信义上有些问题，百姓就受惠多了。来！你们打扑克罢。

（原载于1926年7月26日《世界晚报·夜光·小月旦》）

当局不会支配眼睛

颜骏人博士在大连发表谈话。他说，"若夫设有十数国之驻外公使，而本国竟陷于无政府，试问外交尚能办理乎？是以今日之当局，须将一只眼对外，一只眼对内方可"。玩他的语意，政府似乎没有办外交，换句话说，就是只对内而不对外。若要照颜博士支配当局眼睛的办法言之，当局两眼在内政一直线上，供过于求，就有一只眼睛等于废物了。

中国有一句古话，独具只眼，分明是叫人用一只眼睛管一桩事，当局用一双眼睛对内，也就违背古训了。不过颜博士之话虽对，他自己也是不会支配眼睛的。因为他的目光是向来专射在某一方面呢。

（原载于1926年7月27日《世界晚报·夜光·小月旦》）

我有做院秘书长的才具？

近日因杨文恺要南下，外间生出许多消息。这实在似乎多此一举，难道阁员就不许南下的吗?有人说:人家并不是注意杨文恺南下,是注意他去南京。我说:这又奇了,难道就不能到南京去吗?而况他是五省联军司令的总参谋,回南像回家一般。又何可怪?那人又说:只因他走得不凑巧,恰好在苏孙主和(这话本来就靠不住)的时候动身。我说:这就叫会逢其适了。那人说,何以便会逢其适?我说:不许会逢其适吗?若是会逢其适都可怪,这会逢其适四个字,何由而生呢?

结果,那人失败了。可是他说了一句恭维话,说我将来有做院秘书长的才具,我倒不解呢。果然有那一天,岂不替报尾报的小编辑(大编辑早不成问题了)吐一口气?呵呵!

(原载于1926年7月30日《世界晚报·夜光·小月旦》)

不适用茶酒店掌柜态度

茶铺里,酒馆里,他们常在壁上贴起四个字的条子,莫谈国事。据他说,已经十分小心了,其实据我看来,他还是不免千虑一失。你想这个年头儿,除了不谈国事,就没是非吗?只怕你大之而谈天下事,小之而谈闲事,都不免有是非呢。

掌柜之主张如此,犹可说也。有些列在知识阶级的人,也是抱定茶酒店里掌柜的态度,只谈天下事,或者闲事,把中间的国事,适用小说家按下不提的例子,暂时停职。不料就是这样,也会闯出大祸,因闲事生出许多闲是闲非。读者对此,当可想到,也无须我们举例了。所以莫谈国事,还不是明哲保身之道呢。

(原载于1926年8月1日《世界晚报·夜光·小月旦》)

叫卖文虎章

昨天晚报上有如下一段新闻：昨日下午，有一衣服褴褛年约三十许之某甲在东四大街鸿记米庄门前地上，摆列六等文虎章一枚，某军第一师工兵营长委状一件，陆军学校工兵科毕业单一纸，及徽章多件，大声叫卖。招引围观者甚众，有某外国人拟购买徽章，议价未妥而去。警察见状，即阻其叫卖。并报告到区，通知各属，取缔此项举动云。这是一件多么有趣的事，写入"新官场现形记"里面去，不是绝好的材料吗？

可惜除了文虎章、委任状、毕业单三样之外，那些徽章，不知道是什么东西，我猜一定有一两面奖牌哩。卖的固然是奇，外国人居然光顾也奇。议价未妥，奇之又奇。在外国人，定是出几个铜子，打算买去作纪念品，那位卖主却要算一算他的本钱，所以不成了。现在警察已然取缔，当然不能再卖。诸位！这时应该知道徽章、文凭、委状，是不值一文的呀！

（原载于1926年8月2日《世界晚报·夜光·小月旦》）

不发表主张为妙

作新闻记者的，现在都学了乖，二十四分缄默。有些人说，这是明哲保身之道。据我看来，不但保身而已，而且很能保全名誉。此话从何说起呢？你看一看发表什么主张的，成绩是怎样？前天说爱吃糖，昨天说爱吃醋，今天索性说爱吃药，反对吃糖。在他做一天钟撞一天和尚，很不在乎，可是遇到欢喜倒树盘根的人，他就有反覆不信之嫌了。

目前犹可说也，千百年之后，作史书的把你一生发表的东西，集合在一处，人家从第一篇看到末一篇止，不要下断语，你的为人就暴露在读者之前了。新闻记者虽不必个个可传，难道一只半只都没有？真个有，又不敢说必不是我。那么，今天这样说，明天那样说，设若把我生平所说的放在一处，还够朋友吗？所以，不发表主张为妙。而且不独是新闻记者为然呢。

（原载于1926年8月4日《世界晚报·夜光·小月旦》）

出门勿认货①
——主张尽管有

昨天哀梨君劝人不要发表主张，免得前言不符后语。我仔细想，这话还不彻底。因为一个人能够做一天钟撞一天和尚，到底还合着孟先生那句话，孔子圣之时者也。现在就放着同时说两头话的人，他能在东说西坏，在西说西好。你想一个人同时发表主张，同时就冲突起来，何况有今昔之别呢。

哀梨君怕人前言不符后话，劝人少发表主张，真是太老实了。在现在这种时代，最好在天桥摆杂货摊子，你要什么我有什么。然后竖起上海叫庄摊子上一块牌子，"出门勿认货"，这样一来，主张不主张，就不成问题了。

（原载于1926年8月5日《世界晚报·夜光·小月旦》）

---

① 张伍注：该文署名并剪，其实也系先父笔名，为更能阐述主张，故用此名。

风庭星光下之一点禅思

夏夜不寐，常置藤榻空庭之内，迎风而卧。仰首见繁星千万，闪烁作光，恒发遐思。以为此中，必有若干太阳系。若干太阳系中，又必有若干星球。然则所处之地，则为其中千万之一不亦渺乎其小耶？一地球且不足大，则所谓国界省界，真太仓之一粟矣。继又复思若干太阳系中之星球，亦有纷纷扰扰，如吾地球者耶？有之，彼在吾人眼里，直争于毫发之中耳。毫发中而可争，则古人蜗角之寓言，诚不妄矣！虽然，在彼星球中，使有人在空庭仰首而视吾地球，不亦如我之视彼欤？吾之碌碌，亦至无聊耳。

于是作偈曰：来无遮，去无碍，一点空明，成此世界。听其自然，是大自在。

（原载于1926年8月8日《世界晚报·夜光·小月旦》）

靳云鹗闭户读《孟子》

昨日晚报上说，靳云鹗在保定谢绝见客，闭户读《孟子》。我看见这段话，很为靳氏庆幸。因为十年读书，十年养气这八个字，并不是两桩事。凡人读了一页书，对这一页书，总有点感想。这就是养气初步。加之靳氏是一位大将，在这种情形之下，折节读书，本是寻书味而来，比平常人读书的意味，当然要深进一层了。况且孟子第一章，就是分别利与仁义之辨，说得很透彻。他说："王曰，何以利吾国？大夫曰，何以利吾家，士庶人曰，何以利吾身？上下交征利而国危矣。"这种措词，正是对于今日情形，痛下针砭。其余《孟子》上的话，也都是教人好好做人。比时髦的人读佛经，一味假消极，那又好多了。古来大人物，治军治国之暇，始终不忘读书，多少就有些养气的意味。《孟子》里面关于这个问题，讨论的地方就很多，靳云鹗舍他书不读读这部书，就是我说的这个意思吧？

（原载于1926年8月10日《世界晚报·夜光·小月旦》）

间接喝秽水

北京的护城河，是满街污水之总汇，说它一声水脏，大概没有人不承认的了。我们要证明这一种事，很是容易，只要当朋友的面，舀一碗护城河里的水，敬他一大杯，你看他受不受？

可是脏水尽管脏，直接的不喝，间接就是夏天的时髦品。不但有人喝，而且还要恭恭敬敬地，放在酒席之上。也许读者在汽水和酸梅汤里面，就爱对上点儿呢。你或者说我言过其实，那我也不辞。不过我要问问诸位，在三伏炎天，吃冰不吃？那种水，就是冬天在护城河里挑来的。你若是吃冰，不是喝了护城河的污水吗？不过它经过一种物理上的变态，你是间接喝的罢了。

中国人有种脏的特性，由此我就越发相信了。

（原载于1926年8月10日《世界晚报·夜光·小月旦》）

这是恭维孔夫子

前数日报载,云南永平县教育会,呈文教育部。说是祭孔子应当恢复跪拜礼,而且觉得磕一个素头,太过意不下去,主张还加上一套香烛。教育部对于这种呈请,已经批驳,该县教育会一番敬崇圣人之心,兜头被人家浇了一瓢冷水,也未免太难受了。

乡下人敬土地城隍,必定香纸蜡烛,猪头三牲,然后才觉得合乎人情天理。该县教育会祭孔子也是如此想。以为祭土地城隍,都得敬香磕头,而敬孔子却只是弯三下腰,岂非冠裳倒置!于是就实行孔子土地,一视同仁起来。他们又怕永年县一县这样办,无济于事,特意呈文教育部为天下倡,真也热心极了。

不过依我想去,孔夫子在天之灵,对于这种猪头三牲的孝敬,恐怕要骂一声攻夫异端,未必肯受罢。若把孔子的身份看得和土地城隍差不多,也就难乎孔子了。所以人生在世,宁可让有知识的人议论议论,也许弄点好处。至于无味的恭维,等于挨骂,倒真不希望有呢。

(原载于1926年8月16日《世界晚报·夜光·小月旦》)

未盖新屋不可毁旧屋

二十年前,道德是不分新旧的。所以八股先生为文之时,下了一个断论,名曰天不变,道亦不变。(这个道字,是指尧舜相传之道,当然是旧道德了）其实到了现在看起来，这似乎太武断了，是不通的。好像忠君的忠，现在居然用不着了，这不是个明证吗？

不过旧道德之不适用，却只是一部分，并不是全体。新人物要全体推翻，和"天不变，道亦不变"的定论，就一样不通了。退一步说，旧道德都用不着了，而理想中之新道德，在哪里呢？若是破坏了旧道德，没一样东西来替代，这是不成了不要道德了吗？譬如旧房子陈腐不堪，我们不愿意要，重新来盖一座新的，未尝不可。若是不问三七二十一，把旧房捣毁了再说，一定要彷徨失据，无所依归。有一天狂风暴雨飞来，那就更不堪设想了。

（原载于1926年8月17日《世界晚报·夜光·小月旦》）

战场上的和平福音

昨天参观南口战场，区区也在内，自然，得了许多知识。但是什么电网，鹿砦，盖沟，我们意想中早已有了，不算稀奇。而得之于意外的，却为第十军军长于珍的演说。

他演说的时间，差不多到两个钟头，最精彩的几句话是："敝军打了这个大胜仗，看起来很是荣幸，其实用中国人打中国人，这种胜仗，没有什么可以夸耀的。我们是为势所逼，没有法子，不得不如此。诸位是新闻界，对于这事，务要纠正，不让他再发生才好。我们也很希望从此以后，不要再有这样的战事。"这种话，自然是全国人愿听的，尤其是我们愿听，因为我们新闻界，只恨少长一张嘴来鼓吹和平。现在军界都希望如此，我们还不是有则加勉吗？

在战场上面，听到这样和平的福音，总是一桩难得的事。我们虽向来卑之毋甚高论，今天也少不得要破一回戒，把它公布出来了。

（原载于1926年8月21日《世界晚报·夜光·小月旦》）

人到无求品自高

"事能知足心常乐,人到无求品自高",这是一副极不相干的俗对联。但是仔细一想,有极大理由。上联不管,我们且说下联。譬如下雨天,街上的胶皮团长,最会要价,十吊八吊,由他说。但是你脚上穿了皮鞋,手撑着雨伞,你给他平常一般的价钱,他就一样会拉。何以呢?他不拉,你可以走你的,一点儿不受他的挟制呀。

反之,有所求于人的人,就不能高谈身价,总得按下一口气,捺住一把力。就以最小的事情而论,在大街上和人家问路总得先含着笑容,叫一声劳驾。由此类推,可以知道求人越凶,身价就越下。这样去观察人,合着孔夫子一句话:人焉廋哉!人焉廋哉!

现在的大官僚,总恨人家说他人格卑污,把自己看得多高多大,若把"人到无求品自高"这句话念上三遍,恐怕要汗流浃背呢?

(原载于1926年8月22日《世界晚报·夜光·小月旦》)

难 得 麻 木

一个人若是挂上一个糊涂的征号,一定是奇耻大辱的事。可是清朝第一绝顶聪明人,郑板桥先生,他却反过来说:难得糊涂。这不是很难解说的事情吗?我起初也不懂,昨日偶然间有一点儿麻木,却把一桩不快意的事,将它混过去了。我恍然大悟,这麻木难得,郑板桥说难得糊涂,不是和这一样吗？

　　由我那片时的麻木，扩而充之，可以得到许多的好处。譬如惨不忍睹之事，一麻木就不看见了；哀不忍闻的声音，一麻木就不听到了；苦不堪言的话，一麻木就丢过去了。总而言之，遇事麻木，遇事就可以减少痛苦，反过来说，你十分聪明，遇事都是首先感受，恐怕乐不敌苦呢。

　　因为这个缘故，所以没有智识的人，可以比有智识的人，减少许多烦恼。就是有智识人不能堪的灾难，临到没有智识的人头上去，他也一律付之于天，安之若素。不信，你去问问慈善团体里的人。

　　　　　（原载于1926年8月30日《世界晚报·夜光·小月旦》）

供兔儿爷及其他

　　中秋节一天近一天，街上卖兔儿爷的，一天也汹涌似一天。北京人向来是最不愿意这个兔字的，到了中秋，就成了例外。你只听嫦娥奔月戏里，那位兔儿爷唱的话：八月十五中秋节，家家供我兔儿爷。你看他这种志得意满的气象，那个我字有多响！我就不解北京人，对于兔之为兔，何以倨于平常，而恭于中秋节？

　　这个理想，我一直纳闷好几年，不能解决。一直到了前两年，也是中秋节，我正要提笔做一篇颂兔记。有人说：颂不得，很触时忌呢？这个兔运年头，少和兔儿爷开玩笑罢。朋友说了这句话，我的文字，自然是不作了，我的疑问也解决了。原来恭维兔儿爷，是赶上兔运正红之时，有点儿怕它在天之灵呢？

　　由此类推，可以揣得世人恭维之心理。

　　　　　（原载于1926年9月19日《世界晚报·夜光·小月旦》）

中国人是应该专门对内的

据外交家说：在帝俄的时代，他们遇见有内乱时，马上就设法引起几桩外交大案来。于是把全国人的视线，喝一声向前看！都引到外交上去。这叫釜底抽薪之计，内乱就可以慢慢地消灭了。这种手腕，不但帝俄为然，把戏人人会做，其他各国，也未尝不如此。

这回长江一带，正在大乱之时，忽然发生英舰炮击万县的事。我虽然觉得可耻可恨，另外我还有一样可喜。以为照方吃炒肉。我们也可以来一份。谁知你们尽管嚷炮轰。万县也罢，炮轰千县也罢，外交是外交，他们对内还是对内，要叫他们移转视线，那是不可能的。我们贵国人专办内交的毅力，也真可佩了。

哦！明白了，贵国不是号中国吗？中者，内也。顾名思义，它怎样不先对内呢？

（原载于1926年9月20日《世界晚报·夜光·小月旦》）

看戏何如听戏好

凡事莫当前，看戏何如听戏好；为人须顾后，上台还有下台时。这是人家戏台上，一副老对联。照理说，讽刺过甚，还有些不切本题。下联呢，自然有些意思，上联我却有些不解，为什么看戏不如听戏好呢？

直到最近，这句话，我才明白了。我想做对联的人，也是看过戏的听过戏的呢。何以言之？譬如武汉三镇这场大闹，总算是武戏了。在北京的人，听见这个消息，无非眉飞色舞，说如何厉害。隔河观火，至多也不过说一声可惜罢了。至于武汉三镇的人呢，说得一声是看戏的，可是也就够心惊肉跳的了。

虽然，这种看戏，并非愿意，实在是不得已。还有些人没赶上的，我要奉劝凡事莫当前啦。

（原载于1926年9月22日《世界晚报·夜光·小月旦》）

做哪行不妨骂哪行

中国的国产影片，我很看了几张，觉得影片公司认为有价值的，都是拆白传授法的片子。我不知道摄影的，何以除了这种材料，就不能编剧本。继而一想，这也有个原故，因为影片公司，大部分就是拆白党主持，性之所近，不知不觉就把拆白党牵扯进去了。

可是有一层，他们虽然在电影里大演其拆白，结果，却不能不骂拆白，好像淫书淫戏一样，他必定要撑起一块果报的招牌。由是，可以知道做军阀不妨骂军阀，做政客不妨骂政客，做官僚不妨骂官僚。孙传芳电骂蒋介石，说蒋要打倒军阀，自己就是军阀。诚哉是言，很可玩味哩。

（原载于1926年9月26日《世界晚报·夜光·小月旦》）

映电影的时局

从前我常说,中国的时局像放花盒子,玩了一套,又接上一套。而今想起来,这个譬喻,还不十分恰当,最好说是像映电影。因为放花盒子,两套相换的中间,总得有火线相引的工夫,虽然不是间断,总有片刻的休息。电影就不然,这一幕是它炮火连天,电光一闪,下一幕马上是笙歌匝地。变化之速,实在是出乎人意料。

远的不说,譬如南湾路的战事,孙蒋双方,打得是何等激烈!可是第一个消息说是夺回德安,第二个消息马上说是议和。这不是演电影,简直没有这么快的了。时局到了像演电影一般,我们还有什么法子下断议。主持时局的人,成了电影上的人物,他的为人也就难说了。

(原载于1926年10月11日《世界晚报·夜光·小月旦》)

流着眼泪说

中国古文里,有这么一句话,垂涕而道。用白话译出来,就是流着眼泪说。一个人到了流着眼泪和人说话,那种心里的难受,也就可不言而喻了。近来有些人,常把这四个字,放到通电里,教人读了,真觉得眼热心动。那通电者的一番恳切的样子,也就不啻跃然纸上了。

不过有一层,人流泪虽然是悲哀的表示,同时也可以表示人的困窘(无办法),所以去年某报为标了一个见人流泪之孙文的题目,竟惹了不少的麻烦。这就是对手方,不愿承受见人流泪四个字的缘故。而垂涕而道不见得是什么顶好的字眼,也就可知了。现在通电里,大家偏爱用这四个字,或者不嫌说是困窘吗?

(原载于1926年10月13日《世界晚报·夜光·小月旦》)

举世不复须注意圣人矣

康圣人前电财长潘复,保荐婿在财部办事之麦仲华,盖微细甚耳。乃京中各报,对于此事,无不尽量登载,询其故,亦莫得而自解。或曰:此有三解,其一,以为事出圣人,事乃可记也。其二,以为人如圣人,必抱君子不党之戒,今内举不避亲,是麦君必有大过人者,乌得不彰之?其三,以为康圣人于耻食周粟之余,应开口必谈君国。今为此小事,竟不惜亲自之一电,亦足见圣人之道穷矣。以上三说,吾不能作断语,然而必居其一焉。

今世之人,以康数十年保皇如一日,万目睽睽,无不注视其行动。即在记者,亦未始不以今日有圣人之为可异。今如此,急欲其子婿在财政部得一席地,终亦匹夫匹妇柴米油盐之见耳。吾人始终注视圣人者,可得不爽然若失乎?

(原载于1926年10月24日《世界晚报·夜光·小月旦》)

女学生的装饰问题

现在的女学生,讲求一切的装饰,开社会的效尤,这是最可痛的事。她们读了几年书,只做个装饰家,给社会一个好模范。咳!她们受了什么教育,还没有明白自己是人么?

现在妇女解放的声浪,一天比一天高。妇女解放,简单说来,是要妇女做人。人是有权利义务的,是独立互助的,所以生活资料要自己拿工作去换。社会上事体,要共同负担,所以妇女解放,是加重妇女责任,使她明白怎样做人。

妇女解放,不是单把不好的制度、道德弃脱,积极的方面,是要妇女和男人合组社会,共负社会进化的责任,就是要妇女对社会有所供献。因为男女同是社会的分子,那种奴隶性装饰,绝对应该废止,应该去求真学问,谋独立生活,不应做这不相干无意识的事。

如果仍旧专门讲究衣服装饰,不但时间上没有求学问谋生活的功夫,并且不认自己是人,那还有什么解放的可能呢?

因为这样,所以一面谈解放,一面考究装饰的,她们是讲假话,真真切实解放自己,要做有人格的妇女,必定不考究衣服和装饰。因为人的衣服,只求保证身体,只要安适清洁罢了。

(原载于1926年10月25日《世界晚报·夜光·小月旦》)

小月旦

若要人心足　除非黄土筑

江西人有一句土语：若人人心足，除非黄土筑。简简单单十个字，你看他是多么沉痛。因为世上许多弄钱的人，弄了一万想十万，弄了十万想百万，弄了百万想千万。直到弄得无以复多了，才慢慢做点慈善事业，希望积些个阴德，多活两岁。世上许多做官的人，也是这样，做了荐任想简任，做了简任想特任，做了特任想总统总理。直弄到无以复加了，就研究研究佛学，希望明心见性，多活两岁。你看他们升官发财，到了极顶，还要望长生不老。这除了用黄土筑，那有足的日子哩？

我为什么说这个话，我因为看见几个可以足的人，不肯足，结果黄土筑。而且这个事，也就出在这土话的本乡，到成了本地风光。偶然想到，所以顺便写出来，劝一劝第若干者。

（原载于1926年11月11日《世界晚报·夜光·小月旦》）

天似乎没祸中国

天这样东西，古今中外，各人解说不同，但归纳一下，不外两端：一种是神话的，一种是科学的。现在由我看起来，却又不然，大概是一个含有各种特性的东西而已。这东西的特征（指胜于常人）是：心毒，脸厚，有蛮力，无知识。你问何以见之？我说，你不见通电上骂了十几年的天祸中国，他始终不理不改吗？

不过仔细一研究，这十几年来祸中国者，无非是打仗，而打仗并没有天在里面做总司令，也没有天在里面做一位八大爷，似乎怪不了他老人家。所以祸字他是要璧还的。那么，祸中国的是谁呢？总有一个人吧？而这个人的特性，对于心毒，脸厚，有蛮力，无知识四层，似乎也就不好推辞呢？

（原载于1926年11月20日《世界晚报·夜光·小月旦》）

有感于小说家之疑案

小说家言，大都楼阁凭空，寓言十九。盖如画家之画山水，只求意境悦人，初不必以何处为模范，而乃对之挥毫也。顾理想为事实之母，小说家所造之意境，苟在宇宙之内，则有事实与之吻合，亦未可料。譬如封神榜上所述之神话，固已极尽光怪陆离之能事。然而今日之脚踏车，绝似哪吒之风火轮，今日之飞机，绝似雷震之肉翅，岂作者所可预料乎？

更有奇者，据今日《海外奇谈》所载，小说家臆造之情节，竟有人承认。是则天地间事真有不可思议者矣。予年来为职业所迫，好为小说，穷篇累牍，至今未已。为文既多，难免不有类于"失恋的她"之事。故特表而出之，以告读吾文者焉。

（原载于1926年11月21日《世界晚报·夜光·小月旦》）

武官不要钱文官不怕死

岳武穆说过：文官不要钱，武官不怕死，就是好官。这两句格言，到了现在，形势却有些不符了。据我说：正应该倒过来，改为武官不要钱，文官不怕死，才是好官。何以言之？因为现在最怕的就是战争。战争之起因，固然有一部分是为着所谓救国救民的，但是为着要钱，恐怕还要占大部分。岂不是武官不要钱，就是好官吗？

至于文官呢，而今却也考究不怕死。因为文官做事，全受有枪阶级的支配。要想自己拿些主意出来办事，畏首畏尾，那就毫无希望。所以做文官，倒要有做武官的精神呢。然而这种人哪里有？

（原载于1926年11月23日《世界晚报·夜光·小月旦》）

罗刹国岂无璧人耶

偶谓天下有一物必有一物嗜之。虽奇丑极恶，不外此例也。试思物之最不堪者，莫如大粪。然而蛆钻之，狗好之，苍蝇追逐之。彼怡然自得，不以为非也。粪且如此，由粪而上之物，则焉得而无钻之好之追逐之者乎？故吾人对于宇宙之任何事，不必谓某绝对无用。亦不必谓我厌之恨之，深恶痛绝之，而人亦厌之恨之，深恶痛绝之也。

罗刹国之人，丑陋凶顽，有类恶鬼。吾人见之，无不相惊而走。然在罗刹国人自视之，必不少潘安、卫玠、西子、王嫱，视为恶鬼者，盖以我向来之眼光视罗刹国人，非以罗刹国人之眼光视罗刹国人也。使我投生为罗刹国人，又何尝不以恶鬼为璧人耶？由是言之，则人之投生可研究也已。

（原载于1926年11月24日《世界晚报·夜光·小月旦》）

知音非可求而得也

古人操琴，贵乎得知音也。然空山无人，水流花放，倚石抚松，悠然一曲，彼时泰然自得，神旷心怡，初不以无人得闻，而不终其曲也。反之，五交衢头，酒楼高耸，携琴偶至，则贩夫走卒，环者如堵，眉飞色舞，咨嗟惊异，一语未交，而伧俗之气扑人。吾恐不待张弦，当掩鼻而遁矣。

由是言之，人生之孤高自赏者，初非故作此态，以惊世骇俗，所谓自乐其乐也。韩愈文章起八代之衰，以孟氏之传人自命，而其三上宰相书，千古病之。李白一代诗仙，有"天子呼来不上船"之概，而"生不愿封万户侯，但愿一识韩荆州"之语，亦至足损其高洁之风。此非求知音过切之故欤？故人世知音，实可遇而不可求，世有不辞怀书十上，抱璞三投者，亦适足自取其辱而已。

（原载于1926年11月28日《世界晚报·夜光·小月旦》）

张飞放着一把火　　李逵打倒一堵壁

尝思天下事，一样情形，一样人物，而手段又断然不可用同者，似有许多人未解也。恨水好小说,请以小说喻。刘备三顾茅庐,大雪纷飞,立于户外。张飞耐烦不得,大叫曰:我倒后面放着一把火,看他出来不出来?此趣事也。然使张飞果做出来,则玄德鼎足之势,当毁于此把火矣。又戴宗李逵,同访公孙胜,其母拒之。李逵拔出板斧,先砍倒一堵壁。公孙胜走了出来,喝曰:铁牛休得无礼!此亦趣事也。然李逵不做出来,则高唐州不得破,水泊子且毁矣。

以上二事,其孟浪人访人一样也,人不见孟浪人亦一样也,而应付之手腕则各别矣。孟浪人非不可用,殆看用之者之如何下手段。

(原载于1926年11月30日《世界晚报·夜光·小月旦》)

报费有无多少不论

阅报端广告,知章孤桐先生,又将续撰甲寅续刊。此在文人无论与章是否同意者,其必欲亲甲寅相别以来之论调如何,固可断言也。乃章先生不欲居奇,其广告曰:凡与本刊同情者,报费自由寄附,有无多少不论。于是可知章先生发行报刊,初非如吾侪操文字生涯,著作在卖钱也。

虽然,不取报费,径不取报费可见。而曰报费自由寄付,有无多少不论,是又何也?世人无有不贪便宜者。今章先生之广告如此,当然索报者,往少字无字上做去,孰肯为大傻瓜?必以钱强不在乎者而受之耶?明知此广告登出去,人必白看者多,而何必更多登此一段广告。谚有"煮了饭炒得吃"一语,其章先生之谓欤?

(原载于1926年12月1日《世界晚报·夜光·小月旦》)

越穷越闹越穷

北京土语,有闹穷两个字,真是春秋的笔法,言简意深。从来有钱的人家,要吃办吃,要穿办穿,就各乐其所乐,没甚可说的。穷人家则不然,要什么没有什么,不能不生气。一家人你不生气我生气,就不能不闹。所以这个闹字与穷的关系实在太深。

不过一闹起来了,大家就无心办事。不办事,哪来的进项?越发地要穷了。所以一个人家,若是因穷而闹,必定又因闹而穷,结果是越穷越闹,越闹越穷。

闹惯了穷的朋友说,我是一个索薪团的人物,很佩服你这话不错。但是这种趋势,倒不限于一个人家呢。

(原载于1926年12月3日《世界晚报·夜光·小月旦》)

白话文里的典雅派

中国的古文,远分韩、柳、欧、苏,近分桐城、阳湖,这是尽人皆知的。论到今文呢,虽然全是活的文学,由我的眼光看起来,也有许多派。这种派别,大概可列为七等:(一)欧化派,(二)半欧化派,(三)白描派,(四)浪漫派(吴老丈之文属之),(五)新蝴蝶派,(六)土话派,(七)典雅派。以上各派里头,那一项,也占不少的人数。惟有典雅派,却是屈指可数。

这一派我们要找一个代表，不必远求，就是前《晨报》总编辑，戏剧专门学校校长，蒲止水先生。止水的文字，喜欢绝不经意地把吴老丈要丢到茅厕里去的旧文典溶化无痕，插在白话里用。卖的人虽然知道是由抹布里掏出来的东西，而除了不讨厌以外，还觉得俏皮。所以止水的七嘴八舌的开心话，在从前的晨副和实话上，很能叫座。自此止水先生和黎黄陂有同病相怜之感。离开《晨报》后，仅仅《语丝》上有一两篇，也就是鲁殿灵光了。现在要丢到茅厕里去的东西，研究的人很少。所以典雅派，也没有人学。说一句不吉祥的话，止水先生千秋万岁后，恐怕是《广陵散》绝了。

（原载于1926年12月13日《世界晚报·夜光·小月旦》）

瞧 你 的

我们在杂耍场里走，遇到两个练本事的人，到办交代的时候，必有这样一句话，瞧你的。这是你的一句话，虽然只三个字，里面却有不少的曲折。好像说：我的如此如此，总算交代过去了，看你的怎样？好在他们说这话，是刻板文章，老早有了。若是新发明的一句话，听的人，不要疑心有意蔑视吗？再说办交代的人，正也知道他的下手不弱，一定受吗，所以斗胆说出这句话，提一提观众的精神，让大家去注意。不然，下手还敢接演吗？

于是我想到了小时念书，作起课卷来，少不得为大学生所笑。其实大学生年纪虽大，本事和我也差不多。心里也这样想着，等回头先生批了你的课卷，看是好是坏？可惜那时不知道说京话。若是知道，当面我一定要说一声：瞧你的！

由此说来，无论人家本事如何，且慢瞧不起。要仔细人家说：瞧你的！

（原载于1927年1月5日《世界晚报·夜光·小月旦》）

望低处看

昨晚自城外沐浴归,途中大雪漫漫,卷风乱舞,于凄凉之街灯下观之,则吾车入云雾矣。行行重行行,转入永巷,于万籁俱寂中,惟闻车夫脚步踏雪瑟瑟作声。探首车篷外,窥两旁人家,双扉紧闭。似此中人,皆已拥被沉沉入梦,不知巷中雪深几许矣。意方作遐想,恰值雪花扑入项脖间,其凉透骨。于是予发微喟,终日碌碌,偷闲一浴,犹不免冒风雪,远不若此两旁人家主人翁得高枕而卧也。

是时车夫方逆风而行,在雪阵深处,口中嘘气如云。予又转念此亦人子也,我乘车而归,意犹不欲,彼在大雪中奔波又奈何?此意方转,复人家大门下,一人卷缩如刺猬。身无衣,代之以麻包与报纸。其体巍巍而颤,若闻其齿击发声格格也,此亦人子也。车夫吃苦卖力,终得饱暖,似此雪夜无家可归者又奈何?一刹那间,予之思想凡数变,而于人生观中,遂得极妙之安慰法。其法维何,即望低处看是也。

归来把笔于火炉下为此文,心思洞然。但对风雪中卧人大门之子,忽遽间过之,未一破悭囊,给一碗粥钱,则犹不免略有芥蒂耳。

(原载于1927年1月14日《世界晚报·夜光·小月旦》)

为 女 子

金圣叹批水浒第四回,对于鲁达,有以下几句话:为一女子弄出来,弄到五台山做了和尚。及做了和尚,弄下五台山来,又为一女子,几乎弄出来。小记者读到此地,便觉得天下的女子,真是一个万能的动物,任你怎么样的人,她都能够把你做翻。任你怎么样和她疏远,只要你一发生关系,虽不一定像弄到五台山去做和尚,多少总有纠葛。所以我们男子汉,自做男子。让她女子自做女子。这男子和女子之间,不要添上一个为字。

人生在世,为吃,为喝,为穿,甚至于为看电影,为听戏,都是为了就了事。唯有为女子,最麻烦则又最不容易讨好。而天下的人。偏又是为女子的多,怪乎不怪?

那里有人说:呸!你为过了身吧?何以有不满于为女子的意思。我这里住嘴了。阿门!

(原载于1927年1月23日《世界晚报·夜光·小月旦》)

灶神的嘴恐怕粘不住

今天晚上,是灶神上天回奏之期,所以家家户户都爆竹喧天,买糖上供,替他老人家饯行。据一般人传说:灶神最耿直不过,他看见什么就上天回奏什么。但是他喜欢吃糖。一吃了糖之后,念人家对他优待,就只说好事,不说坏事了。据我想:这话不然。要是真的。全中国对灶神这种公开的贿赂,三尺孺子皆知。岂有那天界聪明的玉皇,反可以永久蒙蔽的?况且玉皇派下的无数高等侦探,值日功曹们,昼夜逡巡人间,不能毫不知情。他们知道了,做一个报告,奏禀玉皇。灶神爷若是隐瞒恶事,恐怕要吃不了兜着走呢。还能连任连到现在吗?

由此说来,今天北京城里,家家买回去许多关东糖,那笔钱完全是白花了。进一步说:对佛爷实行贿赂,就是一项大罪。你们做了坏事,关东糖就是一个老大的证据。不然,无罪何必行贿呢?一语说穿,今天晚上送灶神这一趟差费，倒大可裁减呢。

（原载于1927年1月26日《世界晚报·夜光·小月旦》）

算不了什么英雄好汉

  骂人，这是报尾巴上，所喜欢做的事情。也就是夜光所喜欢做的事情。但是到了现在，一班报尾巴，已不大肯骂人了。区区夜光，也是难得一骂。

  此其故何在？曰：抱平等主义，因为报上骂人，大概不是私仇。望大处说，是主张公道；望小处说，也是出于意见不同。在这个条件上，无论为大为小，就不能一边按下不提，一边又口大骂。也有一班人，在那里打死老虎。也有一班人，在那里打软脚蟹。我要在这里学句黄天霸的口吻：算不了什么英雄……好汉哪！

（原载于1927年1月27日《世界晚报·夜光·小月旦》）

庙里有鼓也无[①]

  非宗教的声浪，日高一日，空言关不多成于事实。据我寸光之见而论，真个推翻宗教，恐怕也是得失皆有。这也不在话下。却说现在世界上的纪元法，一大部分，都是从耶稣降生记起。你别说望远记。就瞧瞧咱们

[①] 张伍附识：《信手拈来》栏中载署名律初撰文《小说家与落花生》，其文末云："……敢质之读者诸君，并恨水先生。"恨水答：小说家则吾岂敢，花生仁则我喜欢吃。在南方夹麻油干丝吃之，确如圣叹所云，有火腿味。北方则夹芝麻烧饼，亦差可当早餐也。

崭新伟大的新文豪他们发表非宗教文稿之处,无论报纸或杂志。说起年月来,一样的一九二六,或一九二几呢。相传有人穿牛皮鞋上山朝五祖,行到中途,脚走不动。便有人说:朝佛戒荤,你何以穿牛皮?那人老实不客气对山上说:五祖,你嫌我杀生穿鞋。请问你庙里有鼓也无?若有,是什么东西蒙的?于是脚就走得动了。

耶稣若是有在天之灵,看见非宗教的杂志和报纸,我想他少不了庙里有鼓也无之一问。

(原载于1927年2月9日《世界晚报·夜光·小月旦》)

总而言之跌价罢了

俗语云:"人穷志短,马瘦毛长。"一点不错。天下的事事物物,到了不很大有人光顾的时候,便得落价。不过有些人抱定吃亏不丢面子的主意,遇到了马瘦毛长之时,却不肯直接下身份,必得绕一个弯儿来说。所以小广告上卖电话的人,不说卖,要说电话出让。卖家具的不说卖家具,说是宅主南下,(真怪,总没有说北上西去或东行的)有家具廉价出让。其实让还不是卖,不过说着好听一点罢了。

卖字先生,学了这个法子,所以说不收润金,只取笔墨费。卖药郎中,学了这个法子,所以说不收药价,只取号金;书店掌柜,学了这个法子,所以说不收书价,只收邮费。其实总而言之,跌价罢了。

跌价不曰跌价,却曰不要价,这叫死要脸!

(原载于1927年2月28日《世界晚报·夜光·小月旦》)

读了卫生令以后

北京的市民恐怕也要算中国最脏的一部分,当街倒秽土秽水不算,而且在警察办了三十年后的城里,小孩还有满街拉屎的权利。关于这一点,和那如入无人之境的粪车,我们前后不断的攻击,恐怕不止三年。可是谁也没理会过。不料近来顺天时报,为此作了一段批评,居然得着当局采纳已经下令各区,着实取缔。这也算是北京城里一桩可喜的事了。

我们绝不因为人微言轻,不如外国人办的汉文报说话灵就发生不平之念。我们于读那训令鼓舞欣慰之后,还有一点小希望,敢斗胆地说出来。(一)望各区长警,不要把训令当做具文。(二)小孩儿(大人晚上也难免)满街拉屎,也得取缔。(三)粪夫秽水夫土车夫习久性成,应该要罚,儆百才好。(四)不要专注重大街,忘了小胡同。

(原载于1927年8月1日《世界晚报·夜光·小月旦》)

吴佩孚沿途乞食

吴佩孚这个人,除了迷信武力而外,总算能识大体。骄奢淫佚四个字,在他的地位上,本来可以得到的,他并不希望得到,所以我们退一步想,他不能算是绝对的坏人。反过来说:就凭他不出洋,不入租界这两点,也不无可取。可是他的末路,比任何武人可怜。别的武人,末路不过是一死,他的末路,乃是求生不能,求死不得。

据昨日晚报上载：吴佩孚逃到鄂边，落得沿途乞食。这话不知真假。就算是假，有了这种传说，也可以想到他现在的光景。一个人走运，有幸有不幸；一个人到了末路，也有幸有不幸。他的末路，望不到住高大洋房，作大富翁，甚至于不能解甲归田，不亦冤哉？我想他真有沿门托钵之时，他必望着天叹口气说，老天老天，我吴二并没有卖国呀。

(原载于1927年8月2日《世界晚报·夜光·小月旦》)

这两口死尸古来就有

现在报纸上的文字，大概分为两派。这两派也不是现在发明的。好像法门寺张公道所说：井里这两口死尸吗？古来就有。那两派呢？

一派是空灵的填词派，一派是腐臭的八股派。

属于前一派的，不粘不脱，似是而非。全靠读者的悟会本领如何。若是没有文学的天才，那是猜不透的。作这一类文的人，大概都是满腹牢骚，穷极无聊之辈。属于后一派的，那完全是优孟衣冠，抱着傀儡说话。作这一类文字的人，大概都不异科甲出身。

所以这种调调儿，虽然出在今日，倒是有来源的哩！中国的文学，真是奥妙无穷。

(原载于1927年8月3日《世界晚报·夜光·小月旦》)

投机与识时务

——罪言之一

投机两个字,漂亮一些说,不过是识时务。若是不客气一点,那简直是趋炎附势。一个人走到趋炎附势一条路上去,就没法子和他谈什么人格。所以那些投机分子,无论他行为是怎样的漂亮,说话是怎样甜蜜,我以四个字了之:"嗤之以鼻"!

故纸堆里,有一句话告诉我们,识时务者为俊杰。真是替投机分子,解除了不少困难问题。我想识时务当着投机讲,那也要念着西方一句格言:自由自由,几多罪害。假尔以生,这样识时务,我宁可做一生的顽固派。

天下投机分子越多,天下假主义、假行为,也就越多,要还一切事的真面目,什么是当务之急呢?

(原载于1927年8月4日《世界晚报·夜光·小月旦》)

脱帽与换帽

孟轲说:纣之不善,不如是之甚。这话很有道理。所以他又说:尽信书,则不如无书。这要反过来说:尧之善,不如是之甚,也是很可通的啦。许多人说:中国快要完全成文治国了。我觉得太乐观,未免有些尽信书哩。

老实说一句，在十年八载以内，我不敢望所有一切，完全脱离武力的关系。所以老西先生说：要脱去一顶旧什么的帽子。这一个旧字，实在是春秋的笔法。你想人的帽子旧了，戴出一定不好看，必得换上一顶新的。新之云者，不过彼善于此，很是合适，其为帽子则一也。

自然，若是嫌帽子拘束脑袋，当然要把老西那句话改一改，根本就不戴帽子，倒不必论什么新旧。不过普天之下（不限中国），愿脱帽子者，有几个哉？然而我们是希望脱帽，不是希望一换而已哩。

(原载于1927年8月5日《世界晚报·夜光·小月旦》)

欲念战胜了一切
——罪言之二

住高大洋房子，坐汽车，打牌，吃馆子，逛窑子，这都是一般人看见，眼睛要红起来的。但是我敢说一句，谁也愿意这样去舒服一阵子，不过不能个个都得着罢了。

有些人因为不容易得着舒服，欲念战胜了他的人格，欲念战胜了他的主张，欲念战胜了他的见识，总而言之，欲念战胜了故我，另外变成了一个酒囊饭袋，人面兽心肠的东西，那时，他要择肥而噬，哪里可以弄钱去谋舒服，就往哪条路上走。

若由以上的情形，变成一个人的新途径，那个时候的主张也罢，主义也罢，议论也罢，一切是痴人说梦。在这个痴人说梦的环境里，我只说得一声阿弥陀佛！

(原载于1927年8月9日《世界晚报·夜光·小月旦》)

希望不自然之成长
——罪言之三

由小孩长到成人,自然有一定的岁月。一个小孩,不能摇身一变,变作大人,犹之乎大人不能缩将转去,变成一个小孩。但是许多小孩子,他都羡慕大人的生活,恨不得口里放下妈的乳头,立刻穿着大礼服,携着一个如花似玉的美人在礼堂上结婚。自然,这是不可能的事,若是依着他的幻想,真这样发现出来,岂不笑掉人的牙齿?

其实一个小孩子,能好好受着人的抚育,慢慢地往上长,终有一日得携着爱人上大礼堂去结婚,何必着急!但是有许多小孩他不相信这种话是真的。他以为人的成长依着一定的岁月,那是迂拙的事哩。

(原载于1927年8月11日《世界晚报·夜光·小月旦》)

一条讨厌的狗
——罪言之四

中国人骂人,喜欢把人譬作狗。尤其是对人的议论,表示不信任,爱用狗叫来譬。你看:狗咬吕洞滨,不识好歹。狗嘴里不会长出象牙,桀犬吠尧。一犬吠影,百犬吠声……得了,我只用得报告这一些,这有哪一样不是把人话当着狗叫哩?

其实狗对人叫,很少时间,是为了自己。它觉得吃了主人的,喝了主人的,应该替主人做一点事。而自己所能做的,不过是咬,不过是叫,所以它只有在一张嘴上去出力了。

照着私德说，这不算是坏事。不过它的缺点乃是不分友敌，它只要看见一个面生些的人，它就以为这是主人的仇敌，不问三七二十一，乱叫一顿，于是主人的朋友都说：某友家里有一条讨厌的狗，忠而至于讨厌，不亦冤哉？

（原载于1927年8月12日《世界晚报·夜光·小月旦》）

为什么不做官

我有一种很谬妄的观念，以为社会上的人，他的名字，若是在我们耳朵里很熟，就可以断定他，迟早往做官一条路上走去。这种观察，虽不必一针插一血眼，可是社会上有不少的名人，给我们来作证据，证明我的观察，并没有错误。

官，这似乎是个腐败的名词。但是你把做官的意思改他一改，就可以避免腐臭的气味。从前做官说是荣宗耀祖，封妻荫子，显然是自私自利。而今不要那样说，改为给民众服务，替国家作事。再时髦一点说，这是我们的工作。这样一来，自然就不觉得腐臭而且很清脆、很香甜了。

本来天下的事，只有做官舒服，高大的房子里待着，热天有凉棚和电扇，冬天有炉子和汽水管，一天静坐一两个钟头，就可以拿大把的洋钱回去，为什么不去干？难怪什么都有人打倒，却没有"打倒官僚派"五字。

（原载于1927年8月18日《世界晚报·夜光·小月旦》）

送火腿挨骂

从前有人送朋友火腿一只，很表示他的人情重。不料那朋友，并不领他的情，做了一首诗报答他说：

火腿蒙君赐，举家大喜欢。柴烧三担尽，水煮一缸干。肉似乾荷叶，皮如硬马鞍。牙关三十六，个个不平安。

读了这一首诗，这一只火腿的味如何，也就可想而知了。用这样的火腿去送人，是让人欢喜呢，是让人家讨厌呢？

由上所说，我们可以知道礼物不好，宁可喂狗也不要送人。若是以为这东西放在家里，也不值钱，莫如送人。那末，弄得人家的牙齿个个不平安，恐怕还有意外之危险哩。虽然，送火腿的人，现在可多着呢。

（原载于1927年8月19日《世界晚报·夜光·小月旦》）

香国与人肉作坊欤

我有两个朋友，对于娱乐场的男女杂沓，各有一种见解。不妨写出来，大家一观。

一个朋友说：我觉得娱乐场里的女子，至少有七成是艳装的。这种艳装，在人堆里去卖弄，我觉得她们有乞怜于人的卑鄙心理。老实说一句，乃是插标贵卖人肉。我是一个有恻隐之心的人，不忍走进人肉作坊！

一个朋友说：爱美的心事，人人都有。但是美，不是给自己看的，乃是给人家看的。所以我们到娱乐场中去看美丽的女子，如看好书好花一般，因此，我最爱上真光。看电影事小，我最爽快的是可以闻到四周的粉香。

以上两种说法，完全走两极端，其中必有一是一非，而哪是对的，哪个是不对的，我却不能下断语，很希望爱读夜光的，给我解释出来。

（原载于1927年8月20日《世界晚报·夜光·小月旦》）

一味地向前

好大的风暴雨，挡住了记者的车。到了和平门，雨如瓢倒一般。我于是告诉车夫，门洞里避雨的人很多，我们也避一避罢，车夫告着奋勇说：衣服反正是湿了，走！拼命地拉出和平门洞，街上的水，一处深似一处，雨也一阵大似一阵，我虽然车篷遮着身体，上半截衣服也是湿了。及至到家不久，大雨已住。设若我们在和平门洞里，稍待片时，不也就湿下不湿上地回来了？

于此，我们知道无意识的奋斗，成功也是白来。甚至稍微在中途等一等，迟可一时三刻，比早动身的还好呢。所以天下的事决不是一味地向前，就算对的。

（原载于1927年8月21日《世界晚报·夜光·小月旦》）

长衫友人

国民党称他们的军队，不叫军队，称为武装忠实同志，轻轻地把两个字，改为六个字，这就好看又好听了。

许多人把这耍笔杆儿的朋友，都叫作文丐。这虽然是事实，也有一部分人，已经承认了。但是这文丐两字，包含着无限的侮辱意思在内。而且也不但卖文的朋友为然，就是在任何方面的纯粹文人，都是人家瞧不起的。所以文丐两字，有洗刷之必要！

最近，在胡汉民复冯玉祥的电文里，有长衫友人四个字。长衫也者，应当是指非武装而言，似乎也可以叫作文装了。忠实不忠实，那不必去管他，由上面的定义说来，我们做文丐的朋友，倒可以互相称为文装同志了？

然而长衫友人四字，说出来好像有许多感慨，究竟文装不及武装可贵呢。

（原载于1927年8月22日《世界晚报·夜光·小月旦》）

一了百了

宁方下野的要人，他们电告冯玉祥，说是一了百了。好像说下了台，其余就不成问题，都可以解决。其实古今中外，就是这一了办不到。将一了办到，简直就没有别事了不得的。而所以那些一走了之的人，那并不是将事了结了，不过是以不了了之。其一既然未了，当然谈不到百了，所以快刀断乱麻的法子，在一方面看来，固然很是痛快，而在另一方面看来，却是无以善其后呢。

从前有人说，躲债一件事，不躲呢，是眼下不得了。躲了呢，是将来了不得。我与其将来了不得，不让目前不得了。噫！天下从此多事矣。

（原载于1927年8月23日《世界晚报·夜光·小月旦》）

外人消息宣告破产

中国人信仰外人，这实在是无可讳言的。就以我们同行而论，恐怕也是未能免俗。所以报纸上登着外人方面消息几个字，就好像格外有价值似的。一直到了现在，这外人方面消息，发现了有些靠不住。于是知道造谣言这种手腕，外国人犹为之。不过造谣生事者斩的条例，却不大容易加到洋鬼子头上，所以外国人乐得而造谣。

造是由他造，谣终是句谣，这不必去管他。但是我们极端信仰的"外人方面消息"六个字，可以替它宣告破产了。这实在是一种不打而倒的好事情，若是外人在中国的一切建设，都能如此，岂不妙哉？

（原载于1927年8月24日《世界晚报·夜光·小月旦》）

空手入世界

空手入世界，寻出黄金窟，要论起少年做事，应该有这样创造的精神。但是凭着空手去做事，那是可以的。做事的目标，却只为的是寻黄金窟，那个范围大不了。

从人情世故上说，世界上一切的事业，都要黄金来建筑。有了黄金窟，自然一切困难。都平平安安地解决了。可是换一副眼光来看，黄金窟也可以说是毁人炉。多少有志气的人，只为走进黄金窟，到后来成了半截汉子。结果还是黄金害了他。

有勇气的汉子，他要造成一个千年不朽的大事业。往小处说：他也要把他力量和志愿所可造成的境地，结结实实造出来。

如此，才算空手入世界的完人。

（原载于1927年8月27日《世界晚报·夜光·小月旦》）

劝业场一炬焦土

不幸！不幸！劝业场二次又被焚了。你先不看见劝业场后门的东边，有一堵败墙，鼎立了五六年吗？那正是第一次的劫灰呢。

第一次的劫灰，还没有整理，不料第二次的大火，重新又演了一幕了。这个年头，本来做生意的人，就对付着过日子，现在劝业场从根本上解决，将全场一百多家商店，付之一炬。这真不失一场哭了。

唉！本来百业凋敝的中国，已是无业可劝，劝业场的物品，虽然大批就是日本物和西洋货，究竟那个名字还不恶，是首都之下一桩点缀品。而今呢，连点缀都没有了。民八民九之间，政府经济困难，还有法子把烧了的劝业场恢复起来，现在想重逛劝业场，怕是遥遥无期的了。

（原载于1927年8月28日《世界晚报·夜光·小月旦》）

脚踏两边船

俗言道得好：足踏两边船，没吃定心丸。又说：墙头一棵草，风吹两边倒。所以天下许多介乎两可之间的人，他的心里和他的身体，忽高忽低，正十五个提桶汲水，七上八下，究竟不受用。哪里像做一件事，吃一方面的人，能够进退自如？

退一步说：足踏两边船，这两只船，能够一样平正，浮在水面上，那末，一只脚踏一边，还没有关系。倘若一只是高大的板，一只是瓜皮艇，不但脚够不上，而且还最容易出危险。至于危险发生在那一方面，也无法断定，何去何从，却不可知。因为江中有时翻小船，有时还专翻大船哩。

脚踏两边船都靠不住，还有大倡狡兔三窟主义的。不知道窟越多，敌人进窥之点也越多呢？我看还是努力同心，一舟共济罢！

（原载于1927年8月31日《世界晚报·夜光·小月旦》）

兔儿爷的价值

过了七月初一，莲花灯上市。过了八月初一，兔儿爷和中秋月饼上市，应时的东西，不问他能行销不能行销，预期出演，是格外要早的。

试以目前而论，兔儿爷的销路，就算每日出销一个，它的价值，至少是不会贵起来，贱卖是不成的。这个原因何在呢？就在时中呀。

所以无论做那项生意，只要逢时走运，狗屎也不落价呢。

（原载于1927年9月3日《世界晚报·夜光·小月旦》）

死 人 臭

据昨天晚报上载"高资下蜀一带，积尸未尽掩埋，已发奇臭"。此寥寥十六字，读之不足轻重。而吾人闭目细想，此发生奇臭地点之状况如何？殆亦有不忍言者矣。

明季扬州十日围城之役，积尸如山。臭闻数十里。事后，行人经街上，皆掩鼻。有某女子咏云：寄语路人休掩鼻，活人不及死人香，真是有胸襟语。但尔时扬人有亡国之惨，其情形与今日大异也。

噫！死人臭！

(原载于1927年9月5日《世界晚报·夜光·小月旦》)

十 二 字 诀

这个年头儿，无钱固然是不好，什么也不想到。可是有个钱也不好，要怕许多意外的麻烦。这样一说，似乎不穷不富，可以很安适。但是环境是不能永在水平线上的。靠着手糊口吃，又怕发生临时的变动，没有这笔特别开支。

哎呀！这便如何是好，没法活着了。别忙，我们现在想到了一个十二字诀，乃是，有一日，过一日；过一日，是一日。那末，就不必发愁了。

这话说回来了，这种办法，是混蛋主义，岂不全国人走上混蛋之路吗？是的，若不是大家混蛋，何至于中国弄到这步田地呢？所以从前有人说：四万万同胞，一个个混蛋。

(原载于1927年9月6日《世界晚报·夜光·小月旦》)

被眼瞒

一个窗儿独自钻，不能钻处几多难。忽然撞着来时路，始觉从前被眼瞒。这四句诗，是说一个苍蝇在纸窗里头，只见有光，不见有路的情形。但是我们若说这首诗是说苍蝇，不如简直说这首诗是说人。

《红楼梦》里的智通寺，门口有一副对联，身后有余忘缩手，眼前无路想回头。这虽然和那首诗的意思不同，表示一个人不知进退则一。而其实都是坏在一双有珠无光的眼睛。

(原载于1927年9月7日《世界晚报·夜光·小月旦》)

节关不住人

某先生，某老爷，某大人，替我想点法子罢，节关过不过去。这是穷人说出来的可怜话。

您猜，有钱的人他是怎样答复？你到十六那天看看，谁也不会关在节里。

自然，谁也不会关在节里。有钱的人，所说出的理由，斩钉截铁，是多么干脆呀？

(原载于1927年9月9日《世界晚报·夜光·小月旦》)

过来了

日子一日近一日，钟点一时近一时，不觉到了节关。除了极少数一部分有钱的人而外，这一分着急，就不用提了。跑路，找财神，想法子筹款。陪笑，作揖，说好话搪债。这日子不是人过的。

钟点一时又一时，一刻又一刻，太阳下山了，街灯亮上了，真个八月十五夜了。要买的固然耽误了没买，要还的也不过是点缀点缀。月饼，水果，酒肉，都成了画饼，债主也就走了。

睁眼一看，红日满窗，已是八月十六。节关算什么？过来了。想起昨夜吃饼赏月，喝酒听戏的人，未必比穷人多长一块肉吧？普天下穷人，只有这一想，是无穷尽的安慰。

（原载于1927年9月11日《世界晚报·夜光·小月旦》）

同情非偶然

仿佛在什么地方，看见以下几句话。他说：凡事可以引起别人的同情，这事决非偶然，一定很有诚意。反过来，事情惹起别人的恶感，这也非偶然，一定里面安了机心。

所以人家对我表示好意，或者对我表示恶感，不要去怪人，先问问我自己，这件事是我很出于公正的态度吗？

但是在这一点里，也很有主观的错误，譬如一件事，许多人同情，我没有知道，两三个人不满意，我倒知道了。这时要改善办法，那就变本加厉了。

（原载于1927年9月12日《世界晚报·夜光·小月旦》）

不了解吃饭问题

我以为天下最想不开的，莫过于强盗。因为强盗抢人家的钱，无非是为吃饭，吃饭又无非是为度命。现在为了吃饭，倒舍着命去拼一下子，岂不是本末倒置？

人无路，掘古墓，难为了那个姓字的强盗，怎样想到梅老板有钱，单身独骑到冯宅去"专诚拜谒"，不作别用。可是到了次日，东四九条胡同口上，就"将人头悬挂高竿"了。

昨日未去做那不要本的买卖以前，我想他至少每餐还可以弄两个窝窝头吃。而今脑袋和脖子分家，欲吃窝窝头，岂可得乎？于是我叹惜天下不了解吃饭问题的，何其多也。

（原载于1927年9月16日《世界晚报·夜光·小月旦》）

劝不醒村牛木马

富贵草头露，功名瓦上霜。这两句似诗非诗的格言，大概有不少的人知道。照理说，知道的人，就不必去争这点得之不久的功名富贵。可是那争的人，有他争的理由。你以为富贵是草头露，他正争的是这一息间之滋润。你以为富贵是瓦上霜，他正争的是这一息间之洁白。你去劝他，有什么用？

好言语劝不醒村牛木马，劝人失败的人，总是这样忿恨。其实人有人言。兽有兽语。本来各行各事，你为什么要把人话去对畜生说呢？失败了，不是活该吗？咱们劝他一句文罢：不可与之言而与之言，失言哪！

（原载于1927年9月18日《世界晚报·夜光·小月旦》）

真个用咱不用咱

你休问小僧敢去也不敢？我要问大师真个用咱不用咱？这样说话，分明是问人，却又分明是答人。换一句说，只要你用咱火里就火里去，水里就水里去。我们曾读过《西厢记》的，谁不佩服惠明师傅说得斩钉截铁？

其实，在西厢里只有一个莽和尚，到了现在，莽和尚就不知道有多少。要把大师两个字改为总理总长总裁督办司令省长，小僧改为卑职，这两句话就很普通的，人人得而用之了。

因为中国人才，都是万能的，只要派他去做，他就敢去做。可是这话又说回来了。现在无论做什么事，还能外乎搂钱两个字吗？有什么难呢？

（原载于1927年9月19日《世界晚报·夜光·小月旦》）

暗 香 疏 影

姜白石的词，后人说他是空灵一派，极力地推崇他。可是他著名的《暗香》《疏影》两阕词，现在新文学家，说全篇不知说些什么。其实也不是没说什么,不过明话暗说,浅话深说,直话绕着弯子说,别人不懂罢了。

可是天下的事真难说。虽然许多人不喜欢这种办法,偏是这种办法,现在大时兴。越是全篇不知说些什么,又似乎正说着什么,才是好文章了。后想顾名思义,就叫作"暗香疏影体"罢。

(原载于1927年9月20日《世界晚报·夜光·小月旦》)

百 忍 堂

敝姓的堂名,实在合乎这礼让之邦的习惯,因为他有两个极好的字,乃是"百忍"。这百忍两个字的结果,曾经博得了一个大家庭,办到九世同堂。

九世同堂,有什么好处呢?详细地解释说:也不过是联合许多男男女女,大大小小,住一所屋子,在一处吃饭。为了这个,拼命地去受气,值吗?其实姓张的后代,未必就个个能忍,(我就是一个)堂名大书特书不愧,恐怕也就是告朔之饩羊罢了。

(原载于1927年9月22日《世界晚报·夜光·小月旦》)

又饱又暖胜似做官

饥寒饥寒,饱暖饱暖,又饱又暖,胜似做官。这是《鸿莺禧》里面叫化子头儿说的几句话。你看他们的欲望,是这样浅小,又饱了,又暖了,就比做官还好。

这话在表面上看去,不能算通。仔细一研究起来做官的人在饱字上还能作一层别的功夫吗？在暖字上还能更造一层别的幸福吗？况且做官人于饱暖之外，不免因骄奢淫逸，生出许多烦恼。叫化子饱了暖了，就伸着腿大睡其觉，多么快活？做官的人，能胜似他吗？所以叫化子那几句上场白，倒是实话。

（原载于1927年9月23日《世界晚报·夜光·小月旦》）

写在雷声下

我正在这里执笔，要作小月旦，窗子外边的雷声，左一个霹雳，右一个霹雳，震得人心惊肉跳。

说到雷，乃是正负两电，因为天气变动，失却他均势之局，于是各引异性电，以求于平。那局外的空气，受了电的磨烫，就发出大声来了。

物不得其平则鸣，古文家的口头禅，倒是很合乎科学。此晚因为天气变动得很厉害，所以电就不平而大鸣特鸣。可是我就很疑了，世上有许多不平的事，何以没见大鸣而特鸣呢？若是能鸣起来，恐怕左一个霹雳，右一个霹雳，不亚于此晚之雷吧？

（原载于1927年9月25日《世界晚报·夜光·小月旦》）

供给因需要而起吗

有了需要，才有供给，这是一定的道理。可是天下事，也有大大和这相反的。就譬如电影罢，现在成了美国一种极大的事业。试问：没有电影以前，人类需要不需要？这分明因为有了供给影片而后，我们才知道要看电影了。

所以会创造事业的人，不问社会上需要不需要，只问我所创造的，好不好。我所创造的，果然好，就有吸引他人的能力，有吸引他人的能力，就成人类一种需要了。

有毅力的朋友，我们还是努力创造罢。

（原载于1927年9月27日《世界晚报·夜光·小月旦》）

少爷之写真

北京的世界，说是官世界，其实是少爷世界。做官的人，有时快乐，有时还得做事。少爷是光快乐而不做事的了。有诗为证。

无事还无职，人称大少爷。头头皆是滑，念念莫非邪。时式装衣帽，闲游弃室家。名伶曾屡捧，麻雀惯常叉。小卧烧鸦片，狂驰驾汽车，尊称同废袭，作事总浮夸。嫖账如山积，行踪似水赊。此身真快活，来往尽烟花。

这首诗虽不甚好，作少爷者，实在就是这个样子。人家要好儿子，他们有的却是好老子。有了好老子不愁吃，不愁穿，不做事，不寻些快活，怎样过日子？如此说来，做官的人，也就从家里坏起了。

（原载于1927年9月28日《世界晚报·夜光·小月旦》）

诗 与 非 诗

自不成问题之白话文言问题复起,而诗与非诗之问题,亦渐有人提及。其实,此亦不成问题之事也。尝读某人诗话,颇得我心,其言曰:为诗,贵发于情之不能自已。故情真语挚,不求工而自工。若无病呻吟,刻意求工,则满纸浮词,不知所谓矣。又曰:诗之好坏,在何处分之。曰:一遍传出,一人读之不厌,千人读之仍不厌。一遍读之不厌,千遍读之仍不厌。是即好诗也。反之,读毕即令人忘却者,便非高明之作也。

此虽专论旧诗之言,然白话诗与文言诗,未尝不可作如是观。故诗与非诗,毋待辩亦毋可辩也。

(原载于1927年9月29日《世界晚报·夜光·小月旦》)

骡车走沥青油马路

天演论不适于北京

天演论说,适者生存。换一句话,也就是适者保留,可是这话,就很难解决。

无论是谁,他准知道坐汽车马车甚至人力车,都比坐骡车强。那种骡车,只好算是半截轿子,滚起嘀嗒嘀嗒,车子一颠一倒,坐车的人,不谈适不适,若是坐久,浑身的骨头,都得抖散了。

可是北京有钱的旧人物，他以为这很适。家里有两钱，就自打上一辆。这种千百年前的古品，一样可以在沥青油的马路上，缓车当步。这也是适合保留吗？哦！是了，大概天演论，是不适于北京的。

（原载于1927年10月1日《世界晚报·夜光·小月旦》）

丢了打狗棍

丢了打狗棍，忘记讨饭时。天下人都是这样的。开口骂人升官发财，闭口骂人抢地盘，到了自己可以在政治上活动，不但不骂人，有骂升官发财抢地盘的，恐怕还不高兴哩。

但是这种人，还不算坏，因为他虽不高兴，还知道自己已做了官发了财抢了地盘。最可笑的是自己发了抢了，还要骂人如何如何。他以为这样，就可以洗清他的身子，其实他句句骂别人，却是句句骂自己。

我觉得自命不凡的人，很容易犯这个毛病。而何以犯这个毛病，就是因为讨饭的丢了打狗棍。由此类推，讨饭的打狗棍在手，比打狗棍不在手，要纯洁万万倍。所以望讨饭的做好人，惟有望他讨一辈子的饭。

（原载于1927年10月2日《世界晚报·夜光·小月旦》）

雅 而 不 通

北京各胡同的名字，向来不雅。什么大哑巴，什么猪尾巴，不知当日怎样会起这种名色？在宣统初年，曾实行一回改名运动，于是大哑巴，变成大雅宝，猪尾巴，变成智义伯，到于今还是如此，可是雅虽雅了，通却不通。昨日在晚报上，看见一个尧治国胡同的名字。这真妙极了。尧治之国，相信尧治国，一定是尿瓷罐或者窑瓷罐的转音。尿瓷罐一变而为尧治国，不亦骂人之甚乎？其实要改胡同名，根本上就改过来，何必要谐那个音。官场做事不彻底，这也是一端。

（原载于1927年10月3日《世界晚报·夜光·小月旦》）

识货不在比

不怕不识货，只怕货比货，这话好像很有道理。但是仔细想起来，也不很对。譬如用玉器和烧料比，当然可以看出玉器好。若再用烧料和石头比，就看出烧料比较好，究竟烧料还不值钱啦。

根据以上的理由，我以为那十个字应该改为"只要能识货，就能货比货"。说来说去，东西卖与行家，还是好货须有识货的。若用两利相权取其重，两害相权取其轻来说，那不能算是识货啦。所以识货不在比。

（原载于1927年10月4日《世界晚报·夜光·小月旦》）

既吃鱼又避腥

中国人这样喜欢做官，固然因为官能挣钱。其实最大的原因，还在说出一个官字，能博得一般人欢迎。所以做官虽做到整年不拿薪水，还是有人钻营。因为一提到混差事到衙门，就令人肃然起敬。身价似乎比一般平民要高一等，试问，谁不愿意身价抬高呢？

有些地方，虽然谈"官僚"二字，就觉可耻，其实不过去其名而不去其实。居官的地位，摆官的架子，拿官的薪俸，虽不说是官，人家一样把你当官看待，省去老爷或大人二字，那又何妨呢？俗言说：既要吃鱼又要避腥，人的智慧，真是越过越巧。

（原载于1927年10月5日《世界晚报·夜光·小月旦》）

为酬答主顾起见

许多的商店，在他的减价之时，常常登出广告来让人知道。而所以如此，据他说，是"为酬答主顾起见"。其实他并不酬答主顾，店东知道，掌柜和伙计知道，就是论千论百的主顾也知道，不过因为那是一句例话，如同墙角上此处不准便溺六个字一般，日本人的话，把他"无视"了。

因此，我想到那些大人先生。口里的救国救民四字，在他有什么作用的时候，一溜就出，真是熟极如流，说了没说，恐怕他自己都未会知道。这大概也是为酬答主顾起见了。

（原载于1927年10月6日《世界晚报·夜光·小月旦》）

差 得 太 远

嫉妒的心事，实在由于羡慕而来。世上的人，若是无羡慕的心，他就不会上进。所以不是道德极高尚的人，这嫉妒二字，实在不可避免。

三国演义里面，载着孔明的本事高似周瑜，周瑜就处处想谋害他，孔明借到了箭，周瑜借不到箭，周瑜就立誓，不杀孔明，誓不为人。你看他这个嫉妒心有多么大？从来人家说，一时瑜亮，可见瑜亮程度相差还是有限。拿周瑜来忌妒孔明，多少还有些道理。像如今的人，多般是癞蛤蟆忌妒天鹅会飞，差得太远。我想这一方面虽把癞蛤蟆气破了肚，天鹅还不是点首微笑吗？

(原载于1927年10月8日《世界晚报·夜光·小月旦》)

乐意过不文明的日子

我们常说世界是进化的，越望前走，社会就越文明。社会越文明，人民越可以得着幸福，有一次我在乡老之中，不留心，也溜出了这几句话。有一位老翁，淡笑了两声。说道：你们青年人，是论理不论气，论气不论嘴的。试问：前清面卖多少钱一斤？米卖多少钱一斤？现在面卖多少钱一斤？米卖多少钱一斤？我说那是生活程度增高，和物质文明本来成为正比例的。老翁又说：好！依着你说，物质越文明，人民应该越是有事做。现在赋闲的人，比前清可多得多哩！我情愿你们骂我开倒车，乐意过不文明的日子。

老翁的话，有理吗？无理吗？我都不得而知。我希望有事实来证明他的话不对。

(原载于1927年10月11日《世界晚报·夜光·小月旦》)

天与穷人为难

这个年头儿,什么事情,也会发生变化,令人莫测,今年夏天,北京那样苦热,绝对不是大陆的气候,事先,人是不会料到的。这两天不过刚过重阳,忽然两天西北风一括,又大冷起来,这也是人不能料到的。

唯其是人所不能料到,没有棉衣服的,事先都未曾预备。这两天战战兢兢,仿佛就受了什么重大的任务一般,起坐不安。加之,越是没有棉衣的人,越是发生饭碗问题。饥寒交迫,恐怕是一言难尽。

这天也是势利眼,专门和穷人为难,穷人将奈之何?

(原载于1927年10月13日《世界晚报·夜光·小月旦》)

何难何易

有些人说:交朋友共患难易,共富贵难。又有些人说:交朋友共富贵易,共患难难。说来说去,倒底是何难何易呢?

我以为我若有钱,就是与人共富贵易;朋友若有钱,那就是与我共富贵难。至于共患难一层,也分作我与人两边看,恰好是个反面。不过我一方面看去,是难是易,不敢说一定对。譬如我的穷朋友,从前和我一块住小公寓。现在他发了大财,也接济我一点小款子。于是我嫌钱少,觉得共富贵难。可是另有一班生朋友,极力地和他联络,他又引为共富贵易了。

究竟何难何易呢?说句老实话,各行其心之所安罢了。

(原载于1927年10月16日《世界晚报·夜光·小月旦》)

两个车夫之言

路上两个洋车夫说话。一个说：大哥，今天拉了多少钱？一个答：别提，还不到五吊啦！真邪门，这个年头儿，连坐车的都没有了。一个说：可不是？你瞧，面粉还直嚷涨钱。一个答：听说煤也要涨钱呢。一个说：房东只嚷没法儿办，也恨不得加房钱了。一个答：日子这样难过不是？大街上汽车一天还多似一天。一个说：穷来穷去，还是穷人为难啦。

我们试听这两个车夫说话，才是真正的舆论。他说大家都叫穷，汽车反而增多，也就感慨系之哩。

（原载于1927年10月17日《世界晚报·夜光·小月旦》）

天亦忍矣

宗教家最忌自杀，以为自杀等于杀人。其意以为人之有此一命，殊属非易，且一戕即不能再生。杀人与自杀，虽有不同，而其害了一条性命则一。害人生命，有乖上天好生之德者也，禁人自杀，不其宜乎？

虽然。蝼蚁尚且贪生，为人无不惜死者，好生之事何待于上苍而始有之？即以因贫自杀者而论，饥而天下不与之食，寒而天下不与之衣，啼饥号寒，朝不待夕，彼非不欲生也，实无法生也。今天不助其生，而独怪其死，宁得谓平乎？且彼将死而天不令其痛痛快快。自杀而死，而欲其尽力挣扎，展转呻吟以死，天亦忍矣！但吾此语，为不得生者唤奈何耳，非奖励人之自杀也。

(原载于1927年10月19日《世界晚报·夜光·小月旦》)

北京城里三样好

北京城里三样宝，鸡不啼，狗不咬，十七八岁姑娘满街跑。在前清的时候，我们在南方就听到这个好歌。现在呢，鸡固然是啼，狗也能咬，十七八岁姑娘满街跑，不但北京如此，全国也是如此，所谓三样宝，一样也不能算宝了。

据我看来，应该改一改，歌曰：北京城里三样好，尘土多，现洋少，大人老爷满街跑。诸位，你想我这话对不对？

(原载于1927年10月20日《世界晚报·夜光·小月旦》)

和尚通告就职

中国人做官的心事，比什么也厉害，虽然做不到官，学一点官派也是好的。昨日在某报上看见一个和尚启事，居然说已于某月某日就职，大有总长到部的意味，这年头儿真是无奇不有了。原文如下。

> 法源寺紧要启事：法源寺住持道阶因事外出，空也承本宗法门公推代理住持职务，已于阳历十月十四日就职。自是日起本寺一切事务非由本人签名盖章，概不负责。特此声明。
>
> 法源寺代理住持空也谨启

从前学生会的会员，自称本席，人家说他有些过代议士官瘾的气派。如今和尚也通告就职，官化似乎更发达了。可惜空也和尚是代理住持，若是实授，恐怕还要拍发就职通电哩，空也何其不空？

(原载于1927年10月21日《世界晚报·夜光·小月旦》)

读了中央公园记

昨日偶然到中央公园去了一趟，见长廊门首，有石匠在那里刻碑。上前一看，原来是朱启钤先生作的中央公园记。因为碑还没有刻完，我只读了一段。记得其中有如下的几句：

乃开南北池子南北长街两长街，内既通，（此句或者记错了）熙攘弥便，遂不得不亟营公园，以为都人士女息游之地。

读了这个记。倒好像中央公园为有了南北池子便，遂不得不云云。有势必出此之概，难道不营公园，就熙攘不便吗？此碑嵌在墙上，立在门首，当然垂诸永久，恐后人骂今人之不管闲事也，遂不得不亟贡一言以为都人士女自白之地。

(原载于1927年10月25日《世界晚报·夜光·小月旦》)

送 寒 衣

昨天是阴历十月初一日，北京的风俗，家家得给鬼送寒衣。自下午三点钟起，到晚间十点钟止，大街小胡同，不断地有人在大门口烧纸。说句无出息的迷信话,这纸真能够变作鬼衣,鬼倒未冷而先有衣,今冬不必发愁了。

唉!这样看来,人倒不如死了做鬼好啦。据我看,有这样热心的亲戚朋友,到了十月初一就给他预备寒衣吗?虽然说人衣和鬼衣价值贵贱不同,可是鬼冷谁也没看见,这送寒衣的钱那怕再少,不能不算白花。人的冷,是大家看见的,何以不预为之计哩?人不如鬼,人不如鬼!

(原载于1927年10月27日《世界晚报·夜光·小月旦》)

爱 当 家

古人曰:清官难断家务事。家事不足为外人道,概可知矣。家事既不足为外人道,则当家者之经营布置,唯有当家者独当之,无法求助于人也。不但如此,其当家之经营布置是否良善,亦唯有视其家人之能否公平判断,无法求助于他人也。

然而吾见平常之家,叔当家,侄怨之。兄当家,弟怨之。所以如此,皆争谋当家也,是又何哉?南人之言曰:当家三年狗也嫌。北人之言曰:为人莫当家,当家乱如麻。味其言,皆深怨当家。而正在当家者,对此独无闻知,是则嫌与麻烦之外,或尚有可宝者在欤?未可知也。

(原载于1927年10月28日《世界晚报·夜光·小月旦》)

墙 壁 开 放

中国人家，朝外的墙壁，向来都取开放主义，你把什么东西贴在上面，他完全不管。所以学校招生广告和卖花柳丹药的广告，可以大事宣传，绝对没有阻碍。

我们一出大门，就可以看见所经过的街壁，贴着某校补习英算，某校招编级生，五淋白浊丸专治梅毒，触目都是。除此以外只要找与此可以抗手的广告，只有广告上的戏报。什么星期六准演《美龙镇》，星期日准演《花田错》。

若是初到北京来的外国人调查一下，一定说中国人花柳病与看戏，和教育一般发达，岂不是笑话？我以为各家的墙壁，鉴于此层，也要保守门罗主义才好。

（原载于1927年10月29日《世界晚报·夜光·小月旦》）

戏 与 真

有看戏而为之哭且笑者，此虽由于脑筋之易受刺激，实亦出于人情。吾尝于某影院看慈母影片，见旁有一老妇人，涕泗滂沱，几不能终场而去。安见非其子若女，真有合于影片中情节者，使之触动心事，有以致此欤？

天下事以真为戏，则视之无往而非戏。以戏为真，则又何者而非真。

真与戏,其间相去几何哉?看戏而泪,则固无异吾人之处境而泪矣。

古人之词曰:六朝金粉空存迹,五代干戈小戏场,亦犹此意云耳。

(原载于1927年11月1日《世界晚报·夜光·小月旦》)

穷 凑 付

朋友相会,彼此问:近来怎么样呢?一个说不得了,当都当完了。你怎么样呢?一个皱着眉答:咳!穷凑付罢。在答的说出穷凑付三字,似乎表示已万般无奈。可是旁人听了,觉得他已踌躇满志,很可羡慕。因为能凑付,总还有吃有喝,就是加上一个穷字,那都没有关系。因为许多都是光穷,却不能凑付呢。

于是我们对于人生观,有些新了解了。先是想阔,后来是想凑付,最后是想穷凑付。穷凑付都有人想,又要提到"这个年头儿"一句淡话了。

(原载于1927年11月5日《世界晚报·夜光·小月旦》)

不做官而先存坏心

昨天走某家衙门口过,身后有一个穿黑制服的,和一个穿便衣的说话。穿制服的说:嘿!焕然一新啦。客不留店,官不留衙,何必干这傻事?我若是做官,我就不管。穿便衣的说:留着钱娶几个姨奶奶。穿制服的说:不好!留着下了台,慢慢地用呀。

我听了他这话,觉得他虽近于讥讽。然而他真个做了这衙门里的官,恐怕真要这样干起来。由是我们可以知道天下人还没有做官，已经存了一个做坏官的心眼了。吏治之糟，不亦宜乎哉！

（原载于1927年11月12日《世界晚报·夜光·小月旦》）

为新明戏院惜蒲伯英

劝业场一场大火之后，现在又火烧新明大戏院。真也奇怪，越是伟大建筑，倒越是惹火而不可收拾。提起新明大戏院。资本家蒲伯英，实在费了一番苦心。单说那个戏台，原是半月式的，已经快成功了，蒲以为不安，又完全折去，重新改为镜面式的。因为这样办，才合于演布景戏。

蒲氏建筑新明大戏院，和办人艺戏剧学校，是一个宗旨，打算在戏剧上做一番新事业，不料那个学校为了几个不上进的学生闹的风流案，冰消瓦解。老蒲花了两万现大洋，只造出一个能演王宝钏的吴瑞雁，我真替他呼冤。而今新明大戏院，可怜一炬焦土，上十万块钱又成泡影。老蒲的雄心完全付之东流了。咳！建设谈何容易？

（原载于1927年11月15日《世界晚报·夜光·小月旦》）

伙计都快活

昨晚的风，实在不小，刮着飞雪似的土，往人身上直扑。人在街上走，几乎站不住脚。不用说，街上两旁的店家，都铁紧地关着门了。本来这一向子店家就早早地暂停营业，以待来朝，这一刮风，两好凑一好，越发可以上铺门了。

这年头儿，当伙计的真快活，白天就没有了不得的买卖。现在晚上歇工又早，倒真合了吃饭不做事的那个优等条件。这样下去，做官要算二等差事，作伙计倒成了一等优差了。

可是话又说回来了，做伙计快活，掌柜的发愁。掌柜的老发愁，他干吗请许多人在家里吃闲饭，慢慢地也就该轮到伙计发愁了。

(原载于1927年11月16日《世界晚报·夜光·小月旦》)

报纸和老鸦一般

许多人说，中国的新闻事业，太不发达，很是可惜。据我说：中国的报纸，根本上就不应让它存在。不发达却是一件好事。有人必然说：你疯了吗？你也是个记者，为什么不愿报纸发达？我说：这不是据我个人的思想说的，乃是根据一般人的思想说的。你想报纸上报丧似的，天天把一些坏消息告诉人，人家不要为这个恨报纸吗？

天上飞的老鸦，它没有什么对不住人的地方，就因为它叫的声音怪不好听，大家都讨厌它。现在中国的报纸，正是天下老鸦一般黑，天天报告一些丧气的消息，人家不讨厌它吗？既然，大家讨厌，不发达岂不是一件好事？有人又说了：这却怪不得新闻界，另有负责者。但是，我们既然报告恶消息，就要自认嘴直，却不敢怪人呢。

(原载于1927年11月19日《世界晚报·夜光·小月旦》)

头痛不能医头

头痛医头,脚痛医脚,这两句成语是表示一个人做事,没有具体的办法,所以无论什么人,他也得了这个老话,一定可以料到他所做的事,乃是乱七八糟,而且是过一天算一天,走一步算一步。自然,那是极不好的现象了。

可是到了现在,这话进步了,应该算治世的格言。因为现在的人,头痛就不能医头,脚痛就不能医脚。来急了,甚至乎把擦痔疮的药,当补肺的杏仁露喝了。真个要是能痛到那里,医到那里,那真也算穷凑付。穷凑付就是如今最上等的生活呀。

(原载于1927年11月23日《世界晚报·夜光·小月旦》)

优 待 学 生

电影院优待学生,只收半价。许多不是学生的人,为着省一半钱,也就只好冒充学生入场。好在充读书人,这是力争上流的事,不能与冒充官长冒充军人一律看待。因此,有许多买全票的人,都买了半票,倒好像电影院吃了亏似的。

其实,电影院正利用观众贪便宜的心理,才有优待学生的办法。这样一来,真正的学生,固然上钩。就是非学生,有了这样一个机会,也要冒充前去。在你以为省了钱,在他以为不愿去的都被他吸引去了。反正你送钱给他，不是他送钱给你，他有什么不愿办的呢？你瞧，到底谁是傻瓜？天下事，许多明是上当，暗是获利，这就是一种。

（原载于1927年11月27日《世界晚报·夜光·小月旦》）

破坏与建设

昔人有言百年成之不足，一日败之有余，此比较破坏与建设难易之说也。审是则破坏之易与建设之难，当为一与万之比例矣。然二者之中，正自有辨。小破坏可以行小建设，大破坏须行以大建设。如筑室然，补苴缸漏，小建设也；扫赤地而再构之，大建设也。若破坏则为扫赤地，建设则为补漏隙，此虽有百千万建筑家，行百万场建筑事，有何益哉？

就今日之世界各国言，唯日本与美国，系小破坏而谋大建设。德国系大破坏，而仍努力其建设，虽不称，犹有生气。若俄国则不但大破坏其本国，而且欲破坏世界。至于建设，犹未着手也。

（原载于1927年11月30日《世界晚报·夜光·小月旦》）

花 柳 大 夫

看见报纸上的卖药广告，已经觉得花柳药要占多数。若是更在大街上绕一个弯，仔细对各处墙壁调查一下。那么，你必会有一种奇异的感觉。以为社会上对于花柳药的供给，如何这样踊跃？需要的程度，也就不言可知了。

在性学发达的时候，有这种现象，那倒不算稀奇。不过这花柳药的趋势未免要宁滥毋缺。尤其是国产的花柳大夫，秘制的什么丹，什么散，内容是玄之又玄。有些色鬼，结果是不死于花柳病，而死于花柳药。

听说官厅现在要调查公私医院，我就联想到花柳大夫，似乎这也是在社会健康中值得注意的一件事。

（原载于1928年1月9日《世界晚报·夜光·小月旦》）

越穷越没有

据商会调查，北京歇业的商店，已达一千六百多家，这总算北京空前的创举。可是所停的无非是些小买小卖。他们交易的商品呢，乃是人生日用之物，至于消耗金钱的地方，像戏园妓馆，大饭店。大饭庄，没听见他们说关门。这显然有人不能买人生日用之物，依旧也有人在消耗地方浪费呀。

日用商品，没法儿畅销；浪费的地方，倒是不减当年的威风，这就是戏词上所说的，越穷越没有，越有越方便了。出家人说，与人方便自己方便，我很希望过方便日子的人，要想想这八个字的意思呢。

（原载于1928年1月10日《世界晚报·夜光·小月旦》）

心 不 死

许多下了政治舞台的人，见人大权在握，未免眼红，于是拿出一些钱来，到处搭干股份，希望把人家公司办得发达起来，自己也好上台。其实人家公司兴旺，谁会要你来搭干股份，人家要你搭股份，那公司也就可知了。不过照这事看起来，所谓下野的人，那都不可靠。俗言道得好，若要人心足，除非黄土筑，我看倒是事实。于此我想起从前人咏老妓的一首诗，那诗说：

对镜一长叹，风流曾几时？阅人亦多矣，回首总凄其。欢笑虚前约，恩情误后期。怜他心不死，又买倚门儿。

虽然只平平常常四十个字，把老丑风尘人物的心事，总写出一部分，我最有所感的，就是那一起一结。天下许多心不死的人，把它截为绝句，不要中间对仗，一读之后，作何感想呢？

(原载于1928年1月11日《世界晚报·夜光·小月旦》)

小 三 天

北京娶亲旧俗，分三天办完，第一天迎妆，第二天娶亲，第三天会亲。由这样办去，娶女的男家，自然要办三天的喜事。可是后来大家觉得太花钱，把三件事一日办完，就是早晨迎妆，上午娶亲，下午会亲，总名儿叫小三天。于是有人做了一首打油诗说：娶亲苦怕费多钱，旧有章程下马筵，莫怪近来年月紧，一天竟叫小三天。

由我想，这种因陋就简的时代，能够化大为小，化零为整，一举办完，未尝不可。如若是有其名无其实，倒不如三天事做三天办，可只花一天的钱，还有一个空架子在呢。不过我所论的，是指社会上一般事，并不限定娶亲。

(原载于1928年1月12日《世界晚报·夜光·小月旦》)

拼命人可怕

俗言说得好,拼了一身剐,皇帝拉下马。所以天下不要命的人,什么事他都可以办。不过他们虽然肯拼命,拼得倒人,拼不倒人,那又要看机会。设若他拼了一身剐去拉皇帝,皇帝却老是不出宫门,他又有什么法子呢?

一个人生在世上,无非是争名夺利,处处免不了和人冲突。我败了呢,先就栽了筋斗,自不必说。我胜了呢,就得防备有人和我拼了命,说不定哪个时候遭他的毒手。我是哪里也不敢胡闯,他却水里来水里去,火里来火里去,自由不自由,其间相隔,就不啻有天壤之别了。

我们有法子躲开拼命的人吗?有有有,请自不争权夺利始。

(原载于1928年1月14日《世界晚报·夜光·小月旦》)

男女社交私开

社会的经济,越是困难,世人弄钱的法子,也就越是奇妙。只要迎合社会心理,想出种种弄钱之法,不由人不上钩。最近各报上登出一种小广告,说是现在有女士十余人,因为鉴于男女社交不公开,特组织一个社交会,每礼拜开会一次。现在征求男女会员,只要缴会费二元,寄到邮局十四号信箱,就当把会证寄上,凭会证入席。这个广告,多么玄秘,既无人名,又无会址,只靠那"女士十余人"五个字,就要人家寄二元入会费。其意何在，不言可知吧？

　　她也许是他吧。我们知道求恋的男子很多，现在只要花二元钱，就可得到许多女友，岂会放松，所以开宗明义，就把女士十余人提出来，好让人注意，至于征集男女会员的女字，那不过是陪笔，免得征男而不征女，以至男子疑心。其实女子要交男朋友，那有什么难，何必花那两元哩？我也犯不着叫官厅注意，不过这样藏头露尾，恰是社交私开，不能算是公开吧？

　　　　　　（原载于1928年1月16日《世界晚报·夜光·小月旦》）

爆　竹　声

　　爆竹声，晚来又连续不断。往年听了不过是觉得一岁将尽。今年听了，不知什么缘故，令社会上的人增许多无味的感慨。若是官厅始终不开禁，今年过春节，居然不放爆竹。那末，这与穷人为难的节令，可以悄悄地过去。我猜社会一定有许多人，少受若干刺激。现在是轰一声，啪一声，尽管放那年到的信号，多么讨厌！

　　说起这话，又想到那吃酒糟月余的涿州百姓，他们对于这轰轰啪啪的声音，早已是心惊肉跳，这一生也不愿听了。现在开城未久，这声音又来，作何感想呢？说是像那种声音令人胆破。说是爆竹声，又想到过一个家破人亡的年。恐怕比巫峡猿啼，还要难受吧？

　　　　　　（原载于1928年1月17日《世界晚报·夜光·小月旦》）

字 母 地 名

新文艺家用人们二字，许多人觉得架床叠屋，念得嘴里不太合适，其实这若照字面分析，还有可通，最不可解的，就是把一个外国字母，代替中国一个地名，譬如北京，他不说北京，一定要说P城。上海不说上海，一定要说S埠，这种说法，是Peking和Shamahai的缩写，几乎是公开之秘密，决不能说是故意隐讳，除此以外，还有什么意味呢？若说是图简便，偏偏P城和北京，S埠和上海，都占两个字的地位，与其这样绕着大湾子，何妨北京直称北京，上海直称上海呢？

从前人家用甲乙丙丁，来代张三李四，新文艺家，便说人家无意味，陈腐滥调。如今用ABCD代替东西南北，就觉得有意味，不陈腐不滥调吗？

（原载于1928年1月18日《世界晚报·夜光·小月旦》）

赴邮局者留心扒手

昨午偶至西长安街邮局发信，见一中年妇涕泗横流，哽咽而去，心窃疑之，旋闻人言此妇在邮局存款百余元，顷来取去度岁，取款点数已毕，即置袋中，而一转瞬间，款乃不翼而飞，盖为扒手窃去矣。予闻之，心大不忍，盖人至此时向邮局提款过年，必非富有，今尽数攫去之，人将何以卒岁？此犹指所提者为本人之款而言，若为他人代取，则其人或以生命殉之，亦未可料也。

　　问闻人言，邮政总局多扒手，不料一小分局，亦复如此。邮局非若何广阔无际之地，不难照应，何以长令宵小于其间试好身手哉？邮局之扒手不绝迹，有地方之责者，固不能默尔，然亦邮局之耻也。

（原载于1928年1月20日《世界晚报·夜光·小月旦》）

封箱大吉

　　每年阴岁年终，凡是戏班子，无论停与未停，都要唱一台封箱戏。封箱后，实行就休息起来，因为从前的人，不晓得有什么星期日，平常的日子，除了自己躲懒而外，都不应该休息。所以遇到过年这个机会，大家都不肯错过，都要找几天安乐。

　　有工作必定有休息，这是一定的道理。所以现在一班工人，除了望加薪而外，就是望休息。得钱是做工的一种安慰，休息也是做工的一种安慰。我们虽很赞成废止阴历，在未废止以前，倒也乐得吾从众，自己安慰一番。这是我们小歇几天的理由，读者虽然觉得每日少了一件事，但想到每礼拜露两天的名角，都能封箱，对于我们当然原谅了。封箱大吉。再见。

（原载于1928年1月21日《世界晚报·夜光·小月旦》）

吉 祥 新 戏

旧历新正,各戏院趁着闲人多,上座容易,没有不赶着开台的,而且这开台戏,随便凑合,并不用得预先布告。只要在海报上写上吉祥新戏四个大字,自然有人前来。要问他们为什么来了,就是来听吉祥新戏的。至于戏好不好,对劲不对劲,他们倒是在所不问的,由此看来,可见听戏的人听戏事小,讨彩头的事大。

我们这夜光一栏,前些日子,不是学着戏院子里,报告封箱大吉吗?有封箱当然也要开台,开起台来,我们也要说是吉祥新戏,所以今天我们的第一个小月旦,内容闹什么狗屁胡说,都不必管,只要题目写上吉祥新戏四个字,诸位一上眼讨一个彩头,那就得了。扩而充之,中华大舞台,也是如此吧?

(原载于1928年1月27日《世界晚报·夜光·小月旦》)

一分行情一分货

江南人说话,一分行情一分货,我想这是实在的事情,昨天,大破悭囊,在华乐园请客。戏价八毛又铜子十二枚,我们两个座儿,共给了二元二角,这似乎对得起看座儿的,他已实收小费五毛多了。待一会儿,前排照样来了两个座儿,看座的特别要好,给他送上一块蓝布垫子。我留心他给戏钱的时候,比咱们多花两毛。这就是这块蓝布垫子的代价,咱们少花两角，这省钱的尊臀，只好和硬木椅子接吻了。由此看来，岂不是一分行情一分货？

看座儿的把持座位，多索小费，积习已深，咱们犯不着去说他。可是他们看钱说话那种招待，很可以给省钱的人，得一种教训。不浪费的人分人，大可以不必上娱乐场去受气了。

（原载于1928年1月28日《世界晚报·夜光·小月旦》）

替 人 发 愁

去年阴历正月，老是刮大风，那个露天娱乐场的厂甸，刮得没个人影，摆摊子的人，都是叫苦连天。后来虽然又呈文警厅，展期十天。这一过元宵，闲人不多，逛厂甸的也就很少，生意究竟好不起来。再说到目前三十晚上的爆竹，本来就大大减少，老百姓过年不乐，也就可知，逛是一定随便的了。偏是老天爷初三下起大雪，一下三天，好容易晴了，又吹起老北风来。眼见今年厂甸的生意，又去了一半，以后如何？还不可知，我真替作小生意买卖人发愁。

有人说像你这样爱发愁，你非发神经病投海不可！你大概住着离厂甸不远，你就只知道替厂甸的小商人发愁。设若……我断住那人说：不要设若了，设若下面的地方多着啦，等我做了官才替他们发愁罢。那人说：你是倒说，做了官才不替他们发愁哩！

（原载于1928年1月29日《世界晚报·夜光·小月旦》）

不反任何守教

信教自由，此为二十世纪之口头禅，然以前则未有人梦想及此。盖宗教家向来带二分专制意味，谁有势力，谁即自以为是，而以外宗教为异端。儒家虽不是真正宗教，然反一切宗教甚力，不能谓其不野蛮也。

大概性情豁达之人，不至于笃信任何宗教，亦不反对任何宗教。盖宗教不外劝人学好，多少有些长处，未可一笔抹煞也。袁子才尝致书友人云：文王望道未见，而孟韩两公以道统自任，矜矜然或辟杨墨，或辟佛老，忧河水之浊，而欲以泪清之。此言虽不彻底，就儒家一方面说，亦有几分道理。吾见今尚有以维持道统自负者，未知对袁语作何感想也。

(原载于1928年1月30日《世界晚报·夜光·小月旦》)

第 三 种 水

据许多人说，张竞生的《性史》，在南方已是公开的读物，所以张先生在南方，比在北方要自由许多。可是据前日本报所载，上海临时法院因张竞生所开的书社，出了一本书，叫第二种水，是淫书，便判罚张博士大洋一百元。在《性史》公开之下，第二种水却要受罚，其不大雅观，也就可知了。

我们也曾知道科学中有讲性学的专书，但决不是说小说中有专讲性学的小史。张竞生却冒了科学的招牌专闹这个，却弄得名利双收，也难怪他大告奋勇了。罚一百元,他那第三种水更出名了,决不止再卖一百元呢。这年头真是富而可求,无所不为了。虽然,这个小月旦,不免又给他作了一次义务广告。

(原载于1928年1月31日《世界晚报·夜光·小月旦》)

诸事不宜

历书记着每日吉凶趋避,很是详细。遇到最坏的日子,有四个字的考语,乃是诸事不宜。

既然说话诸事不宜,除了日常工作,连吃喝拉睡,都应该在内。若是要照历书行事,这天除了不工作而外,连吃喝拉睡,一股脑儿免了才对。可是诸事不宜的日子,诸事依然有人做,也不见特别的发人瘟。由此说来,岂不是历书不可信?

诸事不宜既不可靠,宜剃头,宜洗脚,却还有人相信。唉!世上人,无非自骗自。

(原载于1928年2月1日《世界晚报·夜光·小月旦》)

耻与日本共事
——柯老先生有骨子

柯绍忞老先生,作了一部《元史》,日本人遂送了他一个博士,因此他和日本知识阶级,多少有些关系。所以中日两国知识中日文化委员会,也有他老先生在内。

这次案发生，他老先生也很生气。因为自己是个山东人，为着父母之邦要争一口气，耻与日本人一堂共事。因此为信给濑川，辞了这个委员。于此看来，人家说旧人物爱国心淡薄，是不能成立的。识书人道俱重在气节，何况是有不朽之作的老儒哩？

虽然，我要对柯老先生为进一步之论，济案事开国体，是中国人就耻与日人共事，又何必问是不是山东人呢？与日人共事的同胞呀，请了！

（原载于1928年5月16日《世界晚报·夜光·小月旦》）

亡国的经验

日本军队，占领济南城，快一个礼拜了；占领胶济全路，也有一个礼拜了。在日军占领期中，济南和沿胶济路的政权，都操在日本人之手。换一句话说，山东一部分人，临时地要尝一尝亡国的滋味。

中国人是善于做亡国之民的。据人说，八国联军杀入北京的时候。北京的市民，曾在门口挂着"顺民"的旗子，所以得保全性命。这种办法，来之很久。当满人灭了明朝，杀到北京的时候，北京的市民，就用此法子，中国人真算是有亡国的经验。

现在济南的百姓，都在日军铁蹄之下，或生或死，只在日军一开口一举手之间。我想他们为表示服从起见，只有举出顺民旗了。他们大概不忘记此事，呜呼！亡国的经验。

（原载于1928年5月17日《世界晚报·夜光·小月旦》）

小月旦

六月还能纪念东邻

我昨天说到五月完了，算是期已过。今天是六月一日了，我们应当像出川的船，到了宜昌一般，要相应更生了。可是我写到六月一日，我又想起长沙日本人打死中国人水夫的六一案。

这场案子，当日也是轰动一时，日本还开了几条兵舰到长沙去示威。现在除了身受其赐的长沙人，恐怕没有几个人还记得的了。

我们以为在五月里，日本给予我某种印象，实在太深，到了六月，也许可以渐渐浅淡了。不料刚揭过这个月来，第一个日子，又是我们要纪念东邻的。东邻之处处予我们纪念，是这样的殷勤，实在是难得了。

（原载于1928年6月1日《世界晚报·夜光·小月旦》）

日货家家有

抵制日货？抵制日货？遇到外交吃了东邻苦的时候，中国朋友，就会这样嚷起来，日本朋友听了这话，常笑着说：中国要抵制日货，是不可能的。如若抵制日货实行了，中国有许多事情要停办。这话我初以为他们是自己作无聊的宽慰，现在想来，却是事实。我们在东安市场和大栅栏绕一个弯，留心看看日本货如何？恐怕是家家有了。日货如此之多，当然有日用不可少的在内。

我们要抵制日货，却落得日本说句不可能的大话，他们多么可恨。但是我们不要恨日本人，只恨中国人为什么不能供给自己的需要呢。自己不能供给，又不要人供给，那当然有停办的事了。所以抵制日货之余，我们要赶紧喊句口号，提倡国货。

（原载于1928年6月3日《世界晚报·夜光·小月旦》）

各 是 其 是

吾尝谓千古有优劣，千古无是非，各人处境不同，则其是非亦异矣。

王莽曹操，篡杀之贼臣。而操莽心目中，安知不以殷汤周武为贼臣？秦桧与魏忠贤，无上之大逆，而桧与忠贤心目中，安知不以霍光狄梁公诸名臣为奸逆耶？黄巢、李闯之徒，涂炭生灵之寇盗也，而巢闯心目中，安知不以刘季、朱元璋辈为寇盗耶？在此情形中，而欲谈人情天理则难矣。

惟千古无一定之是非，而道德遂不足为一般人之防范。主张由是益乱。主张既乱，而是非亦转因之不能定矣。

（原载于1928年6月4日《世界晚报·夜光·小月旦》）

你 且 看 他

尝读《坚瓠集》，至寒山拾得问答数语，每爽然若失也。

寒山问拾得曰：有人打我，骂我，辱我，欺我，吓我，骗我，凌虐我，以极不堪待我，如何处他？拾得答曰：只是避他，耐他，忍他，敬他，畏他，让他，一味由他，不要理他，你且看他。

此问答数语，妙在最后你且看他一语。在此看他一语中，有攻他，罚他，处分他，教训他，感化他之意。若是完全照字面上做去，则此人必等于废物矣。

或曰：中国人之废物多者，正是饱受拾得所言之教训，故无往而不适用"且看他"之人生观也。果尔，则今日实不能不改矣。

（原载于1928年6月5日《世界晚报·夜光·小月旦》）

吊 黎 元 洪

北方政局，连日大变特变，那位武昌起义的黎宋卿先生，却在这时候作古了。一般报纸上，现在都注意到台上人物，台下人物如何，却贺吊之无关了。人之生也，与其死也，不可不讲究时候也如此。

从前有人说，黎元洪是一个福人。试看他每次出山，都是时机造成，那意思就是说他是一个庸人，不能创造什么事业。盖棺定论，这话也不能怎样否认。但是黎氏虽不能创造大事业，却也安守本分，尤其是他两次做总统，都有泰西平民总统的态度。像在天安门开国民大会，演说废督裁兵。不住公府，每日由私宅骑马或坐车上衙门。逛白云观逛厂甸，在人丛里挤。这在我国阔老里面，很难找到几个同样的了。

总统能平民化，也就难得了。这一点是值得纪念的。

（原载于1928年6月5日《世界晚报·夜光·小月旦》）

这相思苦尽甘来

人生之环境，虽足规定其事业之趋向。然有时意志坚定，苟胜一事，至死不渝。则其事业，又未尝不能变更其环境。尽一人之环境，本亦种种人事造成，非天生成者。既为人事则亦自可人力战破之。惟个人之力量，与环境之拘束，轻重悬殊，此非二十四分坚忍，并蒙相当之牺牲，不足以抵于成也。

世人无不有儿女之爱，请以爱喻。而爱之片面自起而恋一绝不相干，绝不可恋之人，又莫如张君瑞。张之爱莺莺也，缠绵婉转，几致于死，而其卒也，乃有春生敝斋之乐，张于是自为之慰曰：博得你心回意转，这相思苦尽甘来。此一回转，正是不易。而人生之一事业，不可不有此精神也。请致酒为与环境作战者祝。

（原载于1928年6月7日《世界晚报·夜光·小月旦》）

至少也是瞎说

脑筋是人人有的，知识却不见得人人都有。职业是人人要有的，主义却不见得人人都有。何以呢？因为主义是一种学说，是人生的一种信仰。无知识的人，和无志气的人，他都用不着这个。

主义既然是一种学说，当然不是油盐店里的酱油醋，什么时候要，什么时候就有。非你研究有素，你不会懂。你既不懂，又何从而能信仰之？

所以一个人突然告诉人，我尊重你的主张，我信仰你的主义，这若不是冤人，至少也是瞎说。

（原载于1928年6月8日《世界晚报·夜光·小月旦》）

外人方面消息减少

正当时局紧张的时候，看报的人，是希望得着一点儿真消息，对于当局，有好意与恶意之分。是好意的，当然可以尽量登载。若是恶意的，却只好让新闻记者闷在肚里。唯有那半善半恶的消息，登乎，有所未敢，不登乎，未免可惜。于是想了种种的法子，婉转出之。这外人方面消息六个字，也是婉转之一道。

外人方面消息，并不是外人消息，固是常有。有时新闻记者自己在新闻上加一种按语之类，也不便明说，意也归入于外人消息，这不啻把自己的当外人了真可笑倒。

所谓外人云者，无非为防人追究来源起见，先下一个伏笔，本是无奈之事，这几天外人方面消息六字，突然减少，其吾人"不无奈"之时乎？将有以观其后。

（原载于1928年6月9日《世界晚报·夜光·小月旦》）

望勿太深　进勿太烈

诸葛亮说：淡泊以明志，宁静以致远。小时看了这十个字，平平常常念过，觉得没有什么特别的地方。及至年岁加长，在社会上的阅历也渐深，觉得这实在是饱经忧患的人，方能说出的话。

无论什么事，你希望太深，结果必不能像你所想的圆满。你进行太烈，结果也不能像你所想的迅速。所以根本上给他一个淡泊，一个宁静，就是不圆满不迅速，我也不觉得怎样失败。

想象为事实之母，究竟也不是事实。

(原载于1928年6月10日《世界晚报·夜光·小月旦》)

何责乎裁缝落布

做裁缝的人，他除了实收工钱而外，还有一桩特长，就是落布。所以俗人说：裁缝不落布，三天落条裤。又说：五百年必有王者兴，一千年不见好裁缝。中国人对于裁缝的深恶痛绝，于此也可见一斑。

其实，天下人所持的职业，除了他正正堂堂的名色而外，真没有外花钱收入的，实在也找不出几样。所以照着现代潮流取决于多数而言，那于职业之外，还要找些不光明的钱，也是理有固然势所必至了。

你瞧瞧大街之上，来来往往，那些举止阔绰的人，谁是能把内容告人的？何责乎裁缝落布！

(原载于1928年6月11日《世界晚报·夜光·小月旦》)

我只有痛哭

记得那年冬天，中山先生从天津扶病到北京来。正阳门外，欢迎的民众，就像蚂蚁一般，连路都塞了。中山先生带着笑容，从火车上下来，就在这样民众堆里挤了出去。他因为有病，不能演说，一路之上，扔了许多传单答复民众。传单虽极简单，第一句就是中华民国诸位主人先生。你看他对于民众（人力车夫在内）是怎样谦逊有礼，和蔼可亲，越是这样谦逊，越见得中山先生无所不容，极其伟大。

而今青白旗挂遍北京了。中山先生的主义好像快要实行。但是这莽莽乾坤，哪里去找这样春风风人夏雨雨人的伟大人物？我伤心极了，我只有痛哭。

（原载于1928年6月12日《世界晚报·夜光·小月旦》）

瞧 我 吧

北京人给人劝架，常是这样说，得了瞧我吧？这"瞧我吧"三字里面，含着我是蒙你看得起的意思在内。当两方争持不下的时候，必有一方愈加激昂。这愈加激昂的一方，听了这"瞧我吧"三字，无论如何，就得瞧着这劝架的人的情面，不言不语，就此收手。因为这个人说出这句话来，必然是你瞧得起的。他一说瞧我吧，就不得不瞧了。

"瞧我吧"三字，既然有这样灵验，说这话的，自然有充量的把握。可是因为一说就灵，有些人不够让人瞧的也想侥幸成功，大叫瞧我吧，未免不自量了。结果，瞧倒是瞧你，不过是瞧你碰一鼻子灰罢了。

（原载于1928年6月13日《世界晚报·夜光·小月旦》）

幻境勿想得太完备

人生处衣食情欲之中,要受外界种种之拘束,对其环境,决未有予以满意者。因是假设一境界曰,当如何如何,果能如何如何,则吾之目的已达,当十分痛快矣。

一人如是,社会如是,更推之一国,亦未尝不如是!然事实之产生,其中艰难缔造,不能如理想之简单。故产生之后,欲其与吾理想中之乌托邦,一一吻合,是为万不可能之事。此种见解,初非根据何种学理,以阅历所得者而言,当可证实也。

识是之故,吾人脑筋中之幻境,殊不宜构造太多,亦不宜构想太完备。然后纵有不合,亦可淡为置之,否则唯有懊恼而已。

(原载于1928年6月16日《世界晚报·夜光·小月旦》)

低 下 去 罢

我的朋友说,夜光的小月旦,现在慢慢的成了大月旦,极不赞成。同时水先生嬉笑怒骂的笔调,似乎也有些版版六十四了。

水先生曰:其然,岂其然乎?我以为小月旦开场到如今,大概有三个时期。第一个时期,专门说空话;第二时期就不断地发牢骚;第三个时期,日日说笑话。说空话的时间,大概自奉鲁军入京起,一直到上月为止。现在呢,还只走进一步,刚刚发牢骚呢。若望以敞开能说笑话,还请您待一会儿。

我们向来是卑之毋甚高论。偶然高起来，文字也是力求隽永有味。似乎不像大月旦，有什么主张和政见哩。朋友们既然嫌是大月旦，我们以后就越发低下去罢。

（原载于1928年6月17日《世界晚报·夜光·小月旦》）

蒋锄欧邹鲁

四十军长叶开鑫部下，有一个副军长，名叫蒋锄欧。这个名字分析起来，很是有趣味。尤其是联着他的尊姓读起来，便有主词有受事有动词了。由此，我又想到了邹鲁。他那大名，是一个单字。依着中国人惯用一个字为名，不免把一分而为二。因为这个鲁字，若是折开来，利利落落，便是两个字，丝毫也不勉强。两个名词叠在一处，上一名词照例当形容词看，于是这名字也是很有趣味的了。这两位先生，若是在外交界，倒是不错。

（原载于1928年6月19日《世界晚报·夜光·小月旦》）

大城人大吃大菜

据天津报上所载，大城县现在驻有第二集团马鸿洁的第四军，马氏因为城外的麦熟了，乡下人没有牲口搬运，麦熟了不能割。于是他就发出布告，可以借牲口和大车给自用，而且还叫他的兵士，帮着乡下人割麦。这话传出去，百姓就纷纷的来借车借牲口，好不热闹。

后来只听说军队向老百姓要车要牲口，没听说老百姓倒向军队里去要车要牲口的。现在反其道而行之，那些老百姓，必定引为日头也有从西面出来的日子了。

张宗昌带军进关的时候，滦州百姓说：打是饺子骂是面，又打又骂小米儿饭。可怜的百姓，把打骂当小米饭。现在军队倒给百姓割麦？大城人不要是吃燕窝海参吗？

（原载于1928年6月19日《世界晚报·夜光·小月旦》）

健者不健矣

夜光稿件，送警察厅检查，向来未有删扣之事。有之，则为去年双十节日之一文，其题盖为老杜名句，"明年此会知谁健"也。

当时晋军两路攻北京，南路过望都，北路亦抵怀来。奉军政府在京，摇摇若不克自持。检查员见之，以为吾人所指，或对奉系有所讥讽。为息事宁人计，将文删去。其意盖不欲记者入拘留所，一尝窝窝头风味，意至可感也。其实记者一时兴到，亦感于老杜人生聚散无凭之意，固不专指奉系耳。

今也，去年所认为之明年今日，犹远战遥遥，而健者实为不健矣。人事无常，一时得失，顾足论哉！

（原载于1928年6月21日《世界晚报·夜光·小月旦》）

小月旦

想起过素节

记得前年端午,满街大使其军用票,菜市上的肉店鱼摊,一律关门大吉,连累一般市民,拿着现钱,买不了荤菜,只好过个素节。因之记者曾对人说,这虽是小事,却值得我们终身纪念。所以去年过端午,有了肉吃,我们就十分欣慰鼓舞。今年进一步,更可把前年端午节吃不着肉抱起屈来,这尤可生些感想了。

这种很明显的创痕,北京市民虽然脑筋像顽石一般,一问起他们,我想他们是能清清楚楚地说出来的。在奉鲁军以为能得一时的便宜,市民记得与否,在所不问。却不知道这一记得,正是他致败之由哩。

(原载于1928年6月23日《世界晚报·夜光·小月旦》)

取消公理战胜碑

中央公园的公理战胜碑,听说现在要取消,那块招牌,另改为"天下为公"四个字。所以要改的理由,就因为公理战胜碑的由来,含有帝国主义的意味。

我早在本栏,有公理战败碑的建议,对于这件事,当然赞成,是不是含有帝国主义,还放在第一层说。我的意思,以为中国常是公理战败的国家,在这种情形之下,大言不惭地说是公理战胜,何异乎挨了打之后还说是打了人?

挨了打，为人不武，已经是一层耻辱；挨了打反说打了人，这是懦而好夸，又是第二层耻辱。第一层耻辱，本不容易去掉，但是我又何必自加一层耻辱呢？去之是也。

(原载于1928年6月24日《世界晚报·夜光·小月旦》)

狗 性 不 变

安徽人有一句俗话，屎生定是狗吃的，羊吃就沾胡子。这是不妨反过来说一句天下的狗，决不能不吃屎。由此说来，这吃屎是狗的天性了。

常听说有一个有钱人家，养了一条哈巴狗，因为怕它吃屎，就打了一个铁丝络子，给它把嘴套上。除了让狗吃饭之外，这铁丝络子，是永久络着的。一直管了三年，主人翁以为这狗向来不知屎味，不闻屎香，总不会吃屎了，于是把那铁丝络取消。不料取消之后，恰好富人的小儿子，在院子拉了一堆野屎，哈巴狗一见马上就吃个干净，富人一见，叹道：戒屎三年，一见便发，我也防不胜防了，由你去罢。

记者说：狗性不变如此，也可以一想其余了。

(原载于1928年6月26日《世界晚报·夜光·小月旦》)

打倒虱多不痒

中国人常说：虱多不痒，债多不愁。这话的意思，却不必那样看。以为虱子多，浑身都痒，要搔也止不住，当他不痒，债一多，一生都还不清，愁也无益，只当他没有债。总而言之，反正是不得了，以不了了之得了。

这种人生观，是无可如何的一件事，若有这一学说，则是提倡不得的。而且有了这种学说之后，借小债的人，一定不求洗干净身子，反而加重债务，自堕于不可救药之地，以求债多不愁。这实在是害人的一个秘诀了。

初生虱子的朋友，赶快洗刷洗刷罢，我们打倒虱多不痒。

（原载于1928年6月27日《世界晚报·夜光·小月旦》）

转到笔底下

中国人常说：言者心之声。以为人有什么意思，必定会从口里说出来。据我看，这话不尽然。因为同时老前辈也传下秘诀来了，逢人只说三分话，未可全抛一片心。由这种办法看来，听人家口里的话，未必就可以能揣测那人的心事。

现在人更精明了，心里的事，口里的只能露三分；甚至口里要说的话，笔底下又只能露三分。结果，有什么事要在笔底下发表，转弯又转弯，只好有一成可发表了。其余九成呢，不用提，就全是撒谎。所以无论什么事，人家转到笔底下之后，来告诉你，弯子就绕大了。所以我们的宗旨，最好是尽信书则不如无书。

（原载于1928年6月28日《世界晚报·夜光·小月旦》）

何必怕说做官

我有个文字朋友,近来写信给我。劈头一句说,"我真惭愧写信给你老哥,我也做了一个磕头虫的小官了。"朋友,做官就是惭愧的事吗?那也不是的。

固然,我们常常骂官僚。但是官僚二字是指办公事的人而言,并不是坏人的代表词,不过因为官里十停有九停不好,所以官僚和小人二字,没有分别,做官也就成了不名誉的事。其实拿正当的薪俸,办正当的事业,虽然做官,也与做别种职业无异,又有什么可惭愧的呢?

朋友,不要把官僚来娼优蓄之;也不要做的是官,偏偏说是做工,反而不大方。人生只要出一分劳力,得一分报酬,事事可办的。做官,又何必嫌呢?

(原载于1928年6月29日《世界晚报·夜光·小月旦》)

赶不上了

北京的各种大小机关,现在取消许多。皮之不存,毛将焉附?那些机关里的人员,当然也完事大吉。纵然有一部分人,还找到职业,乃是他们另辟的新途径,当然又为一事了。

我从前常说,北平各机关,一欠薪则几月,那些人员死守不动,以为灾官,也是活该。谁叫你不早学一份职业,留着下台用呢?所以现在这些穷途日暮的灾官，既可怜，又可笑。可怜的是他穷，可笑却是他笨。

许多西装窄窄，皮鞋得得的朋友，从前也是官僚，而今怎么样？穷灾官不知道这个，却要穿着长袍马褂碰造化，那受天然淘汰又何疑之有呢？

（原载于1928年6月30日《世界晚报·夜光·小月旦》）

靠天吃饭

我国以农立国，农产收入的丰收，系全国人民的生命，国人应该如何的努力去改良农业才好。但是，水灾旱灾相继而至，蝗灾虫伤素见不鲜。固然有些是天灾，人力不易抵抗，但农业的方法故步自封，不肯以科学的方法去改良，实在要占大部分！

中国人有句俗话："靠天吃饭"，就可以代表中国农民一种因循懒惰的习性。要晓得现在的时代，科学非常地发达，能以人力胜天，并且优胜劣败天演的公例，是丝毫不爽。中国的茶丝，现在已经远不及人，输出锐减；农业如再不能改良，将来甚至于自给不足，要取食粮于外国了。

简单的一句话，中国农业不改良，实在是中国谋富强的大障碍，也就是中国不能富强的大原因。靠天吃饭。将来是没有饭吃！

（原载于1928年7月1日《世界晚报·夜光·小月旦》）

回到中华民国去

王湘绮说过，中华民国，不是中华民国，乃是中华官国。因为中国是官的世界，一切都在官手里，所以这样说。他这句话，是民国元二年间发明的。后来到了民国三四年以后，形势就不同了，中国成了军人的世界，事都由军人去办。老实说一句，这十几年以来，完全是中华军国了。

现在裁兵的声浪。涨漫了全国，而且要裁兵的，就是带兵的人。由此看来，兵或者真个有裁的一日。徐树铮曾集句为裁兵对联说："裁"缝灭尽针线迹，"兵"气化为日月光。此联大可庆祝，不可以人废言。兵既能裁，我们就赶早喊句口号："回到中华民国去"。

（原载于1928年7月2日《世界晚报·夜光·小月旦》）

吃饭问题

昨日在一个地方等朋友，不耐枯坐，顺手翻了一本杂志一看，题目是吃饭问题。关于饭要怎样吃，几时吃，都写得清清楚楚。而且淀粉要若干，脂肪要若干，矿物质要若干，也开了一个清单。要是照这样子吃法，虽然不见得长命百岁，但是身体健康，是无可疑的了。

这话可又说回来了。这个年头儿，上餐吃了大米饭，下餐有没有窝窝头啃？谁也不敢保自己的险。一个人临到啃窝头的时候，还有工夫研究淀粉若干，脂肪若干吗？若让中国人去研究到吃饭问题，为时还早着哩。

（原载于1928年7月3日《世界晚报·夜光·小月旦》）

一家哭一路哭

国府接收废京各机关以后，大批的官僚，都无路可走。百无聊赖中，就大唱不都之请,以为国都不搬,机关总是要的。留得青山在,不怕没柴烧。总好想法子。若是真个搬了,留此不可,欲归不得,灾官进一步,就成了难官了。

关于这层,于是就有人搬出典故,说那一家哭,何如一路哭的话。我以为一家哭,实在是那不成问题。但是只留些无用的在那里哭。让那些眼明手快的分子,将我效帅,我馨帅的称呼改掉,见了人就嚷同志。恐怕一家人有人哭,一路也难免有人哭呢。

事到如今,官僚不必打,已经自己倒了。唯有这种投机分子,他若是叫同志,实在用不着和他客气。

(原载于1928年7月4日《世界晚报·夜光·小月旦》)

候补道万能

前清的末年,各省大差,大缺,非候补道不能得。那时候候补道极多,不问学识如何,人格如何,必须先弄个候补道的头衔,再去钻营标榜。或是督抚的私人,甚么财政军政,路政矿政,以及一切新政。都可以去作总会办。所以当时有句话叫:"候补道万能。"呜呼!没有专门的学识,相当的经验,甚至连地方的东西南北都不知道;忽然间就将一件专门的事业交给他办,承办这件事的人,他自己说了:"兄弟是个军人,向来没有这种学问和经验。"但是派他办,也就居然走马上任,究竟是什么理由?大概也是"候补道万能"吧!但是这是廿年前的极腐败官场现象,今天我追忆起来的。

(原载于1928年7月5日《世界晚报·夜光·小月旦》)

这是和平门罢

国民军在北京的时候，将南北新华街中间的墙打通，开了两扇城门，名曰和平门，这件事，北京妇孺皆知了。可是事还没有完工，奉军就来了。张作霖对于和平这两个字，极不以为然。硬把门上的石匾挖下来，另改兴华门。

兴华二字，不见得就不如和平，我们这也不必去反对。但是西长这街，有个新华门了。不到一里之遥，又是一个兴华。在字音上未免叠床架屋。这门通行一年多了，老百姓始终叫和平门。岂是过爱和平，也不过一怕和新华混合，一为叫顺了口罢了。为市民便利起见，实事求是，我主张回到和平门去。市政当局，以为如何？

（原载于1928年7月6日《世界晚报·夜光·小月旦》）

谁 该 让 让

昨日和朋友谈话，为了一个让字，大家纷纷辩论，下不下去一个定义。后来不知道谁说出两句话来：才力高似我，来和我竞争的，我不能让他；才力低似我，来和我竞争的，我可以让他。

当时大家也不过随便听着，没有留意。后来仔细一想，这话实在有道理。不度德，不量力六个字，那只是消磨人的锐气，不可以老存在心里。这年头儿，谁让让谁。

所以教科书上龟兔竞走的那一课，书上老早的告诉了我们，是兔子败了。

（原载于1928年7月7日《世界晚报·夜光·小月旦》）

我来做和我来做好

"你不好，打倒你，我来做。"这是吴老丈云南时局的主张。但是冯焕章更进一步，在我来做下面，更添一个字，乃是我来做"好"。

"我来做"和"我来做好"，有以异乎？我说有。我来做，乃是革命。我来做好，却是完成革命。既然做，自然是望好。既然说来做好，可免别人悬念，越发好了。

因为你不好，打倒你。打倒而我不来做，则打倒没意思了。打倒你，我来做，而我不见得好，则来做也是白费了。吴之言，冯之补，我两多之。

（原载于1928年7月8日《世界晚报·夜光·小月旦》）

中山服应用中国布

青天白日旗飞到了北京而后，跟着中山服也随处可见。若是将来普通起来，也许能把中国人的斯文，洗掉若干。只是有一层令人不大满意。就是这中山服的材料，有许多人用外国布。设若中山服将来大兴，未免替舶来品开阔一条大道。这种办法，岂是中山先生提倡短服的原意？

中山先生是中国的伟人,中山服是振起中国精神的一种东西。这何用说,非国货不配作纪念中山先生的中山服。于是有人说:中国布质料太软,作短衣不好看。但是,我们穿中山服,是注重好看一点吗?那就不如穿华丝葛印度绸了。

(原载于1928年7月9日《世界晚报·夜光·小月旦》)

注意天安门外清洁
——别让那儿成了露天厕所

北京没有真正的公园,有之,便是由天安门到中华门,那中间的一片敞地。那地方,从前原只有些洋槐树,自从前年种了千株花木而后,夕照之下,明月之中,临风缓步,倒也不错。

不知是几时起的事,现在中山公园对过,一直到头,总见成群的野孩子蹲在小树下大方便而特方便,满地都是一片一片的手纸。

这种现状,不但有碍卫生。那里是四通八达之区,中外游人聚集之地,实在不壮观瞻。公安局对此只一墙之隔,我斗胆请一请卫生警察注意。

(原载于1928年7月10日《世界晚报·夜光·小月旦》)

人到穷途迷信多

我的朋友,从前有句歪诗,乃是"人到穷途迷信多"。随便说出来,这句话不甚可通；仔细一想，却有至理。因为人一穷了，想不到法子，只好求神拜佛，谈相谈命，作那无聊的慰藉。明知道不可靠，自己宽慰宽慰自己，比较承认自己失败，总胜一筹了。

所以我们看到在穷途迷信的人，不必耻笑他，正当可怜他。因为一个人无可依靠，无可告诉，那比什么也苦。只好在幻想里请鬼神来打抱不平了。人穷则呼天，我于此益信！

（原载于1928年7月11日《世界晚报·夜光·小月旦》）

何必怕迁都

国都迁去了南京，北京许多人都对着这事愁。以为北京人民生活，是用政治来作背景的，政治的重心，一移开这里，就要百业萧条，无事可做了。

我以为不然，人民的魅力，要去造新世界，不应当靠旧世界来维持新生活。首都虽然搬了，首都还有一百二三十万人呢。这一百二三十万人，就不能把北京造出一条新生命来吗？况且文化、外交、边务三样，北京还占很重要的地位，还不是毫无机会。北京人，你们不要做那刻舟求剑的事，拦住迁都。现在要紧的，是赶快研究，怎样联合一百多万人，去造成一个新世界。北京人是倚赖成性的，迁都一事，不客气地说，倒是鞭策你们奋斗的良药呢。

（原载于1928年7月12日《世界晚报·夜光·小月旦》）

十分红处便成灰

"一半黑时犹有性，十分红处便成灰"。这是古人咏炭的两句诗。虽然照表面看去这是很写实的十四个字，言外之意，倒也观之不足，玩之有余。

现在的大连，总算是个逋逃薮。在那里住的寓公，纵危险还是坐汽车，住高大洋房。一想当年手拿大权，生死予夺，任所欲为；到了目前，却免不了受当地日人的压迫，也就无味极了。（听说在大连住家，是极不自由的）不过他们烧炭的时代，若还留着一半黑色，也不至于有国难奔，寄人篱下吧？

古人又说：行船好是半帆风。像那班大连寓公当年满帆风行船，还要嫌着不足，而今如何呢？唉！后人不自哀，亦复使后人哀后人也欤！

（原载于1928年7月13日《世界晚报·夜光·小月旦》）

丝毫不放松

恨水以作小说混饭吃，无往而不谈小说。昨遇一新朋友，见即许之曰：恨水作小说，无他长处，只是下笔肯努力。便是用两个铜板上茶叶铺买包茶叶，亦不肯含糊写出。恨水曰：此君之言，似不甚夸奖。而仔细研究之，夸奖已至极地。天下人惟有在其职业内，丝毫不放松，斯乃谓之做事，然职业恒事也，三百六十五日，谓其无一事不放松，不敢为此大言欺人也。

　　请以人之奖我者，我更以论人。凡作一事而不令有分毫之放松者，则此一事，必无所遗漏。无所遗漏，即圆满也，事能圆满，不亦可乎？故人有在一个时间奋斗异常者，殊不足畏；所可畏者在其平时练成持平之习惯，丝毫不懈尔。我固办不到，然想终身有饭吃，则又未尝不勉力赴之矣。

（原载于1928年7月14日《世界晚报·夜光·小月旦》）

向　下　看

　　第七重天的影片里，提倡人向上看，不要向下看。以为向上看，人才有奋斗的意志发生，才肯去奋斗。

　　我以为这话不全对。人的眼光，有时要向上看，有时候却也要向下看。我们要知道向下看，并不是开倒车，也不是颓败意志的追悔，更不是无聊赖的回顾。向下看三字，只要根据字面研究，去看看比我下一层的人。

　　比我下一层的人，劳苦当然比我深，环境当然比我恶。我们看着他，然后有所恐惧，有所警戒。也要让我们知道他可怜，去提拔提拔他。譬如我们看着捡煤球的小孩，那样脏又那样顽皮。我们心里，当然是怜惜他。难道也提着一双破箩，去跟土车大车不成？向下看看又何妨呢？

（原载于1928年7月15日《世界晚报·夜光·小月旦》）

来打倒粪阀

旧北京城里，有两种阀，其力量极大，是人莫敢侮的。其一是水阀，其一是粪阀。大概北京的市民，谈起他们来，没有不头痛的。

什么叫粪阀，就是推粪车倒马子背粪桶的劳工。此外还有一种满街方便的小孩子，可以算是粪阀的走狗。粪阀的利害，第一自然是向住户讹索，但这也有限。最大的威权，大概如下：（一）将洗马桶的水，泼在街上。（二）背着粪桶，荷着粪勺，缓步当车，从不让人。（三）用车子推着柳条篮，整篮的粪浆，在交通繁盛之区，并不盖盖，粪浆四溅。以上的威权，不但令满街人见之远避，而且极能传播病菌，大有杀人不用刀的能耐。

我们只知道遇着粪阀就躲，那里知道他传播的病菌，是无可躲的。青天白日下的市民，还能受这种蹂躏吗？来！打倒他。

（原载于1928年7月19日《世界晚报·夜光·小月旦》）

打 倒 水 阀

昨日我说要打倒粪阀，今天就要进一步，说到水阀。从来说水阀的，是指着推水车的水夫而言。现在据我说，连自来水公司也算在内，而且阀的意味，有过之无不及焉。

北京的水夫，各有几条胡同。在这管务区内，市民不能用别人的水。

水夫爱推不推,爱送不送,市民很受挟制,可是他要起钱来,却不能少给一个。市民若要安设自来水管,他还有干涉拆毁的能力。他的权威,可算不小了。

至于自来水公司,把持一切,更了不得。六七年前,就据卫生检验所检查一滴水里面有无数的大肠菌,自来水管早就该修理整顿。但是该公司每经一度检验之后,就一度大讲其人情,老是护他,这两种水阀,似乎也不能让他蛮横到底。

(原载于1928年7月20日《世界晚报·夜光·小月旦》)

北平要长衫朋友帮忙

在长衫应打而未倒之时,文人穿长衫的还极多,所以我这里还袭用长衫朋友的名称,而且在说到此名称时,我很热烈地要希望大家一件事。

现在!北京改为北平了,失了二百年政治重心的地位。北平一百二三十万依此重心吃饭的人,都要着慌,不知如何是好。但是不要紧的,我们可以想一个法子,把政治中心点,改为文化中心点,一样的可以养活一百二三十万人。您不瞧见许多壮丽的王爷府侯府,都是极好的文化机关吗?

怎样能造成一个文化中心点呢?那就全靠长衫朋友努力了。北平人应该把注意武装同志的精神,移到长衫朋友头上来才好。

(原载于1928年7月24日《世界晚报·夜光·小月旦》)

带 发 修 行

我虽是一个爱谈佛学的人,我十分讨厌一些吃庙产做佛事的尼姑与和尚。和尚庙里的和尚,也许有真修行的人。若是尼姑庵,我敢大胆说一句,那是社会上的逋逃薮。因为像现在的女子,有知识的,她们都很积极。没知识的(中国大多数)除了实行嫁鸡随鸡,注意到吃喝穿而外,不知天地之高低古今之久暂,哪里还能懂得高深玄妙的佛学?所以中国女子,是与佛学无缘的。

去我家不远,有一个带发修行的姑子,我常在街上遇见她。我觉她可鄙又可怜。出家人连一包头发都舍不得,还谈什么寂灭?不过像带发修行的这种举动很合于中国的现代社会状况,我们闭目一想,有多少带发修行者,于一尼姑何责焉?

(原载于1928年7月25日《世界晚报·夜光·小月旦》)

明天雇辆汽车来
——中山公园门口偶成

逛中山公园的人,坐汽车来,可以一直坐到门口。马车呢,就在桥头。人力车呢,不上桥头巡警便拦住,不许上前了。小生(小生或作僧)与人无犯,与物无竞,倒无所用心。前天碰见一个湖北人,和巡警大辩交涉。说是"现在不是四民平等吗?为什么汽车能上前,我的包车不能上前？"巡警含糊说道："我们的用意，原来是在拦住营业车。"那人说："我的车，并不是营业车呀。"交涉许久，没有结果，买票进门去了。

小生有感于此，作诗一首云：得马虎处且丢开，不肯马虎是祸胎。此耻欲除原甚易，明天雇辆汽车来。

(原载于1928年8月2日《世界晚报·夜光·小月旦》)

要有路挖古墓

俗言道得好，人无路，挖古墓。这也不过是形容人之善于弄钱，无孔不入罢了。未见得挖墓真可以救穷。试看《水浒传》上的时迁，不是盗墓为生吗？何曾发财呢？这年头儿，什么事都有。不料近来所传残军挖掘清陵一事，竟有人发了几百万的大财。像这样的盗墓贼实过做大官开大公司，就是有路，也未尝不可干。所以格言是不适于超人的。

河北连年天灾兵祸，本也快成不毛之地，一下子要发百万横财，哪里找去？不料一个公开的宝窟，却尚在这灾区之内，一向被人忽视。于是聪明人眉头一皱，计上心来，就是要有路，挖古墓了。哎呀，钱是好东西，无论怎样放法，人家是火里来，火里去，水里来水里去呢。

(原载于1928年8月10日《世界晚报·夜光·小月旦》)

不能躺着吃喝

害了五天病，居然未死，现在又开始工作了。在害病的时候，整日整夜躺着，天塌下来了，也无法管，真是不担责任之至。可是吃不能吃，喝不能喝，浑身难受，又实在恨不得早一日恢复工作。现在工作是恢复了，觉得人生如何劳苦，停了药罐就提起笔杆，究竟为做什么？像害病那样不负责任又是极乐世界了。

躺着不能吃喝，要吃喝也没钱买。不躺着有吃喝，又不能不心力交瘁。倘是能躺着吃喝，又不浑身难受，岂不大妙！然而不能也，于是乎耗你的心力，去补充你的心力，就这样一耗一补，葬送三千世界恒河沙人数。呜呼造化不仁，以万物为刍狗。

（原载于1928年8月17日《世界晚报·夜光·小月旦》）

瓦片也靠不住

自去年以来，北京城里的市民，就成了冷水打鸡毛，越过越少。这也不用得把算盘来算，那是一定的道理，少一家人家，就要空出一所房子。所以慢慢地过着到了现在，空房子到处都是。这可急了一班吃瓦片的，望着上万上千银子的血本，在那里要成废物。

人有钱，最稳当是莫如置不动产。现在看起来，觉得就是不动产，也未必就算得住能当现钱。说来说去，还是各人预备一点儿本事好，东方不亮西方亮，本事是带着可以跑的，并不受地点的限制。然而吃瓦片一类的人，他也以为是吃本事，那就不亦呜呼？

（原载于1928年8月18日《世界晚报·夜光·小月旦》）

你也来了

直隶系掌权有他，安福系掌权有他，奉天系掌权有他，到了现在革命成功，政权属于党，还是有他。这种人别人以为善变，我却以为他善守。别人说他善变，以为他的政治道德薄弱，所以朝三暮四，跟着人跑。无论是谁来主政，是什么条件，他都可以对付过去。因为他服从你跪在你面前。他不当作你是一个人，他当你是一堆洋钱。既然当你是洋钱。那你原来是什么角色，就非他所应问了。

譬方一个什么政客的名字，我们是很耳熟的。自从青天白日旗相逼北平越近这个名字就越疏。直到城里挂上青天白日旗，我们逆料这人，早到大连去了。无意之间，在报上又看到他的名字，倒让人心里一跳。因此不觉对这台甫笑道："你也来了。"

（原载于1928年8月20日《世界晚报·夜光·小月旦》）

灾官太太的话

遇到一位灾官太太，她对人闲谈，有如下的一段话：

真想不到，京城也有挪开的日子。机关都没有了，随便你有什么资格有什么本领，那都算是白说了。唉！你不知道：真有钱的，丢了差事不要紧；真穷的，可以将就改行；惟有我们富不富，穷不穷，进项是没有，门面还得支持，实在是哑子吃黄莲，尽苦在肚里了。晓得这样去年就上南京去，现在就是不得好差事，也不至于找饥荒了。

听了这位太太的话，可以一概其余。她还主张支持门面，可说是至死不悟。然而听到去年就上南京去的一段话，可想侥幸者也大有人在。这也是旧都可叹惜新都可注意的一件事。

(原载于1928年8月21日《世界晚报·夜光·小月旦》)

不宜称本平

自从北京改成北平而后，遇到京字的地方，都改为平。如京东京西，改为平东平西。京津改为平津，京汉改为汉平，不一而足。地名改为地名，这是一斧一盘的事，倒也没甚关系，惟有原来本京，改为本平两个字，却有些不安。

什么叫本，是对这以外的分别而言。从前因为中国北京之外有南京，国外有东京、西京，所以称本京，别于其他。而今北平之外，并没有南平、西平、东平，自然用不着那样称呼了。再者，京是个普通名词，如省府县镇之类，加以本字，才与普通的有别。平字是专门名词，如沪汉津奉之类，本来就不普通，何必加一本字呢？汉口不叫本汉，上海不叫本沪，所以北平也不宜叫本平，必要本时我以为用本城或本市也就可以了。

(原载于1928年8月23日《世界晚报·夜光·小月旦》)

废娼不在表面

废娼这件事，无论是谁不应该说反对，但是不废就不废，若是要废，必须废得干干净净，使暗娼也没有存在的余地。

若就北平而论，只管将清吟小班以至三等下处，一齐把它封闭起来，这不过是减除了一个公开的人肉市场。至于此外秘密的人肉作坊，生意是不是因之发达？明娼是不是变成所谓暗门子？那就无法保证了。

娼，本是下贱之人；窑子，本是卑污之地；所以冶游的人，总还有一点儿不好意思。而且官厅对于逛妓，不必客气，可以检验他有毒无毒。若是暗娼，逛的人可以无忌惮，官厅也不能检验了。所以废娼之道，第一要使暗娼无存在之余地。

（原载于1928年8月26日《世界晚报·夜光·小月旦》）

怪可怜的

北平的商家，现在还在那里开会聚议，要求国府，还是建都此间。一般人说，都城设在南京已经是不成问题的事，不瞧见各机关的档案，整辆火车拖之南下吗？这种办法，对于北平，大有破釜沉舟永不回头的决心。这个日子，还要把新气勃勃的南京各机关依然要回来，这人不但是不识时务，靠几位商人要移动这种百年建国大计，也是蜻蜓撼石柱，简直的不自量力。

这话可又说回来了，这些商家，未尝不知道趋势如此。不过心里这样想着，口里就这样说着。成与不成，倒不必问，尽尽人事罢了。病人要死，中西医都来了，于是找个画辰州符的来。病人家岂不知这是笑话，尽尽人事罢了。因此，北平商家不识时务，我不笑他，只觉得他怪可怜的。

（原载于1928年8月27日《世界晚报·夜光·小月旦》）

市　面　穷

我们见着商家，只一谈起来，他便愁容满面地说，市面穷。在这市面穷三个字里，包含着无限的焦虑与痛苦。只觉得前途是不得了，环境是无办法，要埋怨也埋怨不了谁。所以实实在在地说一句话，就是市面穷。

虽然，大家嚷一阵子市面穷，就有办法了吗？所以在这种环境中，目前的痛苦，我们暂且忍受着。至于将来怎样发展，实在刻不容缓的，要去想办法。若是就让市面一天一天这样穷下去，将来就嚷也嚷不出来了。

至于救穷的办法如何，我笼统地可以说出几条，就是安定市面。（于是人要向别处谋生，家眷也可不走了）发展文化，贯串交通，振兴工业，大家若是能努力，市面不见得永穷的。

（原载于1928年8月29日《世界晚报·夜光·小月旦》）

车夫是分利的

北平的人，每天穷得无可奈何的时候，只有两条路。其一，彻底的解决，不活着了。其二，就是加入胶皮团当团员，上街拉车。死，是人人舍不得的，大家还只有向拉车这一条路上走。因此一来，所以穷人越多，拉车的也越多。北平市上拉车这项工业，是太发达的。

可是话说转来了。拉车一事，对社会上，只有一部分是帮助市民运输的。其余，不过以车夫两条腿，替坐车人走路。一个人卖力，一个人就省力。社会虽无补益，饭又不能不吃。力不助众人，饭倒要分众人一口，那么，车夫越多，市上分利的人，也就越多了。

我们只知道车夫是很清苦的工人。不知道他说句拉车去，社会上已经增加一种负担了。

（原载于1928年8月30日《世界晚报·夜光·小月旦》）

绝　交　罢

从前朱穆有绝交论，刘峻又有广绝交论，嵇康还有绝交书，我先很不明白，为什么古人那样怕交朋友。现在我明白了，朋友不容易交，交不好，干脆不交，倒也省了许多麻烦。

这话怎样说呢？据我看来，交朋友是互相利用的，是有时间性的。这其间，不是同走一条路的日子，不会成朋友。就是同走一条路，人家给了八两，你如不回一个半斤，至少也要回他一样合意的东西。倘若以上两条件，都不能实行，你要和人交朋友，那是一件很难的事情。

由此看来，交朋友也无非是做买卖。不交朋友，无非是不做买卖。古人那样主张绝交，不是不会做买卖，也就是做不好。他绝交二字写了出来，似乎很惊人，其实一研究，也就平淡极了。这个年头儿，多少阔朋友落下来，多少穷朋友爬上去。看一看，可以悟古人绝交之道了。

（原载于1928年9月1日《世界晚报·夜光·小月旦》）

狗血与神兵

这个世界，到处是竞夺与嫉妒。你所有的资产，人家固然想夺了去。就是你所有的智慧，是人家夺不去的，人家也必定尽量地来咒咀和诬蔑，使你受了气，精神颓丧，他然后有快于心。所以会读书的人，必须十年读书，十年养气。有了养气的功夫，然后才可以保住自己的智慧。

小说上遇到神兵下降，敌人必须用狗血来洒着打他。神兵有了无上的尊严，怎肯为狗血所污，只好退避三舍。但是这样一来，我们能说狗血的价值，贵似神兵吗？荀子有《非相》之篇，吕东莱大为惋惜。说他不该以贤者和星相家争一日短长，正也是这个意思。所以自好者必定爱惜羽毛。

（原载于1928年9月2日《世界晚报·夜光·小月旦》）

焦德海下天桥了

在北平的人，喜欢听杂耍①，他必定知道徐狗子万人迷华子元以至于焦德海。你若在游艺园杂耍场玩过，于座客的狂笑声里，必定认识两目不能睁开满脸烟容的焦德海。他的技术，是和阔广泉合演相声。你看他穿一套长衫马褂，在杂耍台上演倒第二的码子，也就斯文一派。游艺园新世界等处，虽然各种人都有，至少也是中产阶级的俱乐部，所以焦德海也就接近中产阶级了。

---

① 伍注：旧时北京人称曲艺为杂耍，演场的称之为"杂耍场"。

前天偶然因买东西上天桥，在那不大卫生的空气里，忽然见焦德海穿着短衣（也许打倒长衫了）在那里唱莲花落。不用说，降等了。降等虽然可叹，我想他一定觉悟得原来地位不易维持，赶快去宁为鸡口，还不失为知机。我很希望北平灾官照方吃炒肉。

（原载于1928年9月3日《世界晚报·夜光·小月旦》）

朽木不可雕也

孔夫子说：朽木不可雕也，粪土之墙，不可圬也。这也不过是象征的一个譬喻，说无用的人，不可造就。而合我在北平市上，常看到有这样事实，于是我相信大成至圣，他真个是万世师表。

我们在大街上，可以常看到许多腐化分子，为维持他的饭碗起见，也穿起一套中山服。这种衣服，大袖郎当，抬肩阔过人的肩膀，腰身是不着体，飘飘荡荡，已然够瞧。加上头上戴一顶软胎呢帽，帽边罩着眉毛。脚下蹬着双梁头段祺瑞式的缎子鞋，还露一匝白脚带。这一份儿寒伧，真有肉麻的可能。他们若是穿长衫，倒反比这大方得多了。

不好的东西，硬要把装饰起来，每每是愈增其丑。本来有革命精神，不在衣服上。没有精神，靠衣服来撑持，我只有可怜他们了。

（原载于1928年9月5日《世界晚报·夜光·小月旦》）

市政第一步

市政上最需要的条件，不是伟大，不是美丽，不是奇巧。实实在在的一句话，乃是清洁。因为人生的衣食住，无非是为着健康与舒服，只是清洁两个字，可以做这事的保证。

清洁这两个字的功夫，并不耗资什么金钱，也不费什么工夫，只要主持市政的人，订一个极切实的办法，交给公安局各区段去办，那就行了。因为街上值岗或巡警的警士，那是日夜不断的，他们稍为留心，办个半年三月以后市民自然成为习惯了。若是这一点儿小事还不能贯彻，那我们只觉得市政前途是无限艰巨了。

现在北平的市政，还是开始办理，我还不能怎样批评，但是随地便溺的事情，近来觉得有变本加厉之势，这倒是我们所不能已于言的。很希望市政的第一步，就从禁止随地便溺，这一点小事去着手起。

（原载于1928年9月6日《世界晚报·夜光·小月旦》）

大 休 息 室

中国的事，处处都是无独有偶的。有一个北京连着天津，就有个南京连着上海。一个都城必定有个繁华的商埠相连，真是陪衬得好看。

从前北京政治上的人物，只要消极起来，马上就去天津。而今南京也是这样，大家愿意请假或辞职，都去上海。最妙是的旧京津和新京沪，都有一条很灵便的铁道，往来极快。

俗语说，牡丹虽好，也要绿叶儿扶持。都城旁边。配一个商埠，我想这是应该的。这种陪衬，我无以名之，只好名之曰大休息室了。

（原载于1928年9月7日《世界晚报·夜光·小月旦》）

呻 而 无 病

中国的文人，遇春而伤，遇秋而悲，做出文字来，总是穷愁满纸。因为这个缘故，人家就把一句成语奉送给了他们，乃是无病而呻。

无病而呻，这不过是一句象征的话，就是指着不穷而哭穷，不愁而嚷愁，倒不一定是有病。可是有现在政界上的人物，动不动就闹病，闹病还要大事宣传，恨不得逢人就说我有病。若是初到中国来的外人，真要疑惑中国界上有一种什么传染病。

真有病吗？不！能吃能喝能乐，也能办公。他们说病，不过在书面上呻吟一会子罢了。归结起来，也是呻而无病。

（原载于1928年9月8日《世界晚报·夜光·小月旦》）

赋得越穷越没有

别说糟心事，成年市面穷。那来粮食贱，不见火车通。有物跟钱涨，三餐见日断。当衣丢脸面，抗债是英雄。借贷要开眼，应酬没有铜，衙门关大小，朋友走西东。混事原无望，经商更不中。尽瞧好买卖，老走死胡同。我实怀南国，谁能喝北风？命儿真狗屁，裤子打灯笼。死守将何待，胡撩①又落空。人争一口气，炮怕两头攻。到此言来痛，从前走过红。年头改良了，大大不相同。

试帖例为五言十六韵，此多出若干韵者，为凑篇幅起见耳。好在不下场考举，固不必讲规矩也。

（原载于1928年9月10日《世界晚报·夜光·小月旦》）

读书运动与运动读书

在一般社会上看来，这运动两个字，却是不大光明的。像运动差事，运动款子，运动官司之类都是贿赂的意味。但是把这运动二字一掉头，改为什么民权运动，文化运动，民众运动，那就很光明，很正大了。

现在北平的九校学生，又有什么读书运动，照字面一顺看来，自然觉得极正当，也是青年人一种可钦佩的行为。但是据我的意思，最好将这四个字颠倒过来。作为运动读书。因为这些要读书的学生，不是在民众运动场中那样大声疾呼，不过对人哀求帮忙罢了。那种诚恳哀求的样子，也就无异于运动人了。所以读书运动莫如改为运动读书。

（原载于1928年9月13日《世界晚报·夜光·小月旦》）

拉 主 顾 去

昨晚因事出城，光顾一家久疏拜谒的小牛肉馆。店主东一见：大大表

---
① 民国初期，聊撩通用，为保持原貌，没有用聊。

示欢迎，因话搭话，便谈到生意经上。据他说，他店倒也罢了。可是许多铺子，生意都不大好。现在北平（他也知道叫北平，大概瞧一分小报）的商业，只有一样发达，其余都不成。我于是打破砂罐问到底，就问那一样是什么？他沉吟了一会子，然后才说是女理发馆。

不错，现在的确是女理发馆生意好，而且开张的，还是依次不断地出现。但是这也不过一句话可以包括，因为她们能供给新社会之需要罢了。由此看来，也不一定官僚才会发展北平的商业，只要找出一个新主顾来就是了，所以北平商家现在最大的责任，是拉新主顾。

（原载于1928年9月16日《世界晚报·夜光·小月旦》）

兔犹如此　人何以堪

光阴是这样一天一天的过去，兔儿爷兔儿奶奶，又穿了红红绿绿的衣服，竖着两只长耳朵，在街上大出风头了。但是风头虽然还有，却不似往年那个健旺，您不看见街头巷尾，稀稀落落，只有两三样杂货摊，随便陈设着几个爷和奶奶吗？往年呢，过了八月初一，兔家兔眷，却是一望无隙，何至这样寥落呢？这真是兔犹如此。

这年头儿，大家天天只愁着饭没法儿到嘴，谁还有闲工夫来捧兔儿爷，所以兔儿爷是愈形寥落了。这又真是人何以堪？

（原载于1928年9月18日《世界晚报·夜光·小月旦》）

是谁替我们分了家

现在平津两地,有一种很奇怪的风说,把报纸分作两派,一是北派,一是南派。所谓北派的呢,就是照着老法做去。所谓南派的呢,就是编辑上略有点儿更改。但是因为这个缘故,将报纸分成南北,未免见骆驼说是马肿背了。

常言道得好,仁者见仁,智者见智。照旧的认为旧的好,更改的认为更改的好,各行其是,谁也不联络谁如此,谁也不反对谁如此,各报的态度,纯系人自为战,派于何有?况且现在政权力谋统一,政治上都快不分南北了,我们一品大百姓,都是中国人,还分个什么南北?我敢代表报界不承认这句话。

我们的东邻,向来喜欢替我们分家。也许他因某种关系,又在报界来挑拨。同业们,我们得注意!

(原载于1928年9月19日《世界晚报·夜光·小月旦》)

昔日如彼　今日如此

偶与数大学生遇,谈及读书事。大学生忿激之余,不愿作壮语,乃以滑稽出之曰:昔日学生,以不读书为出风头;今日学生,以读书为出风头。昔日教员,以不上课为快事;今日教员,以上课为快事。昔日学校,常有罢课运动;今日学校,常有上课运动。昔日教育当局,和学生谈起读书,板着面孔教训一顿;今日教育当局和学生谈起读书,和颜悦色,只求原谅。教育局之情形如此，进步与退步，不可得而言之矣。

某大学生所谈，句句是笑，句句是哭。昔日政府怕学生闹，力求其读书。今日学生不闹事，偏偏欲读书而不可得。天下事难与人以满意，往往如此，可发一叹也。

（原载于1928年9月20日《世界晚报·夜光·小月旦》）

葬在圆明园

据报上载，"三一八"各位烈士，现在要葬在圆明园去。我看了之下，生了许多感触。且不说死有轻于鸿毛，死有重于泰山。究竟是先死的值得，还是后死的值得，这却是人生可研究的一件事。

酿成"三一八惨案"的段祺瑞，他靠了许多年在政治上留下的罪恶，他或者死后尚占历史之一页。至于贾德耀、章士钊这一班人，那就难说了。要说到他们的坟墓，也就和不才差不多，将来不过在荆棘业中，或烂泥田里，就这样消灭罢了。

圆明园虽然是一所废苑，只靠它这三个字，是足以千古的。"三一八惨案"各烈士葬在这里，永久让后人去凭吊，贾阁那些人，何能望到他的万一呢？

（原载于1928年9月23日《世界晚报·夜光·小月旦》）

一盒子来　一盒子去

昨天夜光所载的北平缩脚语内，有中秋送月饼一说，暗射一盒来一盒去。那言外之意，以为天下的事，不能来而不往。但是，到了中秋之时，用月饼来送礼的，他却昧于此说。明知有一盒子去，一定有一盒子来，徒费手续。不过相习成风，若是不送一盒子去，好像不过意似的。

为什么不过意呢？大概有以下几种情形：（一）到了三节，应该借此向上司或东家面前讨好。（二）领了人家的人情，借此报答。（三）有所求于人，先下了一着伏笔。（四）亲戚朋友常常往来，点缀点缀节令。由此说来，可见送中秋月饼，完全是虚伪的事情，而且是极不光明的事情……打倒！

（原载于1928年9月24日《世界晚报·夜光·小月旦》）

电灯断火问题

城市上的电灯，未设之前，不过是不明亮。既设之后，用户商铺，都靠着电灯，工作与做买卖，有几个钟头不亮，就有几个钟头的损失。尤其是交通繁密的大街上，车马来往，穿梭一般；没有个电灯，路上的来往者，一不小心，就会马仰人翻。这是关乎全市安宁的事情，实在忽略不得。

北平的电灯公司，对于这件事毫不经心，常常断火。谓且断火的时候总在下午六点钟到九点钟的时间，正是市民极需要灯亮的当儿；而且不断火则已，一断火总有一二小时。这实在花钱的用户所不甘心的一件事。

这个问题，从前是没法解决。现在不是有个公用局，专管其事吗？我们希望公用局对于这件事略加注意。

（原载于1928年9月25日《世界晚报·夜光·小月旦》）

新华门旁一面破旗

当国军到北平的时候，新华门前所悬青天白日满地红的国旗，最大最漂亮，而且悬得比任何机关为早。一般人很纳闷，这个地方，是张作霖元帅的总大门，不会先预备这个的，然则何以突如其来呢？其实，这话一说就会恍然大悟，原来它是旧海军旗呢？

因为这个缘故，新华门内，靠东的土山上瞭望台边，也有一个旧海军旗悬了起来。这一面旗，所受风雨摧残。在那交通最繁密而又最高的地方，悬上这样一面破裂国旗，却是一种不好的象征。况且国旗代表国家，是最尊严的物件，把这样狼狈的现状弄出来，不但外国人见了要讥讽，就是有知识的市民，看了也不快呢。我愿接收府院的当事先生，加以注意。

这件事是间接有个朋友所说起来的。不敢掠美。附志于后。

（原载于1928年9月26日《世界晚报·夜光·小月旦》）

青年守寡不旌奖

最近内政部提议，割股为药以及青年守寡、望门守节、各种迂谬有悖人道的行为，一律不许褒扬。这一种举动，我觉得十分适当。割股为药、望门守节的，那本来不多。惟有青年妇女失夫而不肯嫁的，实在不少。在社会上制出许多罪恶，为人类添上许多隐痛。虽然政府没有法子强迫少年寡妇再嫁，但是至少也不应该加以奖励。

天下的寡妇，她岂真是对于死者不忍离开而牺牲半生的幸福？不过一来怕社会上的指摘。二来希望那一幢贞节牌坊。现在认为青年寡妇根本不能存在，社会上所要的虚荣，所崇奉的虚伪行动，根本加以铲除。那么，寡妇自然会少了。至于情愿青年守寡的，她是真爱他的丈夫，又何在乎这一层虚伪的褒扬呢？

（原载于1928年9月27日《世界晚报·夜光·小月旦》）

护城河应该洗刷一下

内城护城河水，向来是带一点臭味的。尤其是在端午以后，中秋以前，臭得厉害。今年的河水，情形格外不同，一直到了中秋，那臭气兀自浓厚。其所以浓厚之故，我倒想了一想，大概由于今年天气很干燥。西山一带，没有水来。护城河的污秽，始终堆积在沟里，不曾冲去，所以在这桂子天香云外飘的时候，却另外加一层风味。

最近半个月来，很下了几回雨，西山下来的水，当不至于像以前那样缺少。我愿公开地向市政当局上个条呈。最好将昆明湖的水闸开一回，放出一阵大水，把护城河冲刷一下。那么，所谓灰色的北京城，或者可以减少一种劣迹了。这是惠而不费的事，市政先生，其有意乎？

（原载于1928年9月29日《世界晚报·夜光·小月旦》）

红煤要成燕窝了

冬天快来了。在北平的市民，除了粮食而外，最不可缺少的一件东西，就是煤。所以煤价高低，和市民生活，有极大的关系。

这几年因为交通不便，各处的煤都没有法子运到北平来。一到冬天，各项煤价，总是往上涨。不但一般穷市民，对于这件事很是担心。就是许多量入为出的人家，一过阴历九月，凭空要添出一项重大支出，也是十分焦急。在去年冬天，红煤已经成为鱼翅席，平常人家不用。今年市面更穷，而煤价早有往上涨的形势。今年红煤，恐怕不是鱼翅，更是燕窝了。将奈之何？

我很想和关系各方面请个愿，红煤还让它回到红煤的地位上。

（原载于1928年9月30日《世界晚报·夜光·小月旦》）

琴无弦瑟无柱

陈列所或博物馆的东西，那是写实的，不是象征的。那是实实在在拿出来，让观众长见识的。不是拿一种东西代表一种东西敷衍故事的。因为这个缘故，我对先农坛礼物陈列所有点小意见。

他们所陈列的琴瑟，都只是一块裂痕纵横的黑板。琴的七根弦，拦了上七根细麻线。瑟的二十五弦，麻线就不上二十条，而且没有柱。琴弦用麻线代那还罢了。谁也知道平常有胶柱鼓瑟这一句话。瑟没有柱，组织就不完全，怎样可以陈列呢？这样虚应故事的礼物，示观众以不信，不如无有。据朋友说：从前丁祭陈列的琴瑟就是这样，并不弹的。所以有弦无弦，有柱无柱，礼物陈列所的主任，他未必知道呢。这真用得着一个呜呼！

（原载于1928年10月1日《世界晚报·夜光·小月旦》）

柷无止敔无木

昨天说到先农坛礼物陈列所，我曾说琴无弦，瑟无柱。而今想起来，不但此也，而且柷无止，敔无木。

柷读作祝，像一个四方的木桶，桶底高起来，可以打得响。打柷的东西，像一个丁字的没钩叫作"止"。打的时候，拿了那一直，用那横扑桶底。这个一响，就起乐。敔读作语，是一块板上，伏住一只木刻老虎。老虎背上二十七道木斑直立起来（名曰鉏铻）。打的时候，拿一柄木头的棍子，刮那二十七道木斑，刮得叉叉作响，这个一响，乐就停止了。这种东西，完全是古董，现在的人，本来不容易拿出来陈列，就是完全的，不加以说明，还怕人不明白。而今柷只有一个桶，木只有一个虎，教人怎样知道是乐器呢？

（原载于1928年10月2日《世界晚报·夜光·小月旦》）

居然容纳了两件事

木栏的小月旦,向来是卑之毋甚高论,也不敢望入高人之眼。但是小虽小,对于社会上多少总有点贡献,不是光说俏皮话而已。有时或也为极小的问题,在这块地盘内,冒渎当局。

最近我们谈了许多事要改革,据传闻之言,关于电灯断火问题,公用局已经注意,这是小月旦之力。其次日前我们提到新华门内的一面破国旗,昨天也换了崭新的了。这总算我们有两件事不曾白说。

我们所谈的,不敢说件件对,也不敢说件件都望关系方面容纳。总之,个人作事,耳目难过,若能把博采舆论作一种参考,总是做事者一件美德。古人不是有禹闻善言则拜,子路闻过则喜吗?如果这样,我们当努力于小问题之贡献。

(原载于1928年10月5日《世界晚报·夜光·小月旦》)

就 医 难

对于就医一个问题,老实说,我有一点欧化。并不是我既为中国人不爱中国药,我总觉得中国的医生,有两个大缺点:其一,医生治病的智识,全是自己研究得来,不能有健全的保证;其二,医生治病的方法,太不科学了,用金木水火土五行生克的鬼话,来附会人身五脏,荒唐过甚。有这两层顾虑,所以我不敢带病去见中医。

这话又说回来了，西医又完全靠得住吗？私家医呢，好一点的，总是男妇内外花柳各病，一人包办，不能说没有疏忽之处。医院呢，外国医院，如德、法、同仁太贵了，上院看一回病，要花到十块钱以外。像带点慈善性质的协和，又是门庭若市，看病者有上试验场之说。这样一来，我若生了病去就医。我真觉得是个困难问题。

（原载于1928年10月6日《世界晚报·夜光·小月旦》）

到失业之路

据南来者云：上海南京间，失业之青年，已达四万人。仔细调查之，皆读未卒业之学生也。尝考其故：盖在校学生，因年来青年之参加政治运动蓬蓬勃勃不可遏止，其得逢时会者，得高官，挣大钱，令人羡且不服。皆以为某人者，学问不如我，乃能若此，我独不可？人生贵谋机会耳，读书奚为者？且读死书，适错过机会而已。于是各抛其书本而言曰：我工作去。夫机会不可常得者也，侥幸非人人可致者也，于是找工作者乃无所得而失业。

此等人，将归乎？恒思无以见父老。读书乎？学业已废。进退狼狈，真可痛也。然而北平许多学生方开始群步其后尘也，吾愿各一思之矣。

（原载于1928年10月7日《世界晚报·夜光·小月旦》）

去年今日的小月旦

去年双十节，因为恰在重阳以后。而且京绥京汉两路，仗也打得很厉害。我偶然心血来潮，觉得老杜所说"明年此会知谁健，醉把茱萸仔细看"，实在合于那时的形势，因此我含含糊糊，作了一个小月旦，题目就用了"明年此会知谁健"那七个字。不料警察厅方面以为有些和大元帅开玩笑，检查大样之时，在上面写了一个删字。于是卑之毋甚高论的小月旦，也破天荒来一回扣留。所以去年今日这块地盘，却是一方广告。

虽然，今年今会，果然谁健呢？其实我当时并不是诅咒张作霖一人，以为许多人，都对这句诗，怆然有感。不料今年今日张作霖居然成了古人，我想起去年此时，真觉一言难尽呢。

（原载于1928年10月9日《世界晚报·夜光·小月旦》）

卫生局与当街便溺

北平市民，当街便溺这件事，近年以来我们已难记无数次向市政当局请愿注意。由军阀时代到革命时代，什么事都可以改良。惟有这当街便溺，是中国的国粹，总要保存。

我们早就说了，禁止当街便溺，并不费事。只要公安局下一道公事到各区署，饬各段巡警，切实取缔，市民犯禁的，老少无欺，一律照罚，不到两个月，自然会好。可是这种不卖力而可以讨好的事，始终没有人干。

好了，现在有个卫生局了。在有卫生局的市区里，当街到处可以方便，似乎不合逻辑吧？虽然卫生局长前两天招待新闻记者，没有谈到这件事，我想他若是个平民化的局长，步走过几条胡同，他一定会注意这件事的，谓予不信，请观其后。

（原载于1928年10月11日《世界晚报·夜光·小月旦》）

电灯又断火了

电灯断火这件事，它的害处，我们上次已谈过了。我们为求城市的秩序安宁起见，对此绝对不能忽视。但是北平的电灯公司，总是不顾全他的责任所在，三天两头，就会发现一次。

昨天下午六时四十五分，电灯还不曾亮，有电灯人家，先是等着，等得不耐烦，就点煤油灯买洋蜡，闹得一塌糊涂。好容易点上灯，点上洋蜡，大家呵呀一声，电灯又亮了。

无缘无故，添了一小时的纷扰，什么事也不能做，住户人家如此，商店可知，热闹的商店，尤为可知。我们这到月就缴款的小百姓家，敢有异词乎？呜呼，电灯公司可谓有后矣。

（仿辻听花[①]贺尚小云生子妙文）

（原载于1928年10月12日《世界晚报·夜光·小月旦》）

[①] 伍注：辻听花为日本所办《顺天时报》戏曲记者。

玩得腻了

国立各校学生，现在纷纷地自动上课，政府倒也宽宏量大：并不会派军警来拦阻。这是教育进步，也是政治进步。

不但此也，我于此点，觉得一班青年，良心还未死尽，各人感到玩得腻了，所以都愿意翻一翻书本子。不然，这白天的光阴，还不是那样十分短，老是胳膊抱着胳膊整日地闲坐，也恐怕会闲出病来。学生之自动上课，虽然是注重教育，同时也是讲究卫生吧？又不然，像那班博士式的新政客一般，撑着教育界的幌子，目的只在做官搂钱。我怕他们害人子弟的罪害，纵然不发大头瘟。也会代代生瞎子生哑子来报应的。

可爱的青年，你们知道玩得腻了，这是你们的觉悟。是不必用弦歌久辍去打动人。你们要知道这个世界，无所谓恻隐与羞恶之心。

（原载于1928年10月13日《世界晚报·夜光·小月旦》）

嗜好三定理

我不会打牌，是朋友们共知的。作小说作得打出十六张来，成了一个老大的笑柄，至今有几位朋友，常常把话取笑我。前三个星期，为凑数垫了一脚，只四圈，打得狼狈而遁。朋友说：你这样的牌，不输你输谁哟！真是上海人打话，阿要难为情。

然而为了这个缘故，有人邀我打牌时，朋友就说别邀他打！他实在不行。谢谢,这个样子,我每月倒可以少来一笔支出。也不至于另费一番心血,由此看来,(一)嗜好是各有不同,绝对不能勉强的。(二)人生有一种嗜好,要多花一些钱,也要多耗一些精神。(三)游戏品是适于内行的。不内行虽嗜好之不乐也。

(原载于1928年10月14日《世界晚报·夜光·小月旦》)

亡命进步

这个世界是进步的,一切都不肯打住。不但衣食住行,促成了物质文明,就是人害病,人犯罪,也进步许多。

从前亡命的官僚,只知道住到租界上去。以为租界是避世桃源。其实租界仍在中国国境里面,住在那里面,是不能越雷池一步的。那岂不等于坐大牢吗?再不然,逃到外国去,究竟是作客异乡,不是安家立命之所。

现在不然,亡命的都进步了。大家都住在海边的租借地,如香港大连旅顺等处。那里既不算外国,也不是中国。在那里安家立命,不算变成洋鬼子。若是要走,拔脚便行。真方便也哉!亡命进步!

(原载于1928年10月15日《世界晚报·夜光·小月旦》)

为吃饭而努力

一个初见面的朋友,很惊讶地对我说:我很佩服阁下的毅力。我看了世界日晚报五年,天天看见阁下的文字。而且除了世界日晚报五年,又在其他的报上，日日看见你的文字。在这五年之中，我曾离开北京四五次，而每次回来之后，总不见你离开了本职。这种恒心，实在难得了。

他如此恭维我一阵，我除了铭感五衷而外，我却不能不笑他外行。因为我们干的这个职业，是做一天的事，才能拿一天的钱。一天不干，一天不吃饭。他见我天天发表文字，却没见我天天吃饭用钱。假使我的文字，或断或续，主顾一律打断，我早吃不了兜着走了。无人不为己，就应该无人不有恒心。井水不是一铲就出来的。有恒心真也用不着佩服。

（原载于1928年10月17日《世界晚报·夜光·小月旦》）

说　谎　价

做生意没有一定价钱，这就含着不诚实的意味。照商人道德上说，那是不许可的。但是不顾道德，能够挣钱，倒也罢了，偏是越会说谎的，越是小生意经，并不见得比别人的买卖好。

昨晚偶然到东安市场去买一套绒衣，光顾了好几个摊子。一个摊子，开口一块八毛钱一件，一个摊子，开口一块六毛钱一件，主顾都问了就走。一个摊子开口只要九毛钱一件，绝对不让价，生意就很好，摊子上却不断地有人来。由此看来，生意挣钱之不挣钱，在乎说谎吗？

东安市场，是规规矩矩的商场，不应该学天桥小贩那种样子骗人。骗了人一回，决计不能骗人二回，久而久之，骗名一出，生意恐怕不会好吧？我若是做生意，我宁可言不二价。

（原载于1928年10月18日《世界晚报·夜光·小月旦》）

要不要彩牌坊

权利所在，就是骨肉，也不会相让，更不要谈于亲友了。所以一项职业，同时由两方面去办，没有不捣乱的。咱们中国人有一句格言，同行是冤家，正是指此而言。

顺直门内西大街，有两家布店，比邻而居，入秋以后，正在大放盘，不过一家扎了彩牌坊，一家没有扎彩牌坊。没有扎的，未免相形见绌，于是用纸贴在一块小板上，写着字道：本店省去彩牌坊之虚耗，将此款折入本钱真正减价。这样一来，把扎彩的骂苦了，而且那一块板子，正靠住了这家的店门。这家怎么样呢？他也如法炮制，写了一块板。那字是：本店既不惜彩牌坊之小费，则减价更见诚实。挖苦得更厉害！这一块板就和那块相并摆着。板子是不要面子的。这两家朋友，天天见面岂不难为情？嗟夫！利之所趋，有如是者。

（原载于1928年10月21日《世界晚报·夜光·小月旦》）

浸 透 了 的

入秋以后，卖元宵的又上了街。北平卖东西的吆唤声，语助形容词是很多的。所以卖元宵的人，他不肯干脆吆喝着元宵，必定吆唤着"浸透了的桂花元宵虐"。其实浸透与未曾浸透，自己何曾晓得。他所说浸透了的，不过是一句口头禅，一溜就出，哪里知道有什么意义！

当袁世凯做"总统皇帝"的时候，以为"元宵"二字，和"袁销"二字相同，不许人叫。卖元宵的只准叫浸透了的，浸透了的。由此说来，我们可以知道浸透了的云者，又只是代表元宵二字，浸透不浸透，倒是不必管。这种情形，很有些像官场中立的许多名目，语助词形容词加得很多，其实是官一个字罢了。

（原载于1928年10月23日《世界晚报·夜光·小月旦》）

中南海开放以后

历代皇帝遗留下来的三海，现在已经还诸民众，这也是北平市民所认为最痛快的一件事。不过开放之初，虽不能谈什么建筑，却有几件小事，应先改革一下。

（一）沿着路边，应当添几张露椅。（无钱买也可想法去借）（二）各种标语，指定一定地方张贴，不要到处都是，致碍美观。（三）茶社在一个名胜地方，只可让他占一个犄角。如瀛台是南海精华之一点，整个的成为茶社，大煞风景。（四）流水音是古今中外播为美谈之处。虽发音还得修理，应先让那里有水。（五）园内人力车价过昂，至少应减去三分之一。（六）已开放的各处，不应再让其他团体占据，贴上游人止步的字条，不然，岂非少数团体开放？好了，只谈这些，较大的建筑，望之将来吧。

（原载于1928年10月24日《世界晚报·夜光·小月旦》）

小心门户

——君子之道大行

近两月来,北平君子之道大行。但是这君子不是有仁德的人,乃是梁上君子。本月里,我对门一家朋友府上,一星期被偷二次。上星期我未曾远迎,他也不须当面恕罪,又光顾到家徒四壁的舍下。我们也有被君子惠临的资格,自然蓬荜生辉。然而半月家偷二次,其道未免进行太热烈了。

说句腐败话,饱暖思淫欲,饥寒起盗心。今年北平失业的平民太多,也是难免的现象。不过我们原谅平民,就敞开来让他偷吗?救平民自另有道,我不能那样"豁出去了"。现在冬防将届,又恰好警察减政,吾侪书呆子,倒不免有些忧思过虑呢。我愿敬告市民一声,小心门户罢。

(原载于1928年10月25日《世界晚报·夜光·小月旦》)

征女友

征求女友的广告,我们看得多了。大概的意思,总是要年在二十附近,中学毕业以上程度,相貌清秀,赋性温和……此外便是不慕虚荣,来为共同生活,或者可以补助一点学费。一个中学毕业的女子,既有貌,又有德,要为几十块钱学费,或者博一个不慕虚荣的美名,就来向一个素不相识的男子为友,天下真有这样的女子吗?若果有之,那也是北京人所说,下三滥。乡党自好者,还不稀罕这种女子为友呢。

一个人在需要一种东西的时候,往往会忘了自己的身份怎样,只觉得人家是应该来的。应该凭什么来呢？那就不问了。以此告于征女友者，岂不爽然若失？

（原载于1928年10月30日《世界晚报·夜光·小月旦》）

廉价租售

昨天的小月旦，曾谈到征女友的广告问题。我的朋友看见，因此联想到贱价租售房屋的广告，就代我拟了一个廉价租售的题目，让我作一个小月旦。

我想廉价租售，这原不算一回奇事。不过现在吃瓦片儿的，却大半有这个意思，以为暂时有人租住半载，再看机会也还不迟。若是有人买呢，把房子换了现钱，拿在手里，就更是乐意。总而言之：已经感到这"勿是生意经"了。其实房子之不值钱，正因淡的是屋多人少，就是廉价租售，不见得就有南下的人转回北平来光住房子。所以尽管廉价，依然是不租不售。然而天下没法子的人，都是这样死马当做活马医哩！

（原载于1928年10月31日《世界晚报·夜光·小月旦》）

多言何益

古人曰：为政不在多言，愿力行何如耳。岂但为政如此，上自博学多能之士，下至贩夫走卒，苟徒哓哓不休，以其所治之长夸耀于人，则其所治者，可断言并无长处。试观我国所谓走江湖之士，一见其面，未有不词锋滔滔而善言者。然此等人，除欺骗乡愚以自糊其口外，悉终身不登大雅之堂。则人之职业以善言着，固可知矣。

且吾闻之，江湖游说之士，其所为词，皆有老套，遇三人以上：其词即不免重复。遇十人八人，词未有不穷者。金圣叹曰：犬之牢牢，鸡之角角，欲求少换，决不可得。读之令人对多言者，深增若许感慨矣。

（原载于1928年11月1日《世界晚报·夜光·小月旦》）

注意冷来了

好大的西北风，昨晚晌又刮将起来了。看一看街上，哎呀！一个人影子也没有。不是怕风，是怕冷。现在是阳历十一月二号了，还不该冷吗？这是天气自然的变动，我们用不着去惊吓悲叹。但是我却另记得一件事，据人说，北平城内，现在新添了二十万饥寒交迫的平民，决没有法子可以过冬天。这二十万人，我们若把他聚在一处来看，是一种什么现象哩！因为他们散住在各处，我们不能看到，我们就不要忘了他们呀。

有这些平民，是与治安问题有关的。与治安问题有关，那末，就是不怕冷的市民，也应该注意了。诸君当不以为我是无病而呻吧。

（原载于1928年11月2日《世界晚报·夜光·小月旦》）

别用外国字缩写法

前些时候，刘半农博士，曾在《世界日报》发表一文。主张废除各处的外国字，曾得许多人同情。现在我又想到各机关名称，用外国字（英文最多）来缩写的也最多。如从前奉军第三四方面军写作34AK，现在的北平广播无线电，写作COPK，这未免欧化而不民众化。

语者以为名称长了，用起来不便，所以不得不用外国字母来替代，其实不然。譬如第四集团军前敌总指挥部，这个名称够累赘的了。但是他们缩成"四前总部"四个字，就很便当。与COPK一比起来，是哪一样民众容易懂呢？也就不待我细说了。由此说来，以为用外国字便利的一说，不能成立了吧？

（原载于1928年11月3日《世界晚报·夜光·小月旦》）

非罚电灯公司不可

北平电灯断火问题，公用局已经答应加以注意了。但是一直到现在，依旧常发生这个毛病。昨晚五点半到七点半，敝庐所在未英胡同一带，又断了火。一处常常如此，他处可知。和公司相近之处如此，远处可知。大概是公用处对他们很客气，所以公司很藐视公用局吧？

我以为断火这事，用户是有损失的。我们每月给公司白花花的洋钱，由他们向阔人送礼。（据闻阔人家点灯不给钱，这费用公司暗算在平民的用户头上）那里可以由他随便断火。我主张用户来自决这事，以后再断火，非罚他不可！其办法，以灯算，每灯一盏，罚洋一毛，二小时以上加倍，在付费时照扣。这钱用户也不要，捐作公益费，由公司另开收据，代收去转交公用局，以示用户非借口欠钱。我觉这事很公平，不知诸用户以为如何？

（原载于1928年11月6日《世界晚报·夜光·小月旦》）

打 倒 月 老

西湖月老词，夙有一联，意甚佳妙。其词曰：愿天下有情人都成了眷属，是前生注定事莫错过姻缘。集句也，然词意固是自然，而事实则或未必如此。盖月老目中所认为有情的，而彼等自身未必认是有情。月老以为不可错过，而当事者恰又偶然视之。月老如不认此联做去则已，果然以此联做去者，适几其误尽苍生而已。

袁世凯当权时代，袁世凯是一月老也。段祺瑞当权时代，段祺瑞是一月老也。吴佩孚张作霖当权时代，吴佩孚张作霖亦莫不各一月老也。彼等做官，除自己要发财外，未尝不想顺带做些事。然彼之主观，则以为是有情的，是注定事，他人之意见如何，不问也。俗对此，谓之强奸民意。名词之不雅训如此，则人有以月老自居者，吾愿倡打倒之说矣。

（原载于1928年11月7日《世界晚报·夜光·小月旦》）

庆 贺 千 秋

平常贺人的生日，叫作贺人的千秋。这字面有两种意思：一是祝人家长寿，就是平常万岁二字之谓。二是说这个的寿辰，可以为千秋的纪念。

这种贺法，正如开会之后，大家同嚷三声万岁，只是官样文章殿体书，无价值之可言。所以嚷者自嚷，万岁自万岁。

这次孙中山先生诞辰，全国一致庆祝，竟是向来私人生日所未有的盛举。不但今年如此，以后有中华民国存在，念到中山先生对于中国那样伟大的功业，当然不会忘的，正如孔子圣诞，耶稣圣诞一般乘诸后世。要说庆贺千秋这才当之无愧呢。有了这种千秋，平常客套的千秋，大可取消了。

（原载于1928年11月11日《世界晚报·夜光·小月旦》）

有饭一家吃

从前黎元洪常说，有饭大家吃。一班人以为他这话很浅肤，瞧不起。殊不知道他这话，言浅而意深，正是中山先生所发明的三民主义之一，乃是民生主义。

固然，中山先生的民生主义，乃是包括衣食住行而言，不仅是有饭大家吃。但是衣食住行主要的一着，就是有饭大家吃。所以党化政治，不过是党人替民众服务，替民众想出吃饭的法子来。不但不是只党员有饭吃，而且要把想有饭一家吃的任何一阀来打倒。

我们看看现在的社会情形如何？我觉得稍有组织的团体，他们就要实行大托拉斯主义，把旁人所要吃的饭，他们完全来吃了。在他并不觉得不应该，而且以为除了我，旁人不行。这实实在在是有饭一家吃违背民生主义的主义，在青白旗下，何以容留呢？

（原载于1928年11月13日《世界晚报·夜光·小月旦》）

肃 静 回 避

从前官场中所用的执事,最前面便是四块肃静回避牌。你只看那牌上的字,写得有盆口样大,就可以知道那是格外要人注意的表示。肃静云者,就是教街上的人,不要喧哗。回避云者,就是叫街上的人躲开,让老爷好经过。这一种威风,恐怕现在那一国的国王出门,也未尝有。在前清的时候,一个小县里的佐杂,出门都可以用,真是普遍及了。

虽然那是官样文章,不见得谁见了牌就肃静回避,但是市民对于这牌上的字,要认为一种侮辱。不料改革以后,北京迎亲出殡的人家,依旧还用这牌一十七年。不知这婚丧之家,是教谁肃静回避?这样一来,龟鸨之家里有婚丧事,都可以命令市民肃静回避了,未免太不像话。政治议会,不是取缔封建式的婚丧仪式吗?何以还让这种牌存在?

(原载于1928年11月16日《世界晚报·夜光·小月旦》)

赌 咒

中国人有句俗话,城隍庙墙壁,赌咒当饭吃。越是靠着请鬼神来监视,越是靠不住。因为办事是实在的,请鬼神是虚无的。办实在的事,实实在在去办,实实在在办出来给人看,不必问人信不信,也不必去赌咒发誓。自然有好的成绩。

现在有个新发明的玩意儿,就是赌咒。无论是办什么事,破题儿第一就是赌咒。那意思说，我今天新来，你或者不明白我的意思怎样。现在我先赌咒，我若办事有假，我就如何如何。好了，你信我了，事归我办了。

真是见他娘的活鬼！他赌咒的时候，当着歌儿念，他未必知道是赌咒，这问将来吗？然而现在挣钱的老爷们，就喜欢这个调调儿。

（原载于1928年11月18日《世界晚报·夜光·小月旦》）

不成问题之问题

——打倒马褂

马褂这样东西，有人说要打倒有人说要保留。而究竟打倒者自打倒，保留者自保留。

在精神一方面说，穿长袍表示人从容，加马褂表示人端庄，穿短衣表示人精悍，各有理由。

吴稚晖先生穿上永不扣第二纽扣的马褂，我们不能说他腐化。张宗昌穿上一套戎衣，我们不能说他是奋斗的表示。

如此说来，究竟人是人，衣服是衣服。

（原载于1928年11月23日《世界晚报·夜光·小月旦》）

欢 迎 飞 机

广州号飞机，由广东飞到了北平，更要由北平飞往奉天。这样穿过中国的长途飞行，在中国倒是破天荒的举动。怪不得昨天上午天安门开欢迎飞机大会，到会的人，有数万之多了。

在前清的时候，北京的市民，只知道欢迎游街的状元，过境的八府巡按。国家出了什么文学家科学家技术家，无论你的本领如何高大，他决计不去理会的。

现在北平有这些个人欢迎张惠长，虽然比不上欧美人士欢迎林德柏那样狂热。但是在升官发财的思想以外，对于一种有技术的人，能这样表示好感，总算是难得了。这种行动，我以为有提倡之必要。人民的思想能够如此，才能让技术家去奋斗。

（原载于1928年11月24日《世界晚报·夜光·小月旦》）

优 待 花 柳

吾在街头广告牌上，曾见有"优待花柳"之字样，字大可如盆，至令人注意。夫花与柳，一植物耳，何优待之足云？然此花柳二字，乃一缩脚语，盖谓不洁之病也。优待花柳云者，亦非指花柳病与害花柳病之人，盖优待害病往医院治病者耳。

人患花柳病，而尚有受优待之价值，若是乎花柳之病，大可害矣。贴广告者，其有寓优待于劝进而来提倡花柳之意乎？此亦社会上至耐寻味之事也。

吾皖人，据同乡云：安庆同仁医院，系教会所立，遇来医花柳者，号金之外，另罚洋一元。意在惩戒，而亦生财之道，吾觉其事已奇。今更有遇优待花柳者，其事虽极相反，而生财之法无二，又奇之更奇也。

（原载于1928年11月25日《世界晚报·夜光·小月旦》）

小月旦

难 免 要 钱

我们都知道金钱不是一种好东西。但是这个世界，是黄金造成的，我们要在这世界里混，怎样逃得出黄金的圈套？

因为我们要拿钱办一切，同时，不得不向别方去拿钱来用。因为拿钱，所以我们自己造出种种罪恶。如何可以免除这种种罪恶？干脆，不死就是逃到深山去出家。除此之外，我们所听说的廉洁与不爱钱云云，不能不认为是高调。

（原载于1928年11月29日《世界晚报·夜光·小月旦》）

感 情 用 事

天下事，专恃着感情去办，他是不顾利害的。所以有些时候，有人办成一件很大的事，却不能用常理去判断他。我有一个同乡，他是弱不胜衣的人，有一次因邻居失火，他从第二层楼上跳下来，竟安然无事。事后他自己都不相信跳下来，只当是场梦。这个原因何在呢？就是当时恐慌之情过分，急于逃命，由不得理智去判断说这是不能跳的。

由此我们知道感情作用的厉害了。从来群众运动，全靠当领袖者用感情来鼓动，人多势众，往往可以做出惊人的事业。这个时候，决不受理智的剖解，更说不到反对了。不明此道，就会碰大钉子的。这就是古人所谓众怒难犯了。

（原载于1928年12月27日《世界晚报·夜光·小月旦》）

两个人口中的雪

好大的雪,刚刚扫去,不到五分钟,地下又堆将起来了。偶然访一家友人。遇到他的少爷说:妙极了。今天下一天,明天上午到北海看雪去。多带几卷胶片,好好地照些雪景。说话时,你瞧他脸上那一分得意之色。

走出大门,两个候生意的车夫,顿着脚在门洞走来走去,说道:他妈的,昨天瞧着天还暖和,今天这么大雪。大袄子还没有赎出来,冷得真受不了了。晚上还要下雪,就没法子拉了。哪儿没有冬天,我在哪儿穷一辈子也快活。

一刻之间,一屋之地,各人所对之天气,而意见不齐。雪可赏乎?抑可吊乎?

(原载于1928年12月28日《世界晚报·夜光·小月旦》)

老段穷不穷

前几天有人说老段穷,昨天又有人说老段不穷,究竟老段穷不穷呢?我们既不是老段的账房,又不曾和老段有过来往,哪里算得清?

但是我敢说一句,老段纵然是穷人,住必洋楼,出必汽车,吃必鸡鸭猪羊,穿必绫罗绸缎……诸位若不信,可以到天津日租界去调查,一定不会错的。

若果是如此,能说是穷吗?

(原载于1928年12月29日《世界晚报·夜光·小月旦》)

小月旦

吟风弄月罢

有人说：中国文学是颓废的，不是振作的，应当洗刷一下。因为这样的文学，和民气大有关系的。这话谁不会说。但是我们要知道原来中国的文学，就受了压迫，所谓不敢言而怒，文人没有法子去作激昂慷慨文字的，并不是不作。迫不得已，只好把这一腔热血，托之芳草美人，隐隐约约地说出来。一部《诗经》，一部《楚辞》，不大半是如此吗？

我不信现在言论自由了。我也不敢劝文人满口手枪炸弹，去冒那个危险。所以无聊的文人吟风弄月，我们相当予以同情呢。若说这种文学可以亡国，我想另有负责的人在那里呢。

（原载于1929年1月23日《世界晚报·夜光·小月旦》）

亲 爱 的

亲爱的，贵国没有这种称呼，不敢掠美，那是舶来品。不过这个美字，仍有考量的余地。因为在红头绿眼睛的那些人说话，就是不亲爱的一样叫为亲爱的。譬如贵国人称人老哥，不一定要对方是老头而后可。

我看到许多新作家，在他们的散文里，或者小说里，遇到男女对话的时候，必定一个称哥。一个称妹。有时还要加上为亲爱的哥哥，亲爱的妹妹。情人的定例，男必长于女？且不去说。但是中国人说话，真要像小说里那样称呼？恐怕旁人听见，要肉麻而死了。

（原载于1929年1月25日《世界晚报·夜光·小月旦》）

莲花应作杭州市花

据前两天的消息,上海方面,已经拟定以莲花为市花。有些滑稽的人说,上海的滑头少年最多。滑头少年,是夏天里的衣服最齐全,因之叫荷花大少,若是莲花真成了上海市花,倒是很有趣的一件事。我以为莲花出污泥而不染,颜色清鲜,亭亭净植,在于幽丽一方面,决不是上海的象征。上海那种繁华,应该以桃花为市花;况且,龙华桃花也是最有名的。

至于莲花呢,应该为杭州市花。第一,杭州以西湖著名天下,莲是与湖有关系的,而且更可象征杭州的闹中见静哩。

(原载于1929年1月31日《世界晚报·夜光·小月旦》)

忘了这个爱字吧

我的朋友写信给我,说他的夫人,是一个旧式女子,打算离婚。可是有两层难处,离婚呢,女方要是不能自立,良心上有些不安。不离婚呢?一生的幸福,完全牺牲,而且精神上形式上,都有说不出的痛苦。问我怎么办?

我说:离婚呢?对于她是袖手观火。不离婚呢?对于他是下井救人。反正都是痛苦。在这过渡时间,我想半路中的青年,二十岁以上,二十六岁以下,应该是个牺牲者吧?我对于这事,我没有法子告诉人,只对人说:好姻缘也不过几十年,总是空的。大家皈依到我佛面前,忘了这个爱字得了。我写出来,兼告一班读者。

(原载于1929年2月1日《世界晚报·夜光·小月旦》)

为什么用阳历呢?

废止旧历,我们是站在赞成的一方面。因为社会上所用的旧历,只管跟着月亮,可就不合四时。这句话,普通人是不大懂的。但是我们要告诉他,今年立春,是二月四日,明年立春,也是今日(顶多差一日),后年也是今日……无穷尽都是如此。那么,可以知道阳历不是洋鬼子的历,乃是太阳历。我们是过日子,不是过月亮,为什么过阴历呢?

有人说:阳历合四时,对了。阴历也未常不合四时啊。朋友,你忘了阴历要闰月吗?那就是为了赶不上气候,这个增加的了。阳历呢,二三四月为春,五六七月为夏……千古不变的。不信,你以三年工夫,考察一下吧。

(原载于1929年2月3日《世界晚报·夜光·小月旦》)

两件小事的主张

我有两件事,年来与我以前的主张不同。以前我不主张给钱叫化子,以为这样,可以养成人的依赖性。同时,我又有点洋化,在电车上让座给女性,因为这是尊重女权,保护弱者。但是以后我想开了,一个去做叫化子的人:决计不是有托而逃,反正比我穷,周济他一两个子儿,何损于我的毫毛？同时，我想现在不是男女平等吗？不应该认女子是个弱者。我们既非因女子是个弱者而让座，那就有点奴性，自认是比女子低一级的人，而不平等了。若说客气，何以对男子就不必客气呢？所以我主张除了老人或病者，电车上不用让座。

自然，这不能代表一般人的主张，但是我就这样办定了。

（原载于1929年2月4日《世界晚报·夜光·小月旦》）

磕头乎

在社会上，旧历年，当然是免不了的。尤其是诗礼人家照样地要磕头拜年。

有人说：拜年可以，磕头不必。但是这又发生了问题。因为年轻的人，当然不讲究这些古礼。可是他家或有顽固的父母，若不磕头，一向是磕头惯了的，必然引起父母的不快。为对老人失礼而让他不快，良心上又说不过去。磕头乎？不磕头乎？我想必有一部分人发生踌躇的。道德和思想文明，不能容易合拍，这也是个例子了。

（原载于1929年2月8日《世界晚报·夜光·小月旦》）

不算命便唱大鼓

和平门内某胡同，有一家门首，新贴黄纸一张，纸上写了四句话如下：推问流年八字，代卜男女婚姻。文明五音大鼓，欢迎喜庆堂会。

你看，这分明是个算命先生，又带唱大鼓了。这种兼差，倒是绝对不同行的。

现在北平方面，不是以若干日期为限，要废星相之流吗？像这位先生，他是不怕的了。不让他算命，他可以撂地专门去唱大鼓。比那只会算命的人，临时抱佛脚去另找别业，他却便宜得多了。怪不得古人说，狡兔有三窟。可是话又说回来了，干不正当营业的，副业决计不会怎样光明。所以不算命也只是唱大鼓。此所以人要根基培植得好。

（原载于1929年2月17日《世界晚报·夜光·小月旦》）

打倒半夜敲门心不惊

二十吊铜子（莫以为字面好看，实则大洋五毛耳），现在也值得绿林豪客一抢，这年头儿，真叫人不敢图利了。加上，现在是注重人民自卫，满市嚷着小心门户。到了夜幕一张，门外若有个生人来敲门，不由得你不连问几声是谁。设若一个不速之客前来，且不问你家有钱无钱，我家妇孺，先要闹得面无人色。

俗言说：为人不作亏心事，半夜敲门心不惊，这句话，不能成立了。大概因为京都南迁，首善之区四字，不能成立，所以不肯秩序太好了，以免名不符实，其然乎？

更正昨日小月旦署名梨字，误作衡。

（原载于1929年2月20日《世界晚报·夜光·小月旦》）

卫生局成绩零分以下

昨日洁身君的三言两语，说社会局的成绩，只好打零分。不错，北京的社会，依然是睡沉沉的，不见有丝毫改良。但是北平市卫生，比没有卫生局以前，还要糟，那又该怎样打分数呢？你看，满地秽水，满胡同屎尿，只要交通稍僻静的地方，说市上有卫生局办卫生行政，人肯信吗？

社会局长如该吃饼，那么，卫生局长恐怕连吃饼的程度都不够。卫生局长如不服我这句话，我可以随时随地，陪他走三条小胡同，一定知道市民是忍无可忍了。

天气是渐渐地暖和，满城的秽物一蒸发到空气里去，我不知道是如何恐怖了。穷市民供应局长非容易，愿长积德与努力。

（原载于1929年3月16日《世界晚报·夜光·小月旦》）

本 性 难 移

我的朋友说：世界上的名人，不能像我们目前所看到的，就以为好或者是坏。本来古人就说了，性相近，习相远。这个人便是好人，他因为环境不同，焉知他不慢慢变成坏人哩？反过来说，坏人得到好的环境，也未尝不能变成好人。

这话看来有理，其实不然。古言道：江山易改，本性难移。那种可好可坏的人，并不是真好真坏，好是作伪，坏是受了不白之冤。此所谓"周公恐惧流言日,王莽谦恭下士时"了。固然坏人有时也做一两件好事,如曹操之诛董卓。好人有时也作一两件坏事,如陶渊明去作知县(做知县不是坏事然而在陶可认为改节)。不过一时的事,决计不能论人终身的。这话我也许说错了,然而我自有不少的实证。

(原载于1929年3月21日《世界晚报·夜光·小月旦》)

煤渣平马路

北平是这样的穷,哪里能办什么建筑?所以市上路政不怎样好,我们也不能怪工务局。不过小小修理,那是不大费钱的,并此拆烂污,市民就不能无言了。最近我看见许多马路毁坏的地方,工务处的工人却只搬附近人家的煤渣来铺上一铺就算了事。当时看去,好像是填平了,但是几十小时之后,不必雨洗,不必风刮,只要来往车马几次践踏,就会把那些填的煤渣铲个干净。铲了之后,自然少不得再填了。

这样铲了再填,填了再铲,不但是白废人工,那浮土撒了满地被风一刮,刮得到处都是,真正是有碍卫生。这种因陋就简的填路法,我以为不如无有。

(原载于1929年3月23日《世界晚报·夜光·小月旦》)

庙中神签问题

这些日子,市政府所辖的几个局子,各事宣传,他们有振作,究竟振作了什么程度，恐怕也是办到宣传为止。宣传以后，就另为一事了。

我以极小的问题说，各庙里的问卦抽签，这不但涉于迷信，而且往往破人婚姻工作等事。尤其是药签，不问病而发药。无论那药如何平和，多少有些偏寒偏热……等所在。设若一个寒症的人，更吃一剂寒药下去，那种危险，应该怎样呢？

这件事，尚未听到社会局有什么举动，我愿举出来作一个小小的建议。

（原载于1929年4月5日《世界晚报·夜光·小月旦》）

平 等 的 爱

现在的青年男女，除了吃饭问题而外，恐怕就是谈恋爱了。青年们为了恋爱，往往影响他们前途的事业，或改变宗旨，或荒芜学问，或牺牲身家。直接的是影响他们本身，而间接的也就影响社会国家了。

我们不反对少年谈爱，但谈爱要适可而止，就不会影响一切。适可而止的标准是什么呢？就是我爱你，你必得爱我。你爱我，我总报之以爱你。无所谓求恋，就不会有失恋。这样平等的爱，无论若何牺牲，两厢情愿，一定可以永久结合。否则一有所求，一有所恃，从此情场便多事了。我这话是少年不愿听的，尤其是女同胞。然而我以为这种办法，是最纯洁最平等的呢。

（原载于1929年5月5日《世界晚报·夜光·小月旦》）

小月旦

我怎能变块顽石

人生充其量,不过是几十年,我不明白大家为什么要互相残害,以求速死,却不愿快快活活地过这几十年。我,自然并不是一个超人,依样地在求速死的环境中。

我想从今以后,最好是变成一块顽石,固然,风吹雨打,霜侵霜压,我不觉得痛苦。就是花枝来拂我,月亮来照我,美人来吻我,我也并不感到痛快。如此,则或者"与人无犯,与物无争"八个字,可以实行起来。世界上的嫉妒,厌恶,竞夺,及一切有丧天地之和的恶事,也不必烦人加诸我身了。

然而,我也不过几十年后的冢中枯骨,我怎能够变成这一块顽石呢?

(原载于1929年5月7日《世界晚报·夜光·小月旦》)

没有学曹瞒的勇气

天下只有曹孟德,是个绝顶的聪明人,他说:"宁可我负天下人,毋使天下人负我"。他这话真想得透,你若是尽管向不负人方面办,出了力,人家又要你费心;费了心,又要你花钱;花了钱,又要你卖命;设若你不肯卖命,那你所出的力量,所耗的心血,所用的金钱,都算白费。古人似乎也告诉我们了,"一升米养个恩人,一斗米养个仇人"。又说:"狡兔死,走狗烹"。你倒是不负人,人家也不见你一个小钱的情。在这里落得先下手为强了。

说到这里，又要埋怨老人家，不该把我们念洋鬼子文的时候，同时也给我们念线装书。书上把仁义礼智信的毒剂，尽管射到身上。说曹孟德是奸贼。以至现在要学曹瞒。没有那种勇气。这样看来，我们是终于做舍斗米的走狗罢了！

（原载于1929年5月8日《世界晚报·夜光·小月旦》）

非钱不行

"世人结交须黄金，黄金不多交不深，纵令然诺暂相许，终是悠悠行路心。"这是陈死人告诉我们的话，然而一直传到于今，这话依然是生气勃勃，不曾减一分色。朋友本来是人类互相认识者之谓，彼此有好处，自然接近些，这倒也无所谓。独怪原来是接近的人，像父子夫妻兄弟等等，也就非要钱不可。朋友无钱，不过拉倒而已，至于父子夫妻兄弟。要不到钱，也不能拉倒，终于鱼死网破，同归于钱而后已。钱真是天地间一种毒物。

没有钱，衣食无所出。有了钱，就要让站在一边的人眼红，这便如何是好。这年头儿只有在家庭社会中，做个亡命之徒，谁今天饱了，就拿命去拼谁，你要图安逸，拿钱来，这就是所谓钱是命，命是狗屁的主义。谁见了，都会怕。如此看来，我愿穷且凶了。

（原载于1929年5月9日《世界晚报·夜光·小月旦》）

与木石居　与鹿豕游

与木石居，与鹿豕游，古人以为是人生最难堪的一件事。其实木石与鹿豕，不过是不了解我，决没有其他的弊病。我们若投身到社会里去，什么聪明人也有，什么能说能笑的人也有，然而当面和你称兄道弟，却不知前转身去，是怎样诬蔑你，怎样诅咒你。虽然你和他没有丝毫的权利冲突，然而你在名利或学问上，胜过他一筹，他有些不服，就非打倒你不能有快于心。一直到你被打倒之后，你还是莫名其妙。

除了家庭以外，便是社会，社会是怎样充满了嫉妒和争夺的现象，与人类往还，你焉能存一毫进取之心。既不能进取，那就不如与木石居，与鹿豕游了。

（原载于1929年5月12日《世界晚报·夜光·小月旦》）

记者有不逢汉武之感

"容得马迁留谤史，能成苏武做忠臣。"这是清王云咏汉武的诗。司马迁改作马迁，诚然不通，不过议论是对的。你想，汉武把司马迁处了宫刑，又叫他撰史，叫他笔底下不说几句刘家坏话，揆之人情，似不可能。而司马迁也就毫不客气，在《高祖本纪》前面，便写下一篇《项羽本纪》，把高祖的对头，抬得那样高，打破那成王败寇的例子。迁固然胆大，武帝也真能不阿私所好了。后班固作《汉书》，《世家》都不给项羽，只排在列传里，真势利之至！

大家不是骂皇帝吗？现在像容谤臣的汉武，能有几个！新闻记者，当有不逢汉武之感了。

（原载于1929年5月13日《世界晚报·夜光·小月旦》）

完 了 罢

我愿把我的身体，变成一棵枯树，樵夫来砍我，火夫来劈我，一直把我弄得粉碎支离，然后送到锅里一烧，变一阵轻烟，飞上天空，到了天空，大风一刮，刮得无影无踪，不但没有我的身体，而且也没有我的灵魂。于是我无所谓恨，也无所谓爱。没有了社会，没有了国家，没有了世界，更也不会有小于这个的。

死了便死了，用不着人来挽吊；朽了便朽了，用不着人来惋惜。只想着天地之间，原来并未生下这样一个我，便坦然了。芸芸众生，生杀予夺，极力争这一刹那，百年之后，还有谁在？设若早一百年完了，岂不省许多事。天下只有完了是痛快之事，一日不完了，便一日是造化的玩物。呜呼！人如造化何？完了罢。

（原载于1929年5月14日《世界晚报·夜光·小月旦》）

真个谦受益吗？

我近年来主张和蔼接人。以为人生几十年光阴，何必争闲气呢？然而太和气了，人家会看成你是一只小羊，拿着长鞭巨索来玩弄你。于是对于古人"谦受益"的那句话，不能不抱相当的怀疑。

天下有强权无公理，人类始终是弱肉强食的。你看孔子那样好，是在陈绝粮。耶稣是那样好，是钉在十字架上？真个"谦受益"吗？

这话又说回来了。孔子耶稣流芳千古，欺他们的在哪里？结果，谦是要谦，谦中要有一种大无畏的精神在。读者以为如何？

（原载于1929年5月18日《世界晚报·夜光·小月旦》）

怎样处黄金时代

人生一世，总有一个比较好些的日子。这个日子，就叫作黄金时代。这黄金时代，在人生的过程中，虽然是幸运，然而大半人都受了他的祸害。

因为在这个黄金时代，平生所想不到的，现在都要罗致起来；平生受了委屈的，现在都要伸张起来；平生摆脱不掉的，现在都要抛弃起来。总而言之，对于他不满的环境，这时要起一个极大的反动。这种趋势，最容易出乎常轨，十之七八是人生所不宜有的事。

所以每个人都有黄金时代，而真能享黄金时代之幸福的，却是不可多得。明乎此，然后知道我们怎样处于黄金时代。

（原载于1929年5月20日《世界晚报·夜光·小月旦》）

人不求人一样大

俗语说："人不求人一样大，水不流来一样平。"天下没有真平等，也没有真不平等。平不平，完全看在求不求上面说话。

娱乐场上，多去两回，多花几个小费，伙计们看见了你，老早地就是一笑，点头点脑地叫张三爷李四爷，别谈多么和气，多么恭顺。有朝一日，你不来了，或者伙计们不干了，他要在路上遇到你，也真不会把眼睛睃你一睃。反之，我们若是个伙计，想到要钱时的那副笑脸，路上遇着的时候那一副冷脸，应该有什么感想呢？

于是你知道"士穷节乃见"那句话不错！

（原载于1929年5月21日《世界晚报·夜光·小月旦》）

妻的人选

绿荫树下，几个好友，谈到择妻的问题。有人说，要美丽的，我以为不如赏花；有人说，要道德好的，我以为不如看书；有人说，要能帮助我的，我以为不如买架机器；有人说，要能让我快活的，我以为不如找各种娱乐。说到这里，朋友不能再找出好的标准了，就问我要怎样的人？我说总而言之，统而言之，要一个能了解我的。

能了解我，我自然心满意足了，好看不好看，是不成问题的。道德二字，更是和我合辙了。至于如何帮助我，如何使我快活，她当然知道，那又何须说呢？一个人要得一个人了解，这却要得人家相当时间的认识。所以男女双方由恋爱而进到结婚，至少要有一年期间的过程。

（原载于1929年5月22日《世界晚报·夜光·小月旦》）

夫 的 人 选

自我写出妻的人选以后，许多朋友，赞成我的论调，复问我夫的人选问题如何？哀梨不是一个女子，怎能定出夫的人选呢？上次妻的人选，我只笼统说了一句，现在我把女子理想中夫的人选试拟一个，对与不对我不知道。不过，我原是代表一部分有知识的女子罢了。

夫要说话诚实，做事有秩序，且知卫生；身体强壮，而不肥胖；无论学文学，学科学，要喜欢文艺，有美的意味；无不良之嗜好，无虚浮之习气，所入虽不必太丰；然家庭及子女教育之费，必能致力罗致。（但有不得已，亦可原谅）合乎以上几个条件，女子似乎可以嫁了。大腹便便的至于官僚政客，满口新名词的大代表，身洒香水，脸擦雪花膏的荷花大少。这种人，未必不可取，但是以言终身的良伴，那就差得远了。

（原载于1929年5月24日《世界晚报·夜光·小月旦》）

利害与是非

是非和利害问题，是有密切关系的。这件事情和我有利，纵然是不对，我怎肯说是不对；这件事情和我有害，纵然是对的，我又怎肯说是对呢？强盗是不义的事，做了强盗，他就会说是替天行道了；杀人是不仁的事，做了刽子手，他就会说是职责攸关了。

由此看来，是非绝对是不容呆看的了。既不容呆看，那么，我们和人讨论起来，就要看对方是甚等样人。那个人是屠户，千万就别和他谈戒杀；那个人是守奴财，千万就别和他谈疏财。因为你的理虽是，到了他那儿，理由就变成不是了。

有些不知利害的先生们，喜欢和人家谈是非，仔细想起来，岂不可笑。

（原载于1929年5月25日《世界晚报·夜光·小月旦》）

好人政府的好人呢？

在若干年前，曾记得北京的一班名流与学者，曾发表了一篇共同署名的文字，意思是要由我们那样办，就可以得着好政府，自然，他们若做起阁员来，这政府就会好了。

那时，南北迷信名流的程度很深，以为他们的话，是靠得住的。就把他们叫作好人政府的人物。那一种斯人不出之感，社会上同有。而舍我其谁之念，好人政府中人，也当仁不让的。可是，好人政府中的人物，后来的确做了阁员，那种成绩，几乎比坏人政府还要坏，直到如今。他们的行动已不堪问，和他们的宣言，简直根本上违背起来。要问是什么缘故呢？恐怕他们也说不出来吧？

这就是南方人一句：话看人挑水不吃力。

（原载于1929年5月26日《世界晚报·夜光·小月旦》）

女子的名字

在革命的立场上，谁也不能说女子弱似男子。所以早就有人唱着"娇，娇，娇，这样的名词，我们誓不要。"固然，爱美也是人情，然而娇弱只是病态，绝不能谓之美。所以女子离不开"娇弱、柔媚"等字样，那是自己不愿平等而希望男子怜悯，这个似乎不大妥。

现在有人反对女子用淑贞娟秀等字样为名字，觉得一望而知为女性。我以为那倒无碍，女子表示是女子，这又何妨？况且贞淑不能不说是好德性，娟秀不能不说是好态度。惟有一班女子叫亚男弱男次男的，明明白白表示不如男子，这倒叫人没法让她平等。而最奇怪的，取这种名字的，正是新式女子，我究不知理由何在呢？

（原载于1929年5月31日《世界晚报·夜光·小月旦》）

谈爱莫忘做人

提笔写上一个性字，读者便觉津津有味，所以《夜光》《明珠》上，讨论性的文字，总牵连不断。最近本栏所论的性与欲，又引起了战争。我以为这事很容易解说，就是由爱好而谋肉欲，是有生物生机上的本能，已爱好而不发生肉欲，这是人类道德上的一种制裁（其实也可以说是一种利害关系）。所以天下的男女，尽管相爱，却不一定要结婚。人类的立场不同，性情不同，主张灵肉分道，或灵肉一致，都各有理由，总而言之，各行其心之所安罢了,若要一定如何,不免有强人所难之处。

报纸多少负些领导社会的责任,可也不能颠倒是非。我以为,人为做人而出世,青年谈爱可以,不可忘了做人。同时因爱生欲,不要因欲害爱。本栏这个态度很公正吧?

(原载于1929年6月7日《世界晚报·夜光·小月旦》)

钱 与 信 义

世界上最好的东西,自然莫过于金钱。有了金钱,什么东西,都可以得着。但是世界上最靠不住的,也莫过于金钱。因为你暂时花了钱,东西暂时归了你,有一天钱若是用光了,东西就不是你的了。

所以我们要得一种东西,如男子之与爱人,要用才力与信义去换才好。一个人的才力,不经大变动,是不会减少的,至于信义,那更是非死不会消灭。用这两样去应人接物,就是钉下的铁基础了。

不过这种高调,也等于秀才谈兵,只好纸上说说。因为人都是顾着眼前的,谁肯往远处想。要图一个痛快,莫如干脆花钱了。

(原载于1929年6月8日《世界晚报·夜光·小月旦》)

好汉不论出身低

好汉不论出身低,中国人早就有这么一句话。其实只是"把话错来讲"。因为最早出身低,才能成好汉,并不是天下的好汉,只许有身份的人来做。

古今有身份的人，能做出一番惊天动地的事，据我看来，只有一位如来佛，他丢了他的王冠，到深山里去修道十九年，然后出来讲学救人。论到他的衣，不过是偏袒右臂（用佛经语）；论到他的食，不过是入城乞食；论到他的住，不过是在给孤独园树下。可是他的功德，真是光烛宇宙了。不过他是超人，不能为例的。此外，好汉都是没出身的多。东西两大圣人，人家都说是私生子。降而至于许多开国君臣，起自风尘的更多。现在东西日意两个首相：法西斯党的莫索里尼，是铁匠之儿；政友会的田中义一，是轿夫之子（田中虽不是好汉，日俄一役，颇有可取）。出身低，何害呢？

（原载于1929年6月15日《世界晚报·夜光·小月旦》）

中国好譬一条大鲸鱼

昨天在一张《辽宁报》上，看到一条新闻，题目是过去一年间，满铁社会，掠去多少钱？小题目，是收入比二万万四千万元还多，一看之后，我发生许多感想。

记得有人说海话，海里有鲸鱼像山一般。捕鲸的人，驶着轮船赶上，将锚抛在鱼身上，挖入肉里，然后许多人爬上鱼背，用锹锄之类去掘取它的肉，一担一担，送上船去熬。看看掘到四五丈深，鱼身上才觉得有点痒……以下更玄了，不要去谈它。我想中国倒好像这一条大鲸鱼。你看，日本在东三省仅几条路，就一年刮去这些钱，而中国人痒也不曾痒一下。呜呼！不久怕要掘肉见骨，未知国人还痒不痒？

（原载于1929年6月25日《世界晚报·夜光·小月旦》）

强迫之镇静

凡立德立功之伟人，其于镇静二字，必须素有训练，然后有所举措，非遭不可救药之打击，均能处之坦然，无所动于中。能如此，而其所进行者，始不受若何挫折也。系天然的，而非强迫的。若强迫而镇静，此如死囚牢中待决之人，有何足取者？

某所执业，为逐日卖文之事，天职上不容稍为间断，故泰山崩于前，而执笔自若。犹忆某年，北京城天空，飞机满处扔炸弹。机声轧轧然，常过敝庐之顶。某虽心旌摇摇，不知其可，而笔下或欲笑时，则依然作笑。我岂真笑得出来？无可如何也。在飞机炸弹下，且坦然如此，则小于此之不如意处，更不待言矣。

（原载于1929年7月3日《世界晚报·夜光·小月旦》）

干 等 着 罢

中国人常有这样一句话，"一棵草上自然有颗露水珠子"。那意思就是说，一个人在世上，无论穷富智愚，他总有一个法子解决他的生活问题，用不着事先白着急。

误尽天下苍生者，此言也已夫！有了这句话，世上的人全不用得做事，也不用得奋斗，好好地待着，自然有玉面大馒头，钻进人的口里去。犹之乎露水珠子，自然会从天上滴到草头上去。天下有这样一个道理吗？

河北这样大旱，河北的人民，只有在家里干耗着，并不曾以备旱灾之将来，真有做那候露水的一棵草之势，后患何堪设想呢？老百姓可又说了，我们也等着官厅想法。

(原载于1929年7月8日《世界晚报·夜光·小月旦》)

谁能学求雨的和尚

昨日本栏载的，青龙桥和尚赤背求雨，真是孔夫子说的，其愚不可及。虽然，我们且慢笑他，不说执政诸公了，偌大的北平城，酒食征逐，冠盖往来，有几个人知道赤地千里？就是我们同行，站在民众的前头，他们也只知道用初号铅字，将某公来平，某人下野，大登特登。甚至要人吃一餐便饭，也占报上两三行。城门以外，庄稼干成了焦炭，成千万人要死，也不值一顾。他并不知道这比某要人吃便饭要重上千万倍。呜呼！新闻记者，犹不到民间去，何况"居必守卫，出必汽车"的执政呢？

和尚以晒身求雨，知识不够罢了；但那为民众牺牲的决心，真是难得。我站在北海塔顶上问一问偌大的北平城，谁能学那和尚？我实在不愿骂人，这回我是"是可忍，孰不可忍"，才说上两句对不住！

(原载于1929年7月13日《世界晚报·夜光·小月旦》)

西 瓜 皮

天热，渴得很。有钱的人，整个儿的西瓜，用冰先冰上。到了中午，再破开来吃，既解渴，又卫生。其次，还不短零钱使的，在街上水果摊上，几个子儿一块，买来就啃。虽然经过飞尘加料，苍蝇先生先尝，有点不卫生，然而也解渴。多下来的西瓜皮，就一齐扔在大街上养活苍蝇。

苍蝇，自然是多谢，可以繁殖许多。但是走路的人，踏在上面，一个不留神，就得受摔。这一扔西瓜皮，既有碍卫生，又害行人，吃西瓜的人，真不讲公德。

虽然，小孩子满街拉稀，粪夫满街倒秽水，也没有看见卫生行政当局正眼儿一瞧，又何况西瓜皮呢？

（原载于1929年7月15日《世界晚报·夜光·小月旦》）

政治与婚姻

"遂令天下父母心，不重生男重生女。"这十四个字，真把人心骂透了，不仅是说杨贵妃一家人而已。其实这很不算奇，有女儿的，谁不愿意招个好女婿，能招到做皇帝的女婿，那更好了。唯其如此，所以乔国老两个女儿，一个给了孙策。一个给周瑜。倒是杨国忠干脆，三个妹妹，一股脑儿由皇帝去支配。

杨国忠由户部做到宰相，人家以为他是裙带衣冠很可耻。他本是一个市井无赖有什么使不得。那江东大帝孙权为了联络刘备，就把妹妹嫁他，简直认敌作亲，又当如何呢？古今天下，借女人为政治工具的，很多很多。政治上又何必谈什么人格？不过现在男女平权了，我想女子不肯为人去作政治工具吧？

（原载于1929年7月16日《世界晚报·夜光·小月旦》）

小月旦

莫乱打孔家店

山东第二个师范,演子见南子一剧,与孔氏家族,业已与讼。孔族以为将丑末扮孔子,固言之过甚。而该校校长以为系描写道德与艺术之冲突,亦理穷而词遁也。夫孔子之学说,诚不能尽合于今,然细玩其一生言行,究不失为伟大之人物。中山先生今之先知先觉,犹不免自认承其道统,况读书无多之中学生乎?

该校长自称打倒"民可使由之,不可使知之"主义之标语,以为与知难行易学说冲突。此又患近视而为朱注所误也。此文除朱注读法外,尚有两读法:一,"民可,使由之。不可,使知之"。二,民可使,由之。不可使,知之!"第二种读法,尤为切实明了,自己已误,何以责人?孔家店非不可打,打之而不得其道,由擂台上滚下,亦适足见其不量力耳。

(原载于1929年7月23日《世界晚报·夜光·小月旦》)

哪里能怪天
——电灯电话自来水全坏原因

几天大雨之后,电灯火是小了,电话是断线了,自来水是发黄色了。你若质问公司,公司里人说是大雨冲断了线,水浸了机器,那有什么法子。"天实为之谓之何哉"的官话,是多么正大而不负责任。事实上不能够这样吧?不必远证外国了。就以上海而论,那种雨水期,尤其时黄梅时节,差不多前后有两个月,电灯电话自来水何曾有这种现象呢?难道那边的雨水是不会坏电线坏机器的?这也不过人家公司里,事先有防备的法子罢了。北方大陆气候，雨水不多，公司里压根不预备防雨防水的材料，工程师也压根不做这怕雨的梦。于是一下大雨，毛病就来了。原因如此，哪里能怪天？

（原载于1929年7月25日《世界晚报·夜光·小月旦》）

拼 得 不 值

看到廊房头条三阳金店发生的抢案，我们可以知道钱这样东西，是多么毒。在那种挨肩叠背的热闹街道上，竟有人拿一柄假手枪去抢人。这简直是把头拿在手上，换这有限的几两金子了。人生寿数，平均总也有六十上下。几两金子，不过三四百块钱，能用多少时候，至多一二年吧？抢得到舒服一二年，抢不到就性命全丢。若像抢三阳金店的这个小白龙，不过二十二岁，简直拿三十八岁的年纪，去拼这一二年的用度，这有多么不合算呢？

可是当强盗的人，谁也不肯这样想，以为拼得到就拼一下，拼不到就拉倒。其实退一步言之，就真要拼也不该如此。一个人只要不怕死，什么正大光明的事不能去尝试，何必来以身试法呢？

（原载于1929年7月30日《世界晚报·夜光·小月旦》）

出 份 子

我没有到过外国，不知道外国人送礼有没有送钱的这种办法，若在中国，很普通了。这种送钱法，统名之曰折礼，书面上却是什么贺仪奁敬奠仪等字样，冠冕是冠冕。其实形容收礼的好货罢了。

　　这事，北平人最盛行，名之曰出份子。好像人家新娶媳妇罢，各家出几十铜子的份子，意思说，凑钱替那事主办事，出一位份子钱罢了。这在事主，应当怎样认为耻辱，但是份子不到，却反以为无礼，怪不怪呢？据说，份子是亲戚朋友，祖传的老例，彼此不得增减，若是二十枚铜子，永久是二十枚铜子。若嫌少，份子外，可以另外折钱送礼。总而言之，礼是以钱为贵。

　　礼是文明的仪节，反过来说，也是人类虚伪的面目。而今以钱送礼，倒是实在，不过社会的真相毕露了。

　　　　　　　　　（原载于1929年8月3日《世界晚报·夜光·小月旦》）

怨　　天

　　"不下就不下，一下就没有完。"我们试听听，这几天阴雨之间，谁不是这样埋怨老天？天，平常人是认为有无上威权，不敢反对的。但是到了天不会做天的时候，如下雨没有完之类，人家一样攻击它的。所以有人说："人间多少难平事，不会做天莫做天。"

　　做了天的位分，至矣尽矣，无以复加了。可是一到老百姓厌腻了，感到没有完之时，也就会忘了利害来埋怨的。天还可以怨，何况人乎？人便做到如帝如天，也不过是如天，总不要做下已甚，让人说没有完啦。

　　　　　　　　　（原载于1929年8月4日《世界晚报·夜光·小月旦》）

令人想起冯玉祥

冯玉祥之为人如何，功罪如何，我们这小月旦里，都谈不到。我因为永定河工上的人，说到民十三水灾，不亚今年。所以未成灾，由于冯军抢护之故，我就想到那年的事。

那年的水，内务部因想得河工款子，极力地宣传，可是倒没有什么彻底挽救之法。那时冯玉祥的军队，驻在郊外，就自告奋勇去抢救。有一次快决口子了，南苑总部得了消息，冯就下了令，派一旅人跑步去堵水。那时，天上的雨，正如瓢倒下来。大雨里跑二三十里路，军士没有一个退缩的。于是乎水未成灾。这不能不说是冯军一点功劳。人都说冯玉祥善做假仁假义的事，像这样假仁假义的事，又何妨让他去做呢？

（原载于1929年8月8日《世界晚报·夜光·小月旦》）

铁路两边的树

无论什么事，有一利必有一害，我们办一件事，就在两利相权取其重，两害相权取其轻。要望纯粹有利，是不容易的。

我为什么说这句话，为想到铁路两边的树木而发。铁路所在，有许多地方，栽了青荫相接的树木。路局的意思大概是为保护路基而设，当然不在乎这些木料的收入。可是在五月以后九月以前，旅客就吃亏了。他若是要凭窗远眺，这树木会遮得一点不透缝，大煞风景之下。

我想，假使这树与路基没有多大关系的话，最好取消。因为铁路和人行路不同，用不着浓荫留获往来人的。

（原载于1929年8月24日《世界晚报·夜光·小月旦》）

社会新闻

我们每天打开报纸，看一看社会新闻，究竟说些什么？无非奸盗拐骗而已。有人就说：西方报纸上的社会新闻，是向光明路上走的。东方报纸上的社会新闻，是向黑暗路上走的。

其实不然。东方报纸上的社会新闻，固然不能辞诲淫诲盗之责，但是西方报，对于社会的罪恶处处掩盖，这样粉饰太平的举动，未尝又不是奖励罪恶（按西方报纸，也未尝不登，不过少登罢了）。所以这件事，不是容易下断语的。

我们为这事，也曾考量多次。觉得社会新闻之材料如何，固然是要研究的问题，但是编辑者如何下笔，却是关系很大的。若是编得好，就是奸盗拐骗的材料未尝不能寓惩于劝吧？

（原载于1929年8月29日《世界晚报·夜光·小月旦》）

什么玩意儿
——和平门洞口的茅厕

和平门城洞，点缀了一个八角凉亭式的厕所，这是我们要艺术化北平者之耻辱。同时，办市政的先生，有这种新奇的建设，未必就算光荣。不过吾系小民对于这种建设，却是莫测其高深。

有人说：这是有原因的，因为和平门是出入孔道，来往的人必多。来往的人既多，自然有需要便溺地方的。这种建设，正是便民之意。

信然乎？正阳门桥头，人更多了。何不也在那里建设一个厕所，以与正阳楼媲美呢？那至少也使洋鬼子对北平新市政吃上一惊吧？

（原载于1929年9月6日《世界晚报·夜光·小月旦》）

清 查 户 口

北平特别市实行自治，差不多已嚷了有一年了。好容易，一直到了现在，才由内二区十一街开始兴办。我也曾拜读了自治办事处的宣言，他们以为紧要的工作是整理街道，禁止便溺，加紧巡更，清查户口……等等。提到清查户口，我以为这一件事，是防匪的根本办法，要严厉进行。但是决不是从哪一区办，哪一区就收效的。

何以呢？盗匪他不像秽土一般，是不移动的。譬如盗匪藏在外一区，无论内二区户口查得如何清楚，还是枉然，他依然可以到内二区来做案。所以不清查户口则已，要清查户口，非得城内城外，根本搜查一下不可。关于无职务，无产业的住户，最好还列上一个调查表。这不但可以搜索匪人，而且也可以对失业之民，作一个救济办法的根据啊！

（原载于1929年9月15日《世界晚报·夜光·小月旦》）

小月旦

这就叫市自治吗？

北平市的自治，现在居然开办了。其间主持的诸位先生，也曾发过宣言，说是要看这回成绩，以观市民之自治能力如何。这话，自然是对的。可是指导员的责任，却更为要紧啊。

由现在的指导员看来，若考究其以往的功绩，倒是不错，不是特任职，简任职，便是委任职，论起在政治上的地位，那是很够的。不过办市自治的人选，不应当这样去找吧？我以为自治人员，纵然不能实行选举，也要找那能在街道上走路的朋友，才能够和市民接近。若是找几个阔人顶上办自治的名儿，实际上不过叫巡警挨家散几张传单，公安局大可代办。倒是多一事不如少一事了。

（原载于1929年10月1日《世界晚报·夜光·小月旦》）

禁止大车通行

中国人无论办什么事，只要写上纸面，那件事就可以算完结。若是能把这张纸贴上墙去，或者散布四方，那就更了不得了。

我们住的这几条胡同里，现在已算举办了自治。墙上也钉上白木牌，写着本巷禁止大车通行。我看了那块木牌子，心里先是很欢喜。本胡同里的土地，实在让大车轧得不像样子，现在也许要好一点。可这牌子挂了以后，大车是照旧的通行。不但这话算白说，街前街后，钉着许多木牌，还花了不少的钱。自治呢，自扰呢？我真不得而知了。

市自治，市自治，嚷了七八个月了，拿出来的样本却不过是如此，还有什么说的。

（原载于1929年10月15日《世界晚报·夜光·小月旦》）

戏园子应废旧历

政府对于国历这件事，似乎倒有些决心。据闻，明年的月份牌，绝对没有阴历了。最近庙会的会期，也改了国历，大概事实上总能办到。

由庙会的会期，我又想到戏园子的海报。戏园子里的人，他们一直到如今，不知道国历叫作什么。海报上的日期，总是用旧历。像我们不大记得阴历的人，倒反而只知道算星期几了。因为他们为了星期六星期日两天容易上座，星期几他们是附带注明的。

戏园子用阴历，似乎也给阴历加上一重保障，如果庙会都要改国历，那么，戏园子的海报历法，似乎也当一视同仁。

（原载于1929年10月17日《世界晚报·夜光·小月旦》）

到哪处找出一个是来

孟轲辟杨墨，韩愈辟佛老，虽然在孔庙吃过冷肉的朋友，排除异己的毛病，是不能取消的。不过这话又说回来了，那些排除异己的朋友，他们骂人驳人，多少有些根据，决不是血口喷人，硬派人家不是。

夫说人家不是者,"自己便是"是也。人家纵有不是,我自己不见得便是。我既然不见得便是,又何能说人家不是呢?现在的人,不管人家如何,认定了自己是也完全是,不是也完全是。而为了自己是起见,还要颠倒黑白,乱骂一阵。结果,纵然不是"不是骂是",也是"不是骂不是"。

呼呜,今天下,将到那处找出一个"是"来。

(原载于1929年10月22日《世界晚报·夜光·小月旦》)

人亦剃其头

当明亡之时,有人作剃头诗说:世间剃头者,人亦剃其头。这虽是一句笑话,而骨子里,正是有无限的伤感。那意思说,你干涉我们脑袋上来,人家也干涉到你脑袋上去。这大概是明朝遗老对两朝领袖(钱牧斋穿圆领而马蹄其袖)一般人物的讥讽。像吴三桂这种角色,正是要听的呀。

俗言道:大鱼吃小鱼,小鱼吃虾子。本来这个世界,是弱肉强食的场合,无足为奇。反过来说,就是螳螂捕蝉,岂知黄雀在后?弱者固可悲,强者又何尝可喜呢?朋友们,在你强制给人剃头的时候,别忘了也有人来剃你的头呀!

(原载于1929年10月23日《世界晚报·夜光·小月旦》)

拳打中三路

上海滑稽记者之张丹斧与马二先生,为爱看小报(或报尾)者所悉,使此二人而开笔战,其趣可知矣。某次张冯(马二)果开战,不三合,马二宣告失败。其言曰:丹翁之拳,专打下三路,吾固莫如之何也。

由是言之,则所谓滑稽者言,有上三路与下三路之别,吾人将何择,乃不得不有一度之研究。窃以为上三路固佳,但有时不免流于"史",下三路虽不可取,而传神阿堵,有时亦有足多者。然则,依然是丢不开中国人的主义,拳打中三路可乎?

昔名教授等所办《语丝》等刊物,颇似打中三路拳者,今无有矣。具体而微,或求之吾《夜光》欤?

(原载于1929年10月24日《世界晚报·夜光·小月旦》)

平津驰名的无名者

中国人的广告术,除了卖药者而外,恐怕要算上海戏园子里的广告能撒谎了。我们常常看到那些广告什么环球欢迎,声驰中外的夸耀字样。现在世界上,除了好莱坞的电影明星,谁还克当呢?

这还是睁开眼睛来撒谎的,犹可说焉。最怪的是"礼聘平津驰名,素负盛誉"云云之下,写着三个碗口大的字。(戏子的姓名)我们在北京住有十年以上的人,竟不知其为谁。若说是老前辈呢,海报上又说花容月貌，或者后起之秀。要说是十年以来都在南方的呢？海报上又说，业已来电允即日南下。不客气一句话，这就是冤那不开眼的上海人了。

准此，所以留学回来洋博士，以及由外国请来的洋顾问都不过那么一回事。

（原载于1929年10月25日《世界晚报·夜光·小月旦》）

最小的市自治

从前北京的马路，是秉着人杰地灵的例子办的。那胡同里住着阔人，那胡同就会修得整齐，至少至少，那胡同里是不许大车通行，以免轧坏了路。譬如有了张宗昌住宅，就修西单至西四的马路。有了吴光新住宅，就修南池子的马路，都是这个例子。所以那时候的市民，很愿与贵人为邻，揩一点走好路的油。

而今京字改了平字了。这里载不上许多阔人，想占贵人的光，很不容易。我以为各胡同里，总不乏几个体面人家（指有知识），何不联合起来办本胡同自治呢？现在北平不是平民化了吗？我们不要依赖贵人，自己也可以当起来呀？

自然，铺石子洒沥青油，那办不到。然而不许当街倒秽水，不许当街便溺，不许大车通行这又何难呢？朋友们，干！

（原载于1929年10月26日《世界晚报·夜光·小月旦》）

好誉踢球

昨天路过东长安街,遇见我国辅大球队和义兵比球。操场四周,围了好几千人看着。两下倒是棋逢敌手战了个难解难分。每遇到球逼近义兵球门,看的人(自然是中国人),就欢迎乱嚷。遇到了球逼近辅大球门,大家就低声叫糟糕。我身边有个老人摸了摸胡子,点着头说:中国人何尝不爱国?

记者曰:中国人未尝不爱国,只可惜没有人去训练指导。若是有踢球一样的兴奋剂,放在国人面前,让他知道中国非和人竞争不可,自然他们看见外国势力来了,也就会叫糟糕。我们现在的情形,原不想逼近人家的球门,等大家欢呼喝彩。只要大家知道糟糕那也就好了。

(原载于1929年10月29日《世界晚报·夜光·小月旦》)

要钱的艺术

画竹多于买竹钱,平常一纸价三千,凭他说遍亲朋语,只当西风吹耳边。这是郑板桥自咏的一首卖画诗。艺术家到了作品值钱的时候,常常有这种态度。在别人看来,的确是过于骄罔无礼。然而说话,确有不得已在。

何以故呢?因为好的艺术,是稍有知识的人都爱展玩的。譬如你会写字,这个拿纸请你来写一副对联,那个拿扇子来请你写一首诗。你若是抱了讲交情主义呢，那恐怕一天到晚和人画义务而外，没有别的可干了。要钱也是限制之一法啊！

虽然，要是尽管要，不过像有人定下五百元一张画的润格也有点故意卖弄呢！

(原载于1929年11月4日《世界晚报·夜光·小月旦》)

象嘴里长狗牙

俗骂坏人不说好话，说是狗嘴里长不出象牙，其实狗嘴里不长象牙，那是当然的事，何待于骂？应该骂的却是象嘴里何以会长出狗牙？

的确的，现在无论是什么庞然大物，一到了怒气勃发的时候，他就不像象那种长鼻一卷，去摧枯拉朽。他一样地要求得片时的痛快，乱嚷乱咬一阵。从前我常说，狗咬人一口，人不能咬狗一口。而今看起来，似乎狗咬象一口，象必得咬狗一口。换句话说，象嘴里一样长出狗牙！

这是力趋平等呢？是甘居下流呢？我都不得而知，我只好质之于有名之士了。

(原载于1929年11月6日《世界晚报·夜光·小月旦》)

呜呼平市电灯

中国城市电灯之腐败，当莫若北平，每熄灭一二小时，不负任何责任，其至此种情形，不成"偶然"之事，连续至于若干夜而未已，市民司空见惯，对电灯公司不为一言，而监督电灯公司之机关，如公用局等，亦不必徒为已甚，而宽大为怀焉。

北平各公众场所，如戏园浴室酒馆等，于电灯之外，多置有汽油灯，以备电灯不时之灭，一若电灯上之灭，为情理之所必有者，此亦行之甚久，无人以为奇特者也。

由前言之，则电灯上公司法律上不负责任，由后言之，又为人情所许可，则平市电灯之常灭不亦宜乎？（书于电灯熄灭一小时之后）

(原载于1929年11月14日《世界晚报·夜光·小月旦》)

圣旨下跪

"圣旨下跪"，这是一句如何不通的话。但是您若是个爱听皮簧的，在戏台下，就会常听到这一句说白。因为当戏中有接圣旨的一场时，传旨的角儿，他必定有这样一句话的。

其实，这话并非不通。所谓圣旨下跪者，乃是圣旨下，跪！四个字是两句，并不是一句。"圣旨下"是通知之词，"跪"是命令之词。这样的解法，似乎不勉强。可是那些唱戏的先生们恐怕唱一辈子戏，他也不会想到这一层上来吧？当局者迷这句话真是无往不适用。

于是我们想到许多承上启下的机关，终于闹的是"等因奉此"，"相应函达"，不知道也研究研究内容没有？于其所言，证于其所行，可知也。

(原载于1929年11月19日《世界晚报·夜光·小月旦》)

所贵乎标语者

标语这样东西的效用，是在引起民众或团体的注意力，和广告及传单的性质却是两样，并不用得说出什么理由和办法来的。

标者，目的也。语者，话也。那么，标语就是目的话了。一个人的目的，当然是在一点，并不是在一大堆，也不能在许多款。我们现在所看到的标语，往往有长到四五十字的，其中不加标点，甚至乎读不下来。这要拿去作一种目标，似乎不可能了。

我以为标语贵短不贵长，贵精不贵多，而且张贴的所在地，至少要人一目了然，不会烦腻，现在满墙满壁，重重叠叠的那种张贴法，令人目迷五色，似乎有积极改良之必要了。

（原载于1929年11月21日《世界晚报·夜光·小月旦》）

坐汽车与骂汽车

谈到坐汽车，像我们穷人们，是不免要发两句牢骚的。因为你在街上，无论是步行或坐人力车，老早地就得站班伺候。尤其是郊外，我们若在大路上遇着它，那一阵飞尘，比什么烟还要浓厚，把人的身和脸，立刻和你涂上一层漆，可恨不可恨。

但是当我们坐了朋友的揩油汽车，或者自己为了万分之急的要事，破囊雇了一两个钟头，当你坐在车上的时候，你就会忘了一切了。甚至有些行人或笨重的车辆,抵住路不让,我们还要骂它是蠢货呢?

没有汽车而坐过汽车的朋友,我想他都和我有同样的感想?于是知道隔行论事而不易。然而坐汽车的朋友,总比脚走快,开慢一点,这是应当的啊!

(原载于1929年11月25日《世界晚报·夜光·小月旦》)

亲生女儿告娘

近来上海报上,有一则亲生女告母亲的新闻,母亲五十五岁,女儿一十八岁了,不用说,女儿也是作人母亲的。诉讼的原因,是娘有三十多万家产,只给了女儿一万多。然而女儿告状,并不是为贫寒所迫,她丈夫也每月挣一二百元呢。总之,是为了要钱。法官虽以为女儿告娘为不是,但是因为女子有承继权的关系也没有怎样申诉原告。

由这件事看起来,金钱实在是好东西,自己肚子里(此句有语病,从俗罢)出来的可以和自己在法庭上相见。我们也做人家的儿子,虽不敢以法律与上辈相见,但是清夜扪心,觉得总不能让上辈满意。然而像我们,已算是时代思想的落伍者了。将来我们的儿女,不会以法律与我们相见为当然吗?无儿女的朋友们您还极力望小贝贝做什么?

(原载于1929年11月30日《世界晚报·夜光·小月旦》)

公益捐要官派

谈到中国人的公益心,那是比全世界人都要薄弱的,随地便溺,随地吐痰,电车上抽烟,公园中折花木……以至于大人物作慈善贼,吃灾民。真是罄竹难书。

现在不是办街自治吗?我们认得几个字的人,虽不敢说是先知先觉,却不能说不知不觉。这里面要我们捐点自治费,倒义不容辞。但是我们看看每月捐款的报告单,真有坐拥家财百万每月只捐几个铜子的。我们家中百万铜子也不见常有,那还捐什么钱,这样摊下去,肩挑负贩之徒,他不但不应当捐款,似乎要倒挣钱文,才得其平。然则这街道上公益事宜,那里找钱来办?

中国人是这样脾气,怕打不怕劝。我主张这街市公益捐,照房捐一样的来官派。

(原载于1929年12月6日《世界晚报·夜光·小月旦》)

装糊涂的是聪明人

郭子仪说:不痴不聋,不为家翁。这实在是一个政治家经验之言。家庭越是大,琐事越是多,由琐事生出一点枝节,当然是不能免的,一个治家的人只有学着大肚子弥勒佛,一肚皮将他包容下去。否则成了孔夫子的话,小不忍则乱大谋了,关于此一点,我们觉得中国传下的大家庭制度实在不好。当家长的人除了负着经济上的责任而外,还得替一切人受气。

精明的人,好察察为明,殊不知这种办法,所得的是微末小利,所失的却是天地和气与人心厚道。目下种下了恶因,可不知道何日收这种恶果呢。推而至于对社会对国家,对世界,也莫不如此。天下只有善装糊涂的,才是绝顶聪明人。

(原载于1929年12月16日《世界晚报·夜光·小月旦》)

游艺会赞

在每一个游艺会演完之后,我们总要接到几份捧场式的稿件。投稿者他忘了我们这编辑部是不管广告的,却有这种很长很长的索费(索我们的稿费)广告送来。登了人家的广告,我们还得花钱,这未免太不经济了。

在现在在任何事业都要宣传的时候,这种逢场便捧的稿子,我们却不能说他们的手续不正当。不过广告两字,只能用于营业方面,若谈到艺术上,非有公正的批评,不能求艺术的进步。这捧角色的叫好,不过是将春秋笔法,更加改进了把为亲者讳,改成了为亲者捧呢。我无以名之,名之曰游艺会赞罢。

(原载于1929年12月17日《世界晚报·夜光·小月旦》)

妙

这个妙字,不是中国人平常所谓的"妙",乃是从美国好莱坞来的名词,它原来的面目,乃是it,据说电影女明星含有"妙"最多的,只有三个人,而其他的人,也有"妙"在。不过不能以此见长。

其实这种"妙"不限于电影明星,也不限于人身,凡在文艺界里,无处不有"妙"。就以文字来说,有些人随便作几句散文,好像说一个鸡蛋,和四两烧酒,只不过字句安得活泼点,便觉有味;同时又有一个人写一个鸡蛋,四个烧酒,说得少了,好像写账;说得多了,又让人不解所谓。这就由于有"妙"与无"妙"之分。

没有"妙"的人,一定去学有妙的人,正如东施效颦,不但令人莫名其妙,必定要弄到妙不言而后止哩!

(原载于1929年12月20日《世界晚报·夜光·小月旦》)

阴历废除得了吗?

截到现在为止,纸面上的阴历,似乎有日趋衰败之形势了。实际上阴历能废掉不能废掉,我们照着民间的情形看来,却不见有若何把握。

我以为废除阴历的用意,虽首在记忆便利,而在打破迷信一方面,也很重要的。民间因旧历而有干支,有干支而有命运与吉凶,小而剃头洗澡,大而建屋结构,甚至于旧时政治军事上的动作,都受着一种无意识的束缚。所以在纸面上除去旧历某年月日的当儿,同时干支吉凶,也一律要铲除才好。然而现在市面上发售的历书日历月份牌,却都记上干支和宜出行婚娶等字样,而且还注上朔望上下弦,给人一种推算阴历的暗示。这实在是一种掩耳盗铃的勾当了。

由是言之,十九年之民间历法如何,也大可想见了吧?

(原载于1929年12月30日《世界晚报·夜光·小月旦》)

以 待 来 年

一本日历，轻轻俏俏地撕着，撕到现在，不觉去了个干干净净了。我们在平言平，在撕这一搭日历的中间，只觉得这北平的境况是一天比一天惨淡，所谓变为文化区游历区，来救平的一句话，不过是过屠门而大嚼，聊以快意了。

十八年的情形是这样，十九年的情形，虽然不能完全猜出来，反正也不见得文化区游历区就完全实现。反顾在惨淡境况中的北平市民，也不见有一点预备发展的计划。难道大家就是这样听日月之推移，让市面自然的消沉吗？还是望官家来扶持呢？当然，那是要以后说为近。于是很愿我们觉得除了国民还需要人领导而外，很愿早有领导者出来才好，过去算了，现在可以说句以待来年了。

（原载于1929年12月31日《世界晚报·夜光·小月旦》）

小世说

北 大 之 母
——儒行之一

中山先生处世，于物无所不容，蔡孑民先生办学，实能继承此传统，故北大师生，无论任何派别，对先生皆致爱戴之忱。五四运动，先生以"民亦劳止，汔可小休"之启事，翩然出都。朝野挽留，事过经年，先生驰书友人，谓政治无清明之望，虽挽何益？蔡先生返校，北京顽固记者嘲之，谓政治有清明之望矣，于蔡先生一行卜之。先生殊默然。某年冬（似为民国十一年），北大又发生挽蔡潮。学生作白话文长告，尊先生为"北大慈母"，谓去则群儿失母。言出热忱，无可厚非。一日，不才访友于四斋，见厅上作一漫画，绘蔡先生像，而饰以老妇装。其下缀字两行，"以慈母称吾师，请视此画"，不作一字赞，用意显然。哄然聚众观之，即有一青年攘臂揭去，事亦未传于外。

林琴南曾为先生作小说，以龟字射蔡，盖古称龟为大蔡也。其文逐日揭北方某报，沪报亦有转录者。终篇一味谩骂，毫无是处，颇为林盛德之累。其文不传，则林之幸也。

（原载于1944年8月10日重庆《新民报晚刊》）

李 家 寨
——儒行之二

李石曾先生以高阳世家子献身革命，一世蔚成北方风气，其功甚巨。

革命成功后，以不做官与吃素相标榜，致余力于教育事业。故三十年来，北方士子，多出其门，拔茅连茹，李氏优秀子弟，有以之臻学府上位者，亦殊人情。闲人竟以此短之。北伐后，平津划为北方大学区，由李先生师生朋旧掌其事。别派嘲之，谓之为"李家寨"。

北平西直门外，由农林试验场（三贝子花园）以至京山，沿途达百里，多先生经营之教育事业，重心则在西口泉。故经过道上，所见衣冠车马，无非为李先生为教育者。途中遇三尺孺子，询以李先生，则无不肃然起敬。其印象入人之深如此。或谓李家寨即此，是则非恶名矣。

李先生终年奔走国事，且常至海外，鲜归家。家在北平天安门外一幽僻胡同中，甚清静，而李先生归，辄三五宿即去。去且不预告，有时于飞机场上小住，始竟以电话与夫人作别。夫人原为大家闺秀，受李先生熏陶，亦热心教育，并导全家吃素。唯性幽默，与李先生之谈穆异趣。尝有人访李先生于家，夫人笑答曰："问吾家客乎？客去矣，如欲见，请待来年。"访者亦为之失敬而大笑。

（原载于1944年8月31日重庆《新民报晚刊》）

章士钊不读《红楼梦》
——儒行之四

章士钊先生出入仕途多次，不失书生本色。段政府时代，先生为智囊团之一，以复刊甲寅年所办个人杂志，仍名"甲寅"。所为文字，舍思想不谈，为文练，逻辑谨严，虽属文言，犹风行一时。先生如为小品与诗（时先生尚未喜填词），例署名"秋桐"。或告之曰：秋桐，大观园中婢也，且品格不高，先生号则不可。章乃于杂志上申明其事，谓不喜读小说，遂未曾读《红楼梦》，未知有秋桐其人。自即日始改秋桐为孤桐。人以先生一代通儒无书不读，何致不阅《红楼》？颇疑之。后先生长国立女子大学，女师大大学生被逐出校，为文攻先生时，有故意斥为秋桐泼剌婢者，先生视之未理。此另树一帜。此亦文坛韵事，未可忘也。

十二生肖，寅属虎，故《甲寅》杂志封面，即画一虎。上有英文小字，THE TIGER。故世称《甲寅》为"老虎杂志"。报章之对反章者，亦称曰"章老虎"。老虎与《红楼梦》中姑娘并称，其事亦绝趣。按之章先生语必逻辑者，乃不可解。

（原载于1944年9月2日重庆《新民报晚刊》）

罗家伦精于牙科
——儒行之五

罗家伦生有异象，学世所知，然"以貌取人，失之子羽"。此固无碍于其道德文章。民国二十六年，有南京记者迭约罗先生欲对中央大学现况，有所请益，时经半月，先生许之，晤于中大办公室，记者雷电交加有所，先生辄顾左右而言他，记者窘甚，若入宝山而空手回。后忽涉及牙医专科学校问题，罗色然而喜，由国人多患齿病以至民族健康，更慨叹于牙医之缺乏，洋洋洒洒，发挥议论及一小时。语毕，记者为时间所限，不复能再列问题。心中抑郁，思以有之为一快。则曰：不才更请为五分钟谈话，能以今日对五四运动纪念，略加指示乎？罗略加思考，笑曰：此儿时事，今日思之，不足以辱高明之耳。记者卒无所得怏怏而去。亦不放弃所访材料，于报端专栏记罗先生论齿谈话凡三日。罗先生故不习齿科，读者颇为讶异。此于罗先生，或智者千虑之一失也。或曰：罗先生若舍教育而事外交，以其辞令之妙，必更胜任愉快。

（原载于1944年9月3日重庆《新民报晚刊》）

鲁迅之单人舞
——儒行之八

鲁迅先生名未盛时，曾屈为北京教育部小吏，北京职官录上周树人之姓名犹在。先生以事等"挂名"，颇鲜言其事。实则孔老壮年均曾任微爵，无伤也。

鲁迅先生原配，向住周作人家。婚由父母之命，终身不睦，相见无言。但先生忍之，亦未尝口角。先生归道山后，其原配闻仍在周作人处。此事亦为人所鲜言者，姑妨一说。

章士钊改女师为女大时，女师大一部学生离校。由数教授率领之继续上课于皮库胡同，□□苦撑，经费悉由师生自筹，鲁迅先生其一也。先生授课，指斥章氏，间杂以谐语，一座哄堂。一日，值校庆，师生毕集以示不弱。会后作余兴，先生任一节目。先生固不善任何游艺，苦辞不获，乃宣言作单人舞。郎当登台，手抱其一腿而跃，音乐不张，漫无节奏，全场为之笑不可抑。先生于笑声中兴骤豪，跃益猛，笑声历半小时不绝。此为当年与会学生所言，殆为先生仅有一次之狂欢，不可不记。

(原载于1944年9月6日《新民报晚刊》)

刘半农迫学汉隶
——儒行之九

刘半农先生精通数国文字，汉文亦升堂入室，其初期为礼拜六派，则鲜知者。先生非对老友，亦鲜谈当年事。盖五四，礼拜六派文字，极遭文坛鄙视，先生既为文化运动权威、且为北大讲座，对过去作风，颇难解释，故取缄默。先生名复，笔名原是半侬。北上后，去此站人旁，似又不甚讳也。

先生文名藉甚，而字特不工。某次为人索书，无以应，窘甚，则发愤临池，思有以补偿之。旋有人自沙漠来，赠汉简数方。先生见字法古拙，遒劲可喜，乃潜心研求运笔之道，改习汉隶。其隶略近于楷，与寻常汉隶异。盖凭此汉简数方，扩而充之，自成一家者。民国二十年后，先生已以书名，人求先生他事有考虑，求字则色然而喜，无勿应。且定期不误，尤喜作尺方以上大字。虽赔纸墨而勿惜。此与票友登台，耗费戏装票师开支，其理正同。

后数年，先生喜赴各地考古，因住绥远为虱咬，染回归热菌。回平□视，初未及知。及名医检定，已不救矣。挽联中有一代名儒死于微虫句，颇致感喟之深。

（原载于1944年9月8日重庆《新民报晚刊》）

蒋梦麟闻捷戒纸烟
——儒行之十

某次在来今雨轩，见蒋梦麟先生，敬以烟卷，拒不受。因问：先生故不此能乎？曰：能，今戒之矣。问：曷为戒？先生乃笑释其事。先是先生颇嗜烟卷，日可一二十支，南下后，居杭州。北伐军兴，日盼好音，及闻取上海下南京，兴奋不可名状。或绕室缓步，或静坐徐思，均幻想革命成功后之状况。而手拈一支，无时或辍，案头故有三炮台烟二听，备一周之用者随取随吸，初未计已及几何。由清晨以至日暮，犹在取吸。偶纳指于听，忽觉其空空如也，更另探一听，亦如之。则大惊，是十小时间，尽烟百支也，时北伐捷音频来，兴奋亦有增无已。若听此日情形自由发展，必损及健康，自翌日起，即不复吸烟。未谋若何代用品，亦无若何不惯，烟遂即绝。

（原载于1944年9月9日重庆《新民报晚刊》）

李大钊之死
——儒行之十一

　　李大钊先生，思想早左倾。……直鲁联军入北京，冯焕章将军之国民军退南口。一时革命人物，尽避入东交民巷。先生原在中东路办事处有下榻地，即迁居之，该处为苏联大使馆，在东交民巷中部，有条约可恃，意谓无险也。

　　是岁初夏，奉系政局稍稳定，宣言反赤。某日拂晓，京师警察及侦缉队，夜入东交民巷，黎明逾苏大使馆之墙，蜂拥而入，在此隐居革命分子，被一网打尽，大钊先生为两警夹持出门，拥入汽车，即押赴卫戍部。先生知不免，一切革命行为，自承不讳。奉系以先生老儒，又牵涉国际听闻，对先生起诉，转押法院拘留。无何，以内乱重判先生绞刑。后法官言，临行时，先生无多语，唯昂首呼一天□。而办案经过亦外露，知奉系与东交民巷治安机关磋商甚久，以获得谅解而放手为之。否则时中国地位极弱，焉敢触条约之神圣耶？

（原载于1944年9月10日重庆《新民报晚刊》）

陈独秀之新夫人

　　陈仲甫先生，名不新，而以独秀字。先生怀宁人，住独秀峰下，故字。先生原习举子业，幡然省悟，事革命，继更积极。原有家庭，先生自乱之，两子均横死。而转入"托匪"期间，又在南京入狱。文人舍思想不言，而以同出斯文惜之，故以两极端思想之章士钊，乃肯与之作辩护人。据传闻，先生在狱时，常有一少妇自上海来探视，历久勿辍，即先生之新夫人也。

　　先生来重庆，门生故旧，视为不祥物，无近之者。唯高语罕先生伉俪，日趋左右，敬礼在师友之间。先生已六旬，慈祥照人，火候尽除。面青癯，微有髭，发斑白。身衣一旧袍。萧然步行。后往往随一少妇丰润白皙，衣蓝衫，着革履。年可二十许。或称之陈夫人，则赧然红晕于颊，而先生微笑，意殆至乐，与之言，操吴语。宴会间，先生议论纵横，畅谈文艺（先生早讳言政治思想矣），夫人则唯倾听，不插一语。以此窥之，想甚敬重夫子也。先生居家江津，穷愁死。重庆固多其故交，均若勿闻。唯段锡朋先生一人参与执绋。世态炎凉至此，先生家无担石之储，更鲜儿女，新夫人近况如何，不得知。

（原载于1944年9月11日重庆《新民报晚刊》）

林损以姨为母

温州林损,北大老教授也,以骂胡适闻名,而亦以骂胡适去北大。先生于课室骂胡博士,丑恶备至,值胡于途,怒目相视,面斥其不通。胡泰然自行,了不介意。先生好骂人,初不限于胡。常置酒宴友,把盏高谈。且谈且饮,且饮且醉。面红耳热,则对不满者作申申之詈,渐及友朋,乃至坐客,客不能堪,狼狈而遁,于是人以赴其约为畏途。唯先生性慷慨,好奖掖后进,在故都之浙籍生,苟乞贷于其门,无不应。或一夕为先生所赏,则必遍誉扬于乡人。在中学者,即劝其入大学,在大学者,则曰:可以不读书矣。然或言及白话文,则认为名教罪人,终身不欲与之见。

先生少孤,为姨母辅养所成人。姨孀居,且无子,因之以先生为子,先生亦无母,以姨母为母,束脩所入,除取半数自给外,余悉以供此媪。媪好佛,三姑六婆走其门,往往尽诈其资而去。先生痛恨之,而卒无一语之非难,报之深也。

先生擅晋魏六朝文,而特好发表诗词,世人乃鲜见所长。其入室弟子为鄂人徐英,在安大时,亦以骂人闻名,有师风,今执教中大。

(原载于1944年9月12日重庆《新民报晚刊》)

诗人杨云史

杨云史先生客死香港,国府褒之称诗人,罕举也。故主席林子超先生好词章，慕先生名，故出此。或云，林主席以诗人推杨于身后，其谊倘有甚于吴子玉将军以西宾待杨于生前者。

杨在吴幕，亦尝为吴捉刀而为诗。吴蓬莱秀才，诗劣不可寓目，类大鼓词，而先生代撰者，则成上品，吴败走武汉，一舸下黄州。杨欲表其淡泊之志，有句云："自汲山泉养水仙。"诗明于报章，人乃误认吴大师将隐遁。

先生身癯面白，遥望之即识为书生。尝于初夏见先生于燕市酒家。衣藕色绸衫，手挥鹅毛扇，态至潇洒。先生自言身瘦有故，全家曾染猩红热，先生亦不免，以服中药养阴清肺得救。按此疾中医鲜能治，先生之言未可为据。

闻先生诗论，宗□，但于时代之分，亦不严格。对西昆体，则劝后生勿学，等而下之，尤恶王次回之《疑雨集》。以诗亦可代表一代思想，奈何专叙儿女于闺房中事？此论正确不□，令诗人为之气壮。

（原载于1944年9月13日重庆《新民报晚刊》）

曲 典 吴 梅

词曲家或能填而不能唱，或能唱而不能填，吴梅先生兼之，遂为一代宗匠。予初读先生文，在《民二小志月报》，先生作曲话，为《西厢》后四折辩护，斥金圣叹为妄人。窃心仪之。越二十二年，始面晤先生于南京。

先生嗜花雕，饮辄巨觥，年月既久，伤其嗓，不复能歌。暮年体弱，嗓愈伤，发音低微而哑，聆先生谈，觉其有所苦。唯不闻先生辍饮。

先生家藏曲至夥，虽谓中国曲书尽聚于是，不为过。故考订演述，亦非他人所可望其项背。后学遇之，苟有请益，随问随答，盖先生即为一曲典，所疑者不患不迎刃而解也。

先生授教南北，门弟子甚多。而私人习词曲，未曾于学校受课者，亦多拜先生门，先生为人谦和，师弟间极水乳。学生歌，常自为吹笛。闻先生笛韵甚佳，暮年辍唱，犹偶一弄之。

予识先生晚，又遇疏，仅能追述印象一二。同文冀野兄，为吴门之颜曾，闻将以专集传其师，愿拭目以待之。

(原载于1994年9月15日重庆《新民报晚刊》)

复旦之校宝

复旦有校宝，非器而人，盖师古意"善人以为宝"也。宝为鲁实先教授，多异行，后生小子恒以为非凡人所能，故名。先生初无任何可以炫人之学历，往年坐守北平图书馆，专攻旧籍，□大进因以成名。所习于历法尤精，尝著中西回历考，专家为之倾倒。唯复旦无此门课，则于国文学系授《史记》。讲书时，冥然神往，常闭其目。讲至得意处，则二目突然圆睁炯炯射人，姿态极佳。生平固未尝习蟹行文，而好作英语，虽不尽可解，先生泰然不以为意也。论其年，不过四十许，而龙钟类老儒。性好油灯，虽窗户洞开，烈日如火，而案上一灯荧然长明，且平日无窗明几净之好，屋中无处不杂物狼藉。读书夜倦，椅后卧卧榻，牵被睡，次晨醒，翘一脚踢开便起。自谓十八年来不知叠被为何事，其自处可想。因是，彼不阅报，世界战争以至国内战争，均不预闻。苟询之，乃答桃花源中人"不知有汉"。常谓除线装书以外，无可入目者。故学生试卷如作语体，辄撕作纸条儿。亦有问其抱负者，则答以皇帝所不屑为，当作教主，将主何教，人亦不明也。

(原载于1944年9月18日重庆《新民报晚刊》)

洪宪事物

（一）

袁世凯称帝，以洪宪二字纪元，计出杨晳子，谓光大君主立宪也。民国五年元旦起，北京政府统治下机关，奉令改元洪宪，而民间勿理，用干支而称丙辰。

洪宪年时遗物，越三载，即荡然无存。民九新正，予于厂甸得一小瓷盂，底印洪宪元年四字，仅耗资八角。予不甚经意，置案头，为友携去。明春复觅，已不可得。闻筹安会为袁在景德镇定制"御瓷"，仅此一批，故所遗乃奇少。

朱启钤为袁定帝服，酌用汉唐制，而尺寸略小。衮冕以金丝萧龙彩，穷极华丽，双履值七千二百元（今至少值三百万元）。袁始终未用，不知何在？朱尝著洪宪冠服率百官祀天。北平打磨厂帽店得其一，塑蜡像饰之，立于门首代商标。民国十年后犹在，遥望之，绝似道观所祀神像。后张作霖大元帅时代，亦仿效一次。张逆景惠曾摄一祀天衣冠相，衣博大而人短小，类古侏儒，见之直可喷饭。

洪宪历书，苏北甚普遍，南方亦有。袁死后，有人搜集，已不多。闻北平历史博物馆有此物，予未尝见。另一种，刊有袁改国体文告。文不称朕，亦不称本大总统，自号曰"予"。此文固遍载当日报纸也。

（原载于1944年9月20日重庆《新民报晚刊》）

洪宪事物

（二）

袁世凯称帝，学王莽，于口字廊外大园境中（均中南海名胜）造石室，纳告天立嗣诏文于内。室脊以青石制，高不及丈，状如土神祠，无门，兀立花木丛中，今当尚在。袁世凯以中南海为总统府，洞香妃所居宝月楼之下层，辟为口门。洪宪时，以清室尚居故官，不欲立逐之，定于太和殿登基后，仍以总统府为皇宫。于是筹安诸子，乃凿数十碑，上嵌字曰：文武官员至此下车马。拟立新华门外。碑未立而袁氏倒，无忆之者。相传其碑尚藏顺治门外石匠家。筹安诸子，以《顺天时报》（日人办）反对帝制，致袁不乐（袁逐日须阅此报），而又勿若他报可禁止。则勾结日本数浪人，仿顺天时报字体篇幅，逐日另印一报呈袁阅。（闻浪费硬币十余万）……

（原载于1944年9月22日重庆《新民报晚刊》）

都督名称之变

武昌起义，民军推黎元洪为领袖。一时无适当名号，称之为"都督"，古名新用也。后各地起义，此名竟成通称，于是省有都督，府有都督，而县亦有都督。都督兼军民两政，权绝巨。民国二年，袁世凯划分军民政，另设巡按使管民政，改都督为督军，专治军口则膺此职者，拥兵自重，俨同藩镇，巡按使乃若虚设。徐世昌为总统，勿善也，改巡按使为省长、削督军号，另颁一令，分派各省督军曰："特派某某督理某省军务事宜。"但去而权存，于政治无补。段祺瑞为执政，又改之，令曰："特派某某督办某省军务事宜。"而理为办，义且同途，编论事宜直至北伐成功，而都督之蜕变，始不复存。

北伐前，热察绥三省为特别区，不设督军省长，以一人统军民政，号之曰都统，与督办终其运。又督军之上，有巡阅使之设，则以督军权大，已割据数省，督军所不屑为，北京历任政府更赐此名以实之，如两湖，两广，苏皖赣，东三省。是读唐书一过，令人有吊古抚今之感。

（原载于1944年9月24日重庆《新民报晚刊》）

顾鳌薛大可

筹安曾有六君子、四大金刚、二小妖。六君子中有顾鳌，二小妖中有薛大可。此二人私交尚笃，时相过从，因为报纸揭载筹安诸子行动，往往顾鳌薛大可并称，鳌字在排字房中不多，往往又误为鳖。人在顾后，遂直称顾鳖。好事者取此二人名，与水浒王婆口中之"潘驴邓小闲"，作无情对，传诵一时。

顾薛文笔均佳，浪漫亦同。唯顾善经营，薄有资产，洪宪败后，顾摒迹政局，往来津沪作寓公，席丰羽厚，不复有异志。薛则嗜赌，囊无余资。穷困几不能自存，旋得张宗昌宠，乃为之任宣传，于北京办黄报，复富贵。然其人豪放，于此事不少讳，于报端撰文，自称洪宪余孽，或臣记者。读者为之倾倒，盖薛吏在洪宪时，亦办报。于新闻界中甘先称臣，报人乃曾以是号赐之也。

张宗昌枪毙林白水时，薛自言曾长跪为之求免，唯张允而林已暴尸天桥，遂无补。以薛为人征之，其言当可信。抗战后，闻顾曾入川，薛又潦倒多年，不知所终。

（原载于1944年9月25日重庆《新民报晚刊》）

辫 子 兵

革命军克南京，张勋带旧部走徐州。袁世凯利用之以扼南北要冲，任为长江巡阅使，巡阅使之职自此始。淮泗间民风慓悍，夙好斗，张乃就地募兵，扩所部为六十营。自张以下悉留辫。兵不戴帽，长尾垂垂，污垢满面，身着蓝布制服，不束带，亦不佩章，足蹬布袜或便鞋，望之若江湖流痞，近之则葱蒜汗臭之气扑人。且此类悍卒，粗犷无礼，人民无敢近之者，津浦线上，人民不敢言而敢怒，私号以之为"辫子兵"。或止小儿夜啼曰："辫子兵来矣"，啼辄止，其凶焰有如此者。

督军团造反，黎元洪为左右所误，允张勋令其带辫子军入卫。张无知，以为国中无人与抗，仅率十余兵同行。段祺瑞马厂誓师，以新军两旅攻北京，辫子兵虽步枪抵抗，而漫无职术，由丰台而永定门，永定门而张氏私宅外围，于子弹乱飞中，仓皇割发溃逃。张由荷兰的保护入东交民巷。在津浦线上之军阀，闻讯而动，纷纷就近缴张部械而收之。安徽督军倪嗣冲一人，即得三十余营。改编割辫时，得长发十担获。此军需处一小职员，运售于上海商人，获资甚丰。

（原载于1944年10月8日《新民报晚刊》）

小扇子徐树铮

民初北洋诸军阀，适逢时会，各割据一方。论其材，皆豚犬辈，不值一提，唯徐树铮文武兼长，实铁中铮铮者。段祺瑞爱其才，极倚重之，出处大计，皆徐为之画策，故当时人号之曰"小扇子"。此名作二解：一为比之于诸葛，但执羽扇特小耳；一则谓其鼓风扬尘，常生波浪。又当时人别之徐世昌，号曰"小徐"。报上题目，亦有直书小徐者。

小徐鲜当方面大任。唯有一事颇震惊世界。即轻车简从赴库伦，以一夕之言，乃令外蒙活佛取消独立，虽日人包围段左右甚密，事先亦竟未及料也。

徐号又铮，常填词，以此署名，刊诸南北报纸。于词豪放婉约，兼而有之，出入辛柳间，虽①樊易诸逸老，不能不为推许。当时创裁兵会议，徐预拟一联集唐句曰："裁缝灭尽针线迹，兵气销为日月光。"天衣无缝，名家为之搁笔。

徐天才横溢，德不足以济之。故一面创知行合一之说，立四存中学，而为中学军队化之始。一面又醇酒妇人，放荡不羁。尝纳一名娼雪妃为妾，而其密码电，则有公然称"雪密体"者，恃才傲物，可见一斑。后段祺瑞为执政时，徐入京有所建议，行将大举。不意专车赴津时，遽为□岱驻军所执，死于车站，段闻其耗，当日为之不欢云。

（原载于1944年10月9日重庆《新民报晚刊》）

---

① 伍附识：文中"樊易"，指清末民初大诗人樊樊山、易实甫，樊易二翁享誉诗坛，被称为"一时瑜亮"。

张敬尧祝寿去湘

张敬尧督湘时，人称其治赣绩为"民不聊死"。盖其军队骚扰所至，常掘墓。除取墓中人殉葬物外，更暴尸骸于旷野，而以棺木葬埋其士兵。或以告张，张坦率答人：非残暴不足以止乱。所谓乱者，指革命也。

张有四弟兄，行一，其次名敬舜敬禹敬汤。汤号四帅，尤凶悍。在长沙时，三日不杀人，必恍惚若有所失。民国九年，敬汤拟搜刮绅商，择期为敬尧寿，预拟某县寿礼若干万，某人若干万，将以是发巨财。时吴佩孚率第三师驻衡阳，为张守门户，而于其凶暴聚敛□勿善也。乃电敬尧曰：愿率全师入省垣为督军寿。张大骇，遂不敢言祝。然吴已准备为直皖政治之争，卒班师回洛。张部散漫无纪律，形同乌合，前卫既撤，南军节节北上。时安福总统徐世昌，恃皖系张目，连电张固守。及衡阳失，徐大怒，明令斥之曰，"张敬尧不能当此重责也。"十年以来，北庭敢明目张胆谴责督军，乃以此为始。然张部已溃，不能战，张弃职遁津租界，不敢露面目，虽北庭未能缉责，举世称快。张有一妹，人称妹帅，风流韵事，哗传南北，民十二三年间，平津人士犹能道之。

（原载于1944年10月16日重庆《新民报晚刊》）

张宗昌供养两父

谈北洋军阀，鲜有不知张宗昌为莽汉者。顾其人粗犷少城府，亦有可喜处,试述一事证之:张山东掖县穷人之子,母亲弃夫而嫁一张姓,宗昌从之,遂姓继父姓。稍长,越海至海参崴卖苦力,未久,辗转为盗,终投军。常自书"位跻上将,拥兵百万,儿时所未梦及,自省我何以异人?乃有今日,命也"。此实为富贵者所不愿言。督鲁时,迎继父及母居署中,能以色孝。北京政府命令所不能指示,老太爷一言出立决,人固尽知督办有老太爷矣。一日,忽有乡翁叩辕,自道名姓,且为督办长辈,请见,阍人见其衣冠窳败,而色乃甚壮,虽见疑,姑为通报。张闻之,大喜,立令奏军乐,开大堂中门,戎装率卫队相迎,顾左右曰:此我老爷子也。众大惊,默念署中已先有一老太爷,此又何人?顾未敢稍置疑问。张安顿其生父于别院已,急召干部训话曰:"署中原有一老太爷,今日又来了老太爷。人固然以有两个爸爸乎?然!张宗昌有之。汝等须知,予幼甚穷,今日之初来之老太爷,予生父也,不能养家室,嘱予母另嫁,予遂随母嫁署中原来供养之老爷子,予有今日皆继父抚养而成,否则早冻饿死,其恩不可忘。然予生父亦颇知此,故以愧对其子而未尝觅我。今则贫老不能自立,特来求助,犹未以父自居也。唯在我则不如是想,无父,我身何来?非父令予母改嫁,予富贵又何来?其恩亦不可忘,故予两养之。但署中不便供两老太爷,暂居别院,当多献余资,生父于故园立家养老。予不能以顾面子不认生父而遭雷击也。"于是闻者欢腾,哄然称督办直且孝。张复曰:"尔等亦有具两个爸爸者乎?当学我,勿讳也。"众复大笑。张乃于哄笑中毕其"布达"式。

(原载于1944年10月27日重庆《新民报晚刊》)

艺林珠玑

不通联语偶谈（一）

圣庙中联云：夫子贤于尧舜远，至诚可与天地参。上联为"夫子贤于尧舜远之"截下语，游戏文章耳。下联则用《中庸》语，然与天地果参何事耶？

有集句为关庙联者云：吴宫花草埋幽径，魏帝山河半夕阳。以为引吴魏以尊蜀也。直是不知所谓。

弥勒像前联云：我笑有因真可笑，你忙无甚为谁忙。上联尚可，下联无甚，不能解。

儿时在南昌，遍街常见八字春联云：恩承北阙，德洽西江。颂圣语，至推小车人家门口亦用之，奇极亦趣极。而西江固非江西，颠倒省名，以对北，不通之甚。而各衙门亦多用此联，无人以为非也。

祠堂联云：福田宗祖种，心地子孙收。上联恰似拗口歌。

玄坛庙云：既分天一色，自与地争形。竟分咏玄坛二字，亦可谓联之生面别开者。

（原载于1926年8月27日北平《世界晚报》）

不通楹联偶谈（二）

常用对联之长者，莫过于下一联，共七十四字。其文曰：沧海日，赤城霞，峨嵋雪，巫峡云，洞庭月，彭蠡烟，潇湘雨，广陵涛，匡庐瀑布，合宇宙奇观，绘吾斋壁；青莲诗，摩诘画，左传文，马迁史，薛涛笺，右军帖，南华经，襄阳赋，屈子离骚，收古今绝艺，置我山窗。不知者，颇为其所吓倒，其实一面用若干地，一面用若干物名，硬凑硬嵌，究算甚事？出联曰合宇宙奇观，绘吾斋壁；对联曰：收古今绝艺，置我山窗。上十字已经合掌，下八字则吾我相对，乃三家村先生作小对子耳。联中割司马迁之名，为马迁，尤属不通之至。

关庙联用赤兔马青龙刀典者颇多以物而咏英雄，已陋矣。常用联有云：白马乌牛引出丹心一点，青龙偃月劈开鼎足三分。上联为小说上桃园结义事。下联则以一刀而对牛马。无论其俗否，直是酸出饼馅，而亦可入不通之例者也。

（原载于1926年8月28日北平《世界晚报》）

热心之红娘

人家读《西厢》爱莺莺，爱张生。我则不然，只爱一个红娘。因彼不想什么，不图什么，不爱什么，只是一片至情，一片热心要把张崔二人结成眷属。此真英雄事业，菩萨心肠也。伧文不知此，写小姐后花园私定终身时，亦写一梅香，从中为穿针引线之人。而穿针引线之人，则必令其得有报酬。一方面使女方认为妹，一方面使男方许为妾。甚至故作如许曲折，令梅香如何作难，男女两方如何疏通。于是使一桩英雄事业，成为贿赂罪案；使一副菩萨心肠，成为贪诈计划。此只觉可痛可恨可作呕而已。而作者乃辗转模仿，认为得意之笔，不亦大可笑哉？

红娘曾语张生曰：我又禁不起你甜话儿热趱，好教我左右做人难。天下人为人谋事，一方面要求，一方面不肯，真有此情，真有此理，真有此事！天下热心人读此文，不能不洒一副热泪也。

（原载于1927年4月15日北平《世界晚报》）

拘谨不好　　放浪也不好

王阳明先生曾说：人若矜持太过，终是有弊。因为人只有许多精神，若专在容貌上用功，心中就照管不及。但是容貌上全不简束，又分心与为二。我觉得这话很对。

如今的学者，大概分为两大派，一派是浪漫派，一派是拘谨派，都不能带些做作的意味。因为人的自然性，决不能无往而不放浪，也不能无往而不拘谨，人能真达到不造作，不故意的境界，就是随便。随便的人，他固然不会死板板地，也不会弄得疯疯颠颠。所以放浪或拘谨，那实在泯不了造作的嫌迹。

我并不是在这里讲学，我觉得社会上这两种人都有些讨厌，说出来和读者研究研究罢了。

（原载于1927年7月11日北平《世界晚报》）

白话旧体诗

白话诗能做得朗朗上口，未尝不可保存。《西厢记》的曲，文言白话参半，一样地称为才子书，就是一个明证。我曾在某处，读过一首白话七言古诗非常流利。他起句是：我穷由我穷，我疯由我疯，我只做一日和尚撞一日钟。一起就好，可惜我只记得这三句，把全篇忘了。

也有人把俗语集成诗的，集得好，也极是有趣，我肚子里，只记得两首。一首诗是：手捧黄金脚踏银，家宽出仔少年人，一家饱暖千家怨，为了铜钿断六亲。又一首诗是：先来媳妇晚来婆，轮到其间没奈何，打脱门牙肚里落，自家心动自家挪。这两首诗都是现成的句子，集得非常自然。不过是苏谚，在北京人看去，又要减些趣味了。

（原载于1927年9月29日北京《世界晚报》）

文言之妙用

予为小月旦，有时用语体，有时亦用文言，把笔即来，亦不自知其为何故，若笔调倾于白话，固无法为文言；若笔调倾于文言，亦无法作白话。意动于中，文发于外，其不能强如此。然则断断然白话文言之争者，亦未免过迂矣。

予昔为某报作文，论事须空灵而不切实，若甚困难，既得一法，取金圣叹与吕东莱之语气。每有一言，辄跌宕而出，徘徊曲折，诵之文也，而其意实简洁易举。于是为之及六七百篇，综一二十万言，而不以为苦。此等妙用，则不能不归功于中国文字之有灵也。使易之为白话，句句对译，未尝不可，然精神必完全丧失矣。予常见周氏兄弟作白话文，喜插一段文言在内，以示俏皮，而其文言，恰不可以白话易之，此又文言妙用之一证也。

（原载于1928年4月1日北京《世界晚报》）

胡适新作的旧诗

我是一个拥护旧诗者,所以相当地腐化。我没有跟着胡适先生去作新诗,自认是落伍了。不料新诗祖宗胡适先生,忽然和我同调,作起旧诗来,怪不怪。诗在四五一期《上海画报》上,乃是答丹翁的。而今翻版写在下面:

庆祥老友多零落,祗有丹翁不大同。唤作圣人成典故,收来干女尽玲珑。顽皮文字人人笑,备赖声名日日红。多谢年年相捧意,老胡怎敢怪丹翁。

丹翁忽然疑我怪他,不能不答。

恨水说:平仄是很调的了,对仗也活。庆祥,大概是庆祥里,当年和丹翁等同居之处。徐志摩诗哲在上海唱老戏,捧坤伶,而这位诗圣又玩旧诗。甚矣哉,新诗界式微也。

(原载于1929年4月1日北平《世界晚报》)

诗与散文之别在行列
——有诗一首为证

未曾说到本题之先,我要声明一句,我不是用编辑人的地位来讨论,我是用平常朋友的资格来讨论,这是要请KC先生原谅的。

KC先生投来了一篇稿子,题目是两首莫名其妙的诗。这两首之中,第

一首,且不管他。那第二首诗原文原式如下:

  火车上挤满了旅客,

  但一个兵坐的地方,

  四围却是空空的。

  我说:"你们为什么不去那儿坐呢?"

  一个人偷偷地拉我一把,

  ——啊!啊!原来那个兵手里拿着武器。

由上面的式样看来,由标点以及行句的排法,我不能不承认是一首诗,但是,我们如要把他连接起来呢,就不像了,试写在下面:

  火车上挤满了旅客,但一个兵坐的地方,四围却是空空的。

我说:你们为什么不去那儿坐呢?一个人偷偷地拉我一把。啊!

啊!原来那个兵手里拿着武器。

像以上的排法,无论是写出来,或者排印出来,设若不在本文之前,写上一个诗字,决计没有人知道是诗的。由此说来,诗与散文之别,难道就在行列上?愿与读者先生一讨论之。

(原载于1929年9月5日北平《世界晚报》)

曹雪芹　高兰墅

从来中国小说,十之八九以喜剧收场。其能破此习惯者,不能不首数《红楼梦》。说者对于此事,一半归功曹雪芹,一半归功续后四十回之高兰墅,吾以为《红楼》之得传,初固毋待于后四十回之绩,然真正赚得天下后世儿女一副眼泪者,一大半在后四十回。前十年人莫不知有曹雪芹,知高兰墅者果有几人。若高氏者可又谓曹氏之功臣矣。

文章而言创作,非难;文章而续人之业,实难。何则?盖续人之作,我有笔墨，不能写我欲说之话，我有思想，不能发我欲说之主张。必以我之心，置人家心腔中，而代为思之书之发挥之，始得无咎。如此续书，能吻合原人之意，已觉不易，况传之后世，赚得天下儿女一副眼泪乎？高所续红楼梦四十回，其写王熙凤、史湘云、甄香菱等人，虽未能合曹雪芹之原意，而宝玉之走，黛玉之死，袭人之嫁，宁国府之被抄，以及惜春一大部分人之下场，皆能与前八十回草蛇灰线之伏笔，水乳无痕。不但此也，其言语动作，甚至一小习惯，一口头语，亦莫不然。写贾政仍是贾政，写王夫人仍是王夫人，写宝玉等一切人物，仍是宝玉等一切人物，至其一样注重白描，犹余事也。然则其绞脑滴血，对前八十回之诵习揣摸，果至何等程度哉？

冥冥之中，曹是否引高为知己，吾不得而知。若俞仲华之于施耐庵，关汉卿之于王实甫，则真应对高而自愧矣。人生得一知己难，求得为人一知己尤难。吾于曹高之事，不禁长叹焉。

（原载于1930年2月12日北平《世界晚报》）

金圣叹与毛奇龄

凡事持成见评论，则受先入为主之病，必是者永是，非者永非，识者所不取也。关汉卿之续《西厢》，诚不如前作。然如金圣叹之论，则关汉卿著几无好文，王著皆属妙笔，实觉阿好之至。譬如王著偶引四书，金则以其恰到好处，关著偶引四书，金便引为酸腐不可寓目矣。此犹人所类知者也。更如王著云：是步摇得宝髻玲珑，是裙拖得环珮玎玲，是铁马儿檐前骤风，是金钩双控，吉丁当敲响帘栊。连用宝髻，环珮铁马金钩等字，固堆砌得成之文字也。而金则以为并非漫然杂写，自有章法焉。及关著云：裙染榴花，睡损胭脂皱。钮结丁香，掩过芙蓉扣。线脱珍珠，泪湿香罗袖。杨柳眉颦，人比黄花瘦。亦连用榴花丁香杨柳黄花堆砌成文者也。金则谓可以无有，一何可笑焉。其实元人之曲，固多如此，都不为病。且关著由睡说到泪，由泪说到眉颦人瘦。固章法井然也。

有金之偏，故其后有较金更偏之毛奇龄出。毛所批之《西厢》，几驳得金氏体无完肤。夫金氏批小说，自负前无古人，毛乃视无一当，则亦可知有成见之误矣。相传毛最不喜苏诗，或举苏句"竹外桃花三两枝，春江水暖鸭先知"为质，毛曰：鸭先知，鹅不先知耶？三百年来，此事遂传为艺林笑话。以毛之博，岂不知此，特以非者必非，以鹅鸭之言，取快一时耳。

说理如过此等人，亦人生无可如何之一事也。

（原载于1930年2月13日北平《世界晚报》）

项　羽

司马迁作《史记》，为列传七十，为世家三十，为本纪则十二而已。纪者，系统也，纲纪也。凡书中某某本纪，即为本人一代之事理，而传之后代作纲纪者。裴松史目曰：天子称本纪，诸侯曰世家。尤为明白易解之定义。故非天子，不得为作本纪也。然《史记》之次序，以秦本纪承周，以项羽本纪承秦，更以汉高祖本纪承项羽。羽在当时，虽不过一诸侯，迁固明明以天子视之矣。夫中国史家，从不肯轻以名器假人。史迁之尊项羽如是，殆亦别有故欤？

以吾意之，司马迁之时，去汉初未久。彼所闻项之为人，必有大可取者，故未肯以陈涉之徒例之。在本纪中虽于羽无所褒扬，然叙其于武城不杀太公，于鸿门不杀刘邦，亦可表其极重信义者。羽于敌人犹能如是，则其于常人，又未必暴戾蛮横，有如史家所称者矣。章太炎谓中国之史，只是一家之言，又安知史所谓坑秦卒二十余万人，所谓烧秦宫室，火三月不灭（按任何世界大城，绝无有三月烧毁不完之理。此语已见史家之妄），非故加之罪，而以彰汉高之德耶？当项羽至乌江，乌江亭长舣船以待。谓江中只此一舟，渡则追兵不能及。江东千里，犹可以为。而羽曰：八千子弟渡江而西，今无一人还。纵江东父老怜而王我，我何面目见之。卒自刎死。千古下，读此数语，犹觉虎虎有生气，愧煞今古危其父老者。而刘邦分我杯羹之语，真无赖之极矣。司马迁生于汉，不能不贬羽，乃以统系之故，藉以本纪尊羽，良有以哉！

（原载于1930年2月17日北平《世界晚报》）

桃 花 扇
——恭维之反面

孔云亭《桃花扇》传奇，以故宫禾黍之思，为亡国莺花之记，缠绵悱恻，寄托遥深，其叙事固惨，而其用心尤苦也。少时读《桃花扇》，阅开卷第一折先声，便觉老赞礼之言，令人浑身不快。其言云：尧舜临轩，禹汤在位。今乃康熙二十三年，见了祥瑞一十二种。河出图，洛出书，景星明，庆云现……歌功颂德，至于此极。设吾人不震于《桃花扇》之名，则将疑此书为颂圣记，只此一折，已倦于批阅，而不欲复读正文矣。

虽然，康熙之秋，去亡明未远。文人偶觉感喟，满清都疑其为旧国旧君之思。以孔氏所传，明目张胆，而写南朝亡国之音，能毋触爱新觉罗氏之忌？孔氏或亦解此，故于为文之首，对清之盛德，极力铺张而扬厉之。其以后写到马阮之奸，福王之庸，则皆成为诅咒之词，而对史左之忠，只视为连带的表出，可无顾忌矣。

由是论之，可知恭维之语，有时亦适成为反面，听者只觉入耳，而不期乃为言者所利用。洪宪之时，劝进之表，推戴之电，日夕达于户庭，结果致耳目闭塞，日趋危途。则此种恭维，与其谓之歌颂，毋宁谓之咒骂矣。北平人对明系恭维暗实挖苦者，谓之曰损。鄙弃与怨毒之思想，皆表示于此一损字之中。若《桃花扇》第一折之损满清，可谓损之者。独未知当康熙二十三年，清圣祖读此，作何感想耳。

（原载于1930年3月5日北平《世界晚报》）

辞达而已矣

　　文字革命之说，已有十几年，文言白话到如今虽然还是并用，要讨论起来，实在也就不成问题了。主张文字革命的人，他们曾立下几个定则，不惜以金针度人。他说：（一）要有话说，方才说话。（二）有什么话，说什么话；话怎么说，就怎样说。（三）要说我自己的话，别说别人的话。（四）是什么时代的人，说什么时代的话。你看他重三倒四地定了这四个定例，好像费了许多锻练，才说出来似的。其实所谓死的文学里面，像这样的定例，早是有了。而且它发得极切实，极干脆，就是三家村里蒙童所必读的一句书，辞达而已矣。

　　这样一句很容易说出来的话，看起来似乎简单。但是我们细细地咀嚼一番，实在有道理。回头来，再一研究那四条定例，反而觉得累赘了。我这篇漫言就是白话，自然不反对白话。而作白话的定则，我认为也无非辞达而已矣。文字革命家，偏要弯弯曲曲说上许多，岂不是图干脆而反倒麻烦？古人说，苏东坡之诗，大步走出，自然大方；黄山谷忸怩作态，费许多力气依然不讨好，为的什么。这话拿来论白话文的什么规矩，什么体律，倒是相合。至于什么如今所指斥的欧化派和新蝴蝶派，对于文字革命家的定则，已经违背，就更不必说它了。

（原载于1930年3月5日北平《世界日报》）

上画随笔

恨水先生津浦道中一封书

张恨水先生离沪赴京，蹴居秣陵饭店，百忙中为世界书局改易《春明外史》回目三十九回为一百回，一昼夜而成，不愧下笔千言之誉。闻世界将重排为四号字，（原书为五号字）分装十大厚册，可谓爱护名作，不惜工本，非沈知方先生无此魄力也，顷得恨水先生在津浦道（滁州）中，所发之一封书，亟录之以告关心恨水先生者。（记者）

芥老：临行匆匆时，在秣陵饭店得接尊示，弟年来景况，得我公提携之处，笔难尽述，何尚谦逊乃尔也！庐山我公相片，弟已付款，嘱其直接寄至府上，底版则不肯让渡，同行有中华任滥荣君，亦谓照相馆例不予人底版，弟亦无法，新君曾共饭一次，点戏五个，萍水相逢，从此劳燕东西，佛谓一切因缘等诸幻梦者矣，愧不如公之能护花有力也。弟二十二日晚登车，本只买到上铺，登车后，同房之外国人未至，出上铺钱，独据一包房，亦旅行中可足自豪者也。所嘱一切文稿，回平后，奉覆，恐劳远念，在车中聊草数语，先以奉闻。独鹤先生处，代为致意。书成后，在何站投邮筒，未定，请看邮戳便知矣。

即颂丽福。

小弟恨水拜启
十二月二十三日午十一时
（原载于1930年12月27日《上海画报》）

张恨水先生来函

编辑先生：

《春明新史》第五十四回，在"这话未免说不过去"句以下，中间脱落敝稿两页，约一千字，曾经先生斧正，使无痕迹，唯其中戏场后台一段，及飞龙传为宣传赤化等语，殊关紧要，兹将存稿（弟恐遗失留有底稿一件）检陈，乞在一期中更正，以便将来发单行本时，可以补入。又天上人间第一回尾声诗两句为"有怨不逢知己说，无人能解女儿愁"，刊时颠倒，亦乞补正，麻烦之处，均望原谅。

撰安

即颂

弟张恨水顿首

（原载于1929年1月21日《上海画报》）

技 击 余 谭（一）
——盘肠战士

先祖父上字讳开下字讳甲，为吾乡力士，年十五时，值洪杨之役，遂以抽丁故，入曾国藩部，公先后从征十九年，出生入死，言之令人舌咋者，暮年宦江西广信参将，病老创发，不复能事鞍马，则絮絮与家人谈往事，以慰其髀肉复生之感。时予方在幼龄，即有所闻而亦不知，年来转闻其事于叔伯辈，始悉梗概而觉豹窥一斑，犹令人虎虎有生气也。公初从征时，少年威气，未尝知有败，所携军器，为矛一，匕首一，弓一，矛竹制，长丈余，矢端安铁镞，缀以红缨，使时，身侧立，右手执其端，左手前二尺余，专以刺击为事。非若优伶及卖解者之木枪，有挑拨飞舞等解数也。矛术之最精者，在能以二手执矛之尾端平直如矢，不倾斜，遇敌则予之尖端，能舞一圈花，而其镞，乃可碎人躯干矣，公力巨，能之，因是益以自豪。

（原载于1929年9月18日《上海画报》）

技 击 余 谭
——盘肠战士

一日，随伍落后，迷途不得归，至土坡前，遇发军将官一，体格魁梧，长可六尺以外，一手执鸟枪，一手执马刀，状其凶恶，身后插大旗一面，围约十丈，随风飘招。公躯干故亦伟大，发军见之，知非易与者，即开枪。是时吾国火器极幼稚可哂，枪须上药安引火之铜帽然后放，势甚迂缓，故发军枪三发未中，而公已逼近矣。发军见公逼近，弃枪略后退，公不知其诈，跃而追之。发军伺公逼坡前，遽拔身边大旗，向坡下掷来，旗趁风势，展开如巨帆，将公全身悉网罩之。公大敌当前，而不辨南北，意甚焦急，然意料发军必已猛进，不容揭旗而起，闻步履声遽直手中长矛，向之刺去。矛向前三尺，果若触物，因即持矛之尾，使矛尖为圈花，然后将矛缩回，方欲再刺时，猛闻呼痛声，来之步履声，已向远行，意度之，发军已受创去矣。揭旗而出，则地上殷血淋漓，敌果逃去。遥望之，尚未离百步。公贪功，未肯休息，即拖矛于地，拔步猛追。又百步，发军不能支，长号倒地上。公以为其毙矣，坦然直前逼视之。发军肠流腹外，一手按腹，一手执刀，仰卧闭其目。公俯身，方欲搜其身畔，发军遽跃起，以手中刃，向公猛砍。公未及防，不能抗，则跃而让之，而左腕已为所砍矣。公痛不能忍，昏而倒地。发军一跃而肠尽出，亦一倒不起。及公醒时，已卧营中，始悉为同营所救。公事后语人，谓发军肠出能奔走里许，且能诱敌刃之，勇鸷殊不可及，小说中，有罗通盘肠大战故事，不料果真有其人也。

（原载于1930年9月21日《上海画报》）

张恨水启事

恨水此次南下，蒙诸前辈诸友好盛情款待，宠誉有加，私衷惭感，楮墨难宣，比以北平来电，匆促言旋，沪上地阔途疏，不能一一走辞，尤为歉仄。北上而后，益当勉竭驽钝，力治所业，以答诸前辈友好奖劝之至意。临颖依依，不尽欲言。特此申谢，并乞鉴原。

张恨水拜启。二十日。

（原载于1930年12月21日《上海画报》）

旧京俏皮话诀

（一）

国都南迁，旧京一切事物，失其所以为首善者，唯燕市言语，仍得保留为国语之资格，此殆旧京人士尚足相傲以自解嘲者乎？推其原因，亦甚简单，即此间人士所言，与以文字书之者无大出入，仅将读入声者，悉变为平声而已。愚客旧京已逾十年，朝夕相闻，无须若何之所究，已不难操半吊子之官话，而与世间人士往还，又时时发现言之甚俏皮而外省人中并不难懂者，因随笔录之，以附上画，藉供研究国语者之助，而学京戏写白语体文者，亦间可采及一得也。

儿 学国语者，如不得此儿字诀，则终身不能操俏皮之北京话，盖此儿字，在旧京人口头言，十之七八为尾音，不必清楚。如这儿，那儿，花儿，朵儿，此儿字可如儿子之儿字读出；若一点儿小妞儿等，三字独立言之时，则点字妞字重出，儿字速出；及真纳闷儿，小胡同儿，此儿字则几无音，并入闷字、同字，然无儿字，便又不成地道语，并赘字也。大抵南人学旧京语喜卷其舌，而又好于言语中加儿字，闻之异常刺耳，若旧京人谓这年头（儿），吃点（儿），喝点（儿），乐点（儿），老一点（儿），在南人言之，必一并将儿字念出，则失其俏皮之意味矣，此种意味，只可意会，笔墨殊无法形容之也。

（原载于1930年7月9日《上海画报》）

（二）

别 吾前谓京语（京指旧京，下均此）有拼音字，读者得毋以为谎乎，请以别字为证，别，不要两字拼成也，如别说，别走之类，南人从《红楼梦》得来，已尽知其故。此字如以十六七岁女郎言之，言时皱眉作微笑，则闻者回肠荡气，胜闻吴侬软语也。别字已简矣，然尚可一字单用，唯字后须加以语助字音而已。如"别价"是，此价字，读成英文之字音，向对方作劝告之词也。又如京剧《翠屏山》中，潘巧云向杨雄曰：大爷，别呀，你可往后别呀。其语因浑，（京语读此作荤素之荤）而别字之可简用甚明，若改为不要，便笨矣。

（原载于1930年7月12日《上海画报》）

（三）

甭 文书中无此字，然口头上则常用，仿别字例，以不用二字拼成者也。此甭字与提字连合如甭提了，京剧中尚不乏可寻之处，其他如甭说，甭想之类，殆多赞叹与惋惜之意也。

得 此字，南人亦多能用之，以言传神则未也。此字有无数种意思，如一人斟酒，一人持杯，连呼得……得……够了之意也。如一人碎碗，一人从傍缓声言之曰：得……完结之意也。如一人数其人之过，一人曰：得，倒是我错了。不是之意也。如一人办事甚佳，一人点头于其侧曰：得，这就成。赞美之意也。如得字下加啦音，则恒为不满意其人其事之意。此正如英语中之yes、no，向以对方之言论而定，划一言之，必得其反也。

（原载于1930年7月15日《上海画报》）

（四）

损 此字求之南语，亦无可比拟，似为损德之一种缩脚语，而渐变化为普通耳。平常可分两种用法，一种为批评人之残忍，如阶下有蚁斗，一人以足踏之，另一人则曰：你损透了；一种为批评人之刻薄或谐谑过甚，如王幼卿唱女起解，马富禄为解差，玉堂春欲拜解差为义父时，马富禄则笑曰：你拜我做爹，我还有不乐意的吗？可不知道你哥哥他肯不肯。语时，以手指场面上之王少卿，（幼卿系其兄奏琴）而少卿乃顾场面左右微语曰：这孩子真损。明乎此，则损字之用法，当无所错误矣。

（原载于1930年8月3日《上海画报》）

（五）

吗 尽人知其为疑问语助词，然在旧京人谈话时，亦有为加重语气，而无疑问之意者。比如曰："从前四个铜子，可以吃一斤白面，而今四个铜子吗，也只好买一个窝头啃罢了。"此吗字为加重语气，不含疑问之意，试将吗字省去，其意义不变也，普通人写什么有作甚吗者，意固无二，从此什么与甚吗，由口中出之，则绝对不同。什么二字多以短促之音表出之，甚吗则语气加重之时多。如以二拍子谱此两字，甚字可占一拍又半，而吗则半拍也。内城旗族姑娘，每于道甚吗二字，往往掉其油松之辫梢，而足一顿，与什么之意义绝异。盖不仅诘问，并有烦腻之意思于其中也。旧剧什么，有时亦作甚吗，盖为押发辙然，于意则无变更矣。

（原载于1930年8月6日《上海画报》）

（六）

缺 缺德二字，为旧京妇女最普通之语言，较之沪人之短命语，同为一种骂人而又不深骂人之表示。此二字之意思，仅就字面解释，即属可通。旧京妇女，每于调戏之时，不问同性异性，恒不免有此一个名词掺杂其间，若夹闺房之中，甚于画眉。丈夫在一旁作吃吃笑，细君则笑而睨之曰："缺德！"几乎"不曾真个也销魂"也。此一语，须急促出之，德字念作平声，若念入声，便失味矣。而缺德之甚者，则简称"缺"，或"真缺"，或"多缺呀"，或"缺透了"。俗有缺德"带冒烟"之语，则其人之所为，必有大不堪者，以真缺及缺透了为习闻语，至于"缺"之一字，则间或于女子口中出之，而言时，则脸上必做不屑之状，而微掀其樱唇，以诗喻之，所谓神妙欲到秋毫颠也。

（原载于1930年8月24日《上海画报》）

旧京刻本小说涨价
胡圣人多少负点责任

十年前，还没有什么人研究中国的小说，木刻的小说本子，翻印的尽管翻印，没有翻印的，就慢慢湮没了，自从胡适之考证《红楼梦》《水浒传》而后，竭力地搜罗刻本小说，这些旧京书商，就慢慢居奇起来，一本很平常的书，只要保存一篇序，马上就可以由几毛钱涨到几十块，跟着大学教授们，考究旧小说的，不断地继起，所以北京各私立大学图书馆，也开始收起小说来，我们知道图书馆主任收书，等于介绍买军火一般，是乐得慷他人之慨，而能稳拿回扣的，所以这些刻本小说，稍有价值的，都拼命涨钱。

日前我遇到一个收旧小说的马毓清君，他说有一部《三刻拍案惊奇》，他看了样子，日本人出到一百多元的重价，在上海的董康却打电报来，肯出三百元收买，结果是马君以五十元收下了，因为他和书商，有上万元的来往。我听到这种话，不由得倒吸一口凉气，我们穷书生，怎能有这样的豪举，只好退避三舍了。好在北平的图书馆，不是可望不可即的，只有费工夫多上图书馆罢。这年头儿，读书也是非钱不成了。据闻除了胡适之而外，上海还有个郑振铎，也是收旧小说的健将，所幸还不在北京，不然，他有商务印书馆作后盾，那还了得。至于周鲁迅那部《小说史略》，总标是破天荒的著作，可是他并不收书，珍本孤本只靠他的朋友借读，这又要抄一句现成语，各人立场不同了。

（原载于1930年8月28日《上海画报》）

张恨水之新居与新著

——与逸芬书

逸芬仁兄雅鉴：年初奉手书，正值迁居，羁达忘复，歉何如之！兄知我忙，定能谅我也。迁居之屋，以前主人病卒于是，值颇廉。凡院落曲折五六屋，可居二十间以外，仅月费四十元耳。以家居日多，正好借此屋角余基，多栽花木。此间本有枣四树，大槐二树，椿一树，野桑二树，花椒一树，无花果一树，弟更益以洋槐四，杨柳二，梧桐二，丁香二，珍珠梅二，紫藤一。若至明年，当可满院扶疏也。燕市人善栽花木，而值亦贱，凡此所费，不及二十元也。小斋斗大，而外临敞院，院中首架新藤，新植之榆叶梅，亦百花齐放。外有隙地，旧主所植葡萄，根未挖去，新苗自地中钻出，一番小雨，生意愈佳，放笔小步，不亚偎红倚翠之乐也。此隙地亦不欲放置，拟耗六七元，铺以草茵，则夏日佐以草本野花，足资歌哭于斯矣。北方无新著，唯代《北平晨报》作《满城风雨》，一星期，更作小说考证千字而已。《新闻报》之《太平花》，已撰四回，能再迟登一二月，弟更写意。世界书局之第一部小说《落霞孤鹜》，已成廿七回，再有九回可完。第二部拟作《旧时月》，取"淮水东边旧时月，夜深还过女墙"来之意也。取景则拟在秦淮钟山之间，而主人翁欲属之于一歌女，或亦银幕材料欤。春来作么生，锦片前程[①]，伏惟自爱，知兴锦注，拉杂以闻，即颂著祺。

俞按，自恨水之归，消息久寂，顷得其手书，述新居与新著甚详，吾人亦为恨水慰也，书中于锦片前程及自爱诸字旁，持加密圈，拳拳之意，尤用为感耳。

（原载于1931年4月30日《上海画报》）

---

① 恨水有一小说亦名锦片前程。

丹翁赐联"年少妙文宜上画，名家小说重吾宗"，愧不敢当，诗以谢之

  名家二字哪能收，多谢通红一老头。知已提携钱芥老，死人依附李涵秋。同宗可认吾家谱，妙字惭揩此老油。大作并兼王代画，悬来不厌屋如舟。

  儿时已识张丹老。不道今朝得妙联。漆黑头衔惭旧我。通红名字忆前缘。风流偶尔收干女，情雅还能弄古钱。一揖联宗当有日，望平街畔约明年。

  数年前，戏译丹翁，字为通红的老头子，《晶报》竟风传海内，又家有王代之先生画，及拙作发表于沈阳《新民晚报》，与李涵秋先生遗著并列，故诗中云尔也。

（原载于1929年8月9日《上海画报》）

恨水先生抵平后来书

  芥老：津浦道上，予上一信，谅已达到。弟于二十四日，平安到平，在沪诸蒙提携，无任铭感。唯愧弟一介书生，无力作琼瑶之报耳。《天上人间》稿，容于一月上半月内足成半回寄上，决不误事。似水流年，日内检阅一番，即行直寄赵君豪先生，请转告为盼。一切旧稿，须俟郝先生来平，再为整理寄上。弟即准备迁居，房子已看妥西河沿一所矣（先生原居

未英胡同卅七号)。匆匆。即颂俪福。

小弟恨水拜启

(原载于1931年1月1日《上海画报》)

旧年怀旧(一)

(一)

予十龄时,随先君客赣之景德镇,就读私塾。塾中有女学生二,一与予同庚,一则长予一岁,长者予不克忆其姓名,同庚者则于秋凤也。秋凤与予家比邻而居,朝夕过从,相爱甚惬,故上学必同行。伊面如满月,发甚黑,以红丝线一大绺作辫穗,艳乃绝伦。儿时私心好之,未敢言也。除夕,在秋凤家掷升官图,予屡负,秋凤则屡胜。予款尽,秋凤辄益之。秋凤母顾而乐之,谓其夫曰:两小无猜,将来应成眷属也。时于家人多,即戏谑拥予及秋凤作新人交拜式。予及秋凤,皆面红耳赤,苦挣得脱。明日,凤来予家贺岁,遇诸门,私而笑语予曰:昨夕之事,兄母知否?予笑曰:知之,且谓尔来我家亦甚佳。凤睨予,以右手一食指搔其面,笑跃而去。此事至今思之,觉儿童之爱,真而弥永,绝非成人后所能有。后六年,予复至镇,则凤已嫁人,绿叶成荫矣。予时已能为诗,不胜桃花人面之感,有惆怅诗三十绝记其事。

先君弃养早,予方十七岁耳,举母移灵归里后,予则只身负笈走江苏。唯两代游宦,皆不善积蓄,而叔伯辈,又挥霍过甚,以致家中资产,仅足供粥。予读书年须三四百金,窘无所出,客中初以卖文赚微资,藉供膏火,然所需者巨,所获者寡。越年,卒不支,则辍学归里,闭户不敢出。因乡人认读书必做官或赚钱,不做官而耗财者,谓之曰败子。予向不与人作无谓之争，况在乡愚，以是埋头牗下，将家中断简残篇，痛读一过。除夕执《离骚》一卷，就烛读之，案上陈村醪一壶，火炉一具，炉上架瓦罐，中煮肥鸡腊肉青菜糯米团之属，且饮且食且读，不知酒之重罄。解饱已，则启户走门外平畴上，向天长叹，热泪涔涔，掬之盈把。少年时不得读书，其悲如此；今笔头所入，可读书矣，而时与势，又不我许。嗟夫，天寒迟暮，岂独吾人有此感也哉！

（二）

予前岁为天津某报作一《万里山水云烟记》，中有杉关一节，今日言及旧事，犹可忆也。其文曰，芥子园画谱第四卷所绘山楼水阁、巨桥水磨，瓯闽间随处可得之。长桥大抵跨河搭桥，而通山中建屋，敞轩而观四面。桥下临闸，以围大数丈之木轮，置闸口中，水自上流下来，激轮展转如飞，浪花作旋风舞，甚为可观。儿时，随先严客新城县。县为闽赣交界处，距杉村约六十里。是处万山丛杂，林菁深密，驿路一线，曲折于山水间。将及关，两峰夹峡，下通鸟道，仅可并骑；出关俯瞰，势如建瓴，古人南征，以此为天险信矣。

二十年来，百事都如一梦，唯山色泉声，偶然闭目，犹在几榻间。瓯闽春早，尔时灯节方届，隔河古道，柳条已作盈盈之态。乡下沿山辟地为圃，满种荞麦油菜，柳下淡黄微紫，可指而辨之也。涉笔至此，有"莫向春风唱鹧鸪"之感矣。

（原载1929年3月3日、6日《上海画报》）

杂感

菩萨较佛如何？

按佛经上说：菩萨的神通，是没有佛的神通广大，程度也没有佛高。照这样说，菩萨的觉悟，当然及不上佛的觉悟的透彻了。可是证诸事实，却又不然。

现在泥菩萨对人说：从今以后，决不为人做傀儡。并且说：众生太苦了，国事太糟了，要诸魔王拿出良心来做事，好救众生，救国家。你听这话多么慈悲，可以说是泥菩萨凡心已灭，大大觉悟了！

可是这位断佛，虽然佛法无边，无声无臭，跑回天京，依旧凡心不死，还想卷土重来。叫佛子佛孙，四出运动，离间挑拨，使诸金刚，再斗法宝，自己好乘隙三上莲台。什么众生苦不苦，国事糟不糟，被利心塞住智慧，一概不知不觉，这真是佛头著粪，臭在顶上了。

菩萨都能觉悟，佛却没有觉悟的时候，真许众生命该遭劫吧！？

有猴儿自有紧箍儿咒

孙猴子身上有十万八千根毫毛，每根都要变出一个孙猴子，不谈别的什么，你单看这一样，他有多大的本领？

可是南海观音大士，小小一个紧箍儿咒，几句紧箍儿咒，就可以把这位十万八千零一个组成的一位大圣，指挥自如。可见得人的本事，哪怕会升天，只要有一件事受人的制伏，你就再没有法子了。

有一个遇物即触的电，就有一样瓷器来制伏它。有个孙猴儿天不怕，地不怕，就有一个紧箍儿咒制伏他。所以东西不怕厉害，只要能捉住他的命脉，不但无事，反而要为你所用呢。一物服一物，那是天生成，有猴儿自然会有紧箍儿咒呀。

女孩儿家恁响喉咙

无论什么会，若是在民众一方面的，没有女宾，那就很减色。这种到会的女宾，大概总是可以得人家信仰的，投起票来，不是举隅七八十票，就是十七八票。有时候有什么宣传，还要借重女会员呢。

女子的声音，比男子低些，这是生理天赋，无可如何的。但是物质文明，什么事也有办法，女子声音虽低，可以借重传音器。所以民众开会的时候，那传音器，女会员就有优先权啦。莺莺不是对红娘说：女孩儿恁响喉咙吗？设若莺莺小姐要哪次到一回会，就不以为红娘的喉咙大了。

但是这就浑沌沌天的女孩儿家说，若是女流名（此二字手民未排错），就不然了。不靠喉咙，靠编辑先生的笔啦。

还是两头大罢

现在夺印这件事情，不但是北京有，全国皆然的。先之以长拳短打，继之以飞文弄墨。甲说甲有理，乙说乙理对。相持不下，到底怎样办呢？甲有撑腰的，乙有保镖的。撑腰的固然不弱，保镖的也不好说话的啦！要不赶快想一个解决办法，全国的夺印问题，何日收拾呢！

唯一的办法，就是用两头儿大的法子。有人娶姨太太，可是姨太太不愿居姨太太的名，就把姨太太也叫作太太，因为原先有个太太，所以此刻有了两个太太全是一样大。这种办法，就叫作两头儿大。叫甲乙二人同时都做这个官，都管这颗印，两个人一般大小，没有什么分别。这么一来，两个人的目的都达到了，也就没有什么可闹的了！岂不妙哉？还有一层好处，两个人管一颗印，决不容易遗失。反正中国没有官制，加上一个人，不更保险吗？况且两人互相监督，贪赃枉法的事情，也可以没有了，岂不更妙哉。一举而数善具焉，办法之优良，实在没有第二个了！

家常便饭的民意

中华民国成立了十五年，不管当初是怎么样规定的，然而"这是民主国"的五个大字，总算是"分示中外，咸使闻知"的了！

如此看来，这个国家，应当以"民意"为归依了，实行那"民"字的能力！但实际上面，我也不必去说明，大概凡是睁着眼睛的都能明白。

"民意""民意"地嚷了这十五年，不管旁人，就说我自己，我到今日没有看见哪条，哪例，哪件事情，是服从"民意"的。可是伟人口中，政客口中，名流言词里，差不多都是十五年说过去说过来，毫不嫌腻烦的"民意"两个字！

说得也快，完得也快。我不敢大胆唐突伟人、政客、名流，说他们所谈的"民意"，等于一阵风。然而说声这是十五年的糟粕，想伟人、政客、名流，大概不能否认吧！

其实他们也不是不知道，但他们因为……的关系，所以张口也是"民意"，闭口也是"民意"，像家常便饭一般，张口就有。至于"民意"在哪儿露头儿,那只好慢慢地去找了。

群兽的大会议

  一座森林中的群兽,有一次娱悦它们的王(狮子)。它们很谨慎地设法不去通告狐狸,恐怕狐狸破坏它们大会的庄严,因为它是著名的兽类中的流氓,但这事终于瞒不住这位狡猾的狐狸。它走到狮子的王穴里,装出很忧伤很庄重的神色,说道:"陛下,我很难过!我今天乃不幸是来报告一件机密的奸谋的,你的属民,现在正在设计要想打倒你;它们要邀请你赴一个宴会,在宴乐的兴致最高的时候,谋害了你。它们知道我是你的卑下的仆人,是始终忠心于你的,所以它们很秘密地不让我参与这一次的会议。"狮子问道:"那么,我们将怎样地对待它们呢?"狐狸说道:"我请陛下承允了它们的邀请,到了那个时候,我当躲藏在它们不能见的邻近的地方,注意地监视它们,等到这班叛臣们假装着恭敬你走近你的身旁,想取你的生命时,我当立刻送一个记号给你。"狮子说道:"就这样办吧!"大会举行了,狮子赴宴,全体的兽类,都向它们的王致敬献媚。它们的兴致都极高,尊王啦,尊霸啦,有的得了一知半解的,同声唱着。当时,全身炫丽的孔雀在跳舞,声音清朗的杜鹃在唱歌,都正在酣密时,全森林中都反响着快乐的呼声。狼和土狼是狮王群臣中的领袖,这时,带了一个大花圈,走近狮子的身边,想把它戴在它的颈上;狮子低了头,承受这个贡品,就在这时候,躲在暗中的狐狸,低嚎了一声,这是它与狮子约好的暗号。立刻狮子跳了起来利爪拍在狼与土狼的身上,杀死了它们。别的野兽,突然遇到这个意外的变化,都惊骇地四散飞逃去了,狐狸暗中走了出来,帮助狮子,追赶群兽。大声叫道:"不要让叛臣们走了!不要让叛臣们走了!"群兽到了这时,才完全明白了狐狸的毒计。它们叹气道:

"唉！这全是恶狐做的事呀！我们以为我们避开了他，就可以平安了，哪里知道反而受祸更烈，而今而后，永不要以躲避恶人为得计！"

失恋只有一死吗？

十九日本报教育栏内，看见一则新闻：中央公园水榭有一学生因失恋投水而死。这么样的一个死，不免引起我几句话，或者许是多话罢？不管，先写下来再说。

我第一就以为一个人为了失恋而去死，这是一桩最不值最无能的事。我就以为人是活的，这个人不爱你，你就非他不成吗？你仍就再可去同别人交际，同别人由交际而恋爱，这也是在可能性之内的一桩事呵！难道就只有这么一个人，能够引起你的爱吗？这话，虽然太不情感，太不知道爱的味，可是细想一想，是对呢是不对，在理呢是不在理呢？而且，一个人失了恋就只有死的一条路吗？就没有别的了？非死不可，然而为这去死，死得冤呵！死得不值呵！尽可用再来的时光，去做自己的事业，去寻求自己的乐趣，有勇气，应当再去爱之园地内，去寻求自己的伴侣。本来，失恋的生活，自己如能理会，也是一个有趣的生活，悲之中有乐，乐之中有悲。自己应放开胸怀，来享自己的乐；自己应当放大眼光，来解自己的愁。而且恋爱本来就不是一次可告成的，这失恋也是情场中意料中事，何必如是而死耶？

在如今的社会状况之下，所谓恋爱，你有美貌，有钱，有势，嘴能说，这你才有跟他们或她们去讲恋爱的能力。虽然口说恋爱以情感为主，可是细看来，满不是这回子事，至少也有几分是的。如果凭钱凭貌凭势你都没有，看可有女子来爱你呢！你留心留心看看，一个女子遇见男子，在交际之初，一定先看你貌，后问你的财，如果你所答皆非如她之所愿，看她以后再会给你做朋友交际不会？反过来，男子何独不然？（请注意，世间上的事，自然不会完全一样，在这里自然也有例外的）如果你不是留学生，那么你的恋爱的能力至少要减去几分，如果你貌美财足，你的恋爱的能力便能替你加上几分。

几句小引

这又是偶然得到的一个特刊。稿子虽然篇数少一点儿，因为这是偶然集合的，当然不能像平常征稿一样，每篇多少，锱铢悉称。而且《明珠》出世以来，谈画的稿子，简直没有，而今先发一个特刊，也很值得纪念哩。

我想我们老是执批评的态度，也许太焦躁了，很愿从文艺上多谋一点贡献，调和调和。当我前几日大鼓吹旧诗，就是这个意思，而今更又谈到画，我的计划，也可说有成功之希望了。

民意和名义

前天看了雁声君的《家常便饭店的民意》说得固然很确，可惜雁君忘了《水浒》上的宋大哥了。金圣叹曾下批评说："凡口口声声，说忠说孝的人，其人必不忠不孝。"真一点都不错呀！

中华民国的政客伟人，也是如此，所好的是说道老实话而已。你若问他，是不是以"民意"为归依，他必满口地答应说：自然是"名义"。他们已痛痛快快地告诉我们了，通电上的错字，许是电报生的博雅吧？

"民意者，名义也。""以民意为归依者，名义也。"甚至于"中华民国者，亦名义也"。于此以外，那我们就更不多事饶舌，尽在不言中了。

不 要 紧

今天五卅周年纪念，偌大一个哀痛的国耻，而且是第一次，我们要怎样的去表示一番呢？我想必有人说：罢罢罢！国不是好爱的，三一八惨案，到如今还只两个半月啦。烦恼皆因强出头，省点事吧。我就奉劝诸位，不要紧。只要你老老实实死说爱国二字，不要溢出一点范围，那就行了。

我这话，不是没有凭据的。据电通社的记者谒见孙传芳时，孙说：学生爱国，是不能干涉的。但是有排外行为，就得禁止。我想全国各地方的当局，他的意思，都如此吧？那么，爱国是不会被禁止的，不要像五七纪念一样，沉默得太可怜啦。不要紧，爱国罢。接上叮嘱你们一句话，不要排外。

阳历毒月过去了

有人说：阴历五月，是中国一个毒月，早几年的政变，都是这个时候。其实阴历五月是毒月，阳历五月，未尝不是毒月，你数一数：五一，

（湘案），五四，五七，五九，最后还有个五卅，这不都是五月吗？最妙的，都是国耻，而且一与世，还来个有首有尾（虽然还有卅一，勉强也就首尾呼应了）。五月之国耻，洋洋乎大观哉？

好了，今天卅一，明天是六月一号，从此脱运交运了。我希望中国的国耻，就以此为限，不要再涨了。今年的五月，总算硬挣过去了，希望明年也是如此。诸位不要见笑，这是弱国国民无可奈何的思想呀。

"者"化教育

"不准党化教育"，我们的大政治家、大教育家，已不啻"三令五申"，言之再再了。自然，这应该奉之为"金科玉律"，"不得少违"。如果还有想实行"党化教育"者，只好"投畀豺狼"，或者"喂猪狗吃了"。

但是你要知道，"不准"者，有"党化"之名，非不准有党化之实。例如"者化教育"，即早为大政治家、大教育家所特许者，刻下，反对"党化教育"的朋友们，听说又要"者化教育"了。

何谓"者化教育"？因为他们是什么主义"者"，而非什么党。"避其名取其实"，妙哉其自为谋乎？

茶点了事！

究竟茶点是可吃可喝的东西，谁不爱呢？只要有茶点，什么事都可以了结。你不信吗？我请举例以证实之。

本月二日伦敦国际联盟鸦片咨议委员会开会时，我国代表朱兆莘，曾责英国以鸦片祸世界，英代表不服，大起争论。但你猜结果怎样呢？告你罢，并没有争出谁是谁非，经法代表端来茶点，塞着二国代表的口，这事便算了了。

你瞧，多么妙！茶点这东西，竟好像鲁仲连，可以排难解纷。在吾乡有对于婴孩们说的两句话，是："大事小事，乳头了事。"现在我们可以仿着说，"大事小事，茶点了事"了。

朋友们！快预备茶点吧！啊啊！

花子拾金不宜久演

是老看戏的人，他总看过花子拾金这一出戏。一个小丑，拿着一根竹棍，满台乱跑。一会儿唱生，一会儿唱旦，一会儿还要唱净。文武昆乱，一人包办。一人唱一台戏，你不能不佩服他是个有本事的人了。

可是有一层，这种戏，是滑稽戏一种，并不是叫座的正戏。而且要是名角串演，才可偶一为之。不然，就是哪天角儿支配不过来，对付这么一出。或者正戏误场，叫零碎垫这样一出。

总而言之，一人独演的花子拾金，卖力不讨好，是不宜常试的。而且这种戏要马前①才好，若是久了，一个小丑在台上跳来跳去，看的人有什么意味？那就不免要被北京人骂一句贫透了罢。再说不但演戏，政治舞台上，也是一样啊！

---

① 伍注："马前"，京剧界术语，意即提前，快些结束。

大家都为护腰运动我为林孔唐呼冤

因为梁启超白丢了一个腰子,大家群起而攻之的,就一致地攻击协和医院。而且因为这一点,更怀疑其他的医院。设若不是梁启超丢了腰子,协和医院天天有人丢脑袋,恐怕也没有人注意吧?

我这话不是无凭据的。你瞧,当梁贤人丢腰子之时,恰好是农大林孔唐君在协和医院为庸医所杀的日子。何以大记者们连篇累牍的地给活人护腰,不给死人鸣冤呢?就这一点,你可以看透社会人情了。唉!

廉 耻 道 丧

法律其道德之敌乎?道德之藩篱,几尽决破于法律矣。如礼义廉耻,为吾国人士奉为国之四维者,乃自法律创设权利之观念,以为贪鄙者之护符,而"廉耻道丧"矣。

从政者,素餐终年,而嚣嚣然争俸焉;从军者,櫜弓卒岁,而纷纷焉闹饷也;甚至都讲杏坛者,数月足迹不履乎学校,则亦揭保护神圣教育之帜,而争其苜蓿豆腐之所需。盖凡具双眼者,莫不注视于钱孔之内,凡有寸舌者,莫不喧哗于锱铢之争,清廉二字,尚存乎何人之心哉!

呜呼!"廉耻道丧",何事不可为?"杀人越货"者,固亦可曰:"吾为保吾之生存,故不能不争吾自存之权利也。提及他人,何暇计及焉?"然则吾人复何咎军阀与盗匪?

吾非老学究不识争夺之起端,受经济的影响,亦非不审法律之为用,有时足补道德之不及也。然私心以为廉耻二维之不张，究亦衰乱之一因。读者其信之，否也？

我主张有官荒

端午节又快到了。一班以官为业的人，到了这时，不免又要皱损眉头。算一算，米钱、煤钱、零碎账一切都来了。打听打听本机关什么日子发薪水，却一点消息没有。干脆，节过不成了。奈何？奈何？

在这种情形之下，我们都应该为做官的说几句公道话。什么枵腹从公啦，什么米珠薪桂啦，一派老话头，又可翻一翻版。但是仔细一想，中央闹欠薪，不是一年了。而且欠薪这种趋势正是每况愈下。做官明明看到是末路，而不远走高飞，非做官不可。其穷也不亦宜乎？做做官的人罢了，还有一班新进之徒，以得官为荣。所谓天堂有路你不走，地狱无门闯进来，那又怨谁呢？

中国人只要认识几个字，父诏兄勉，就要他做官。因之中国人读书，专为做官而来，一切没有进步。你想官穷到如此，他们还是不断地干，还怕什么穷。若是官更能有利无害，恐怕要全国皆官了。唯其如此，所以我主张官荒。

没有法办，就该滚蛋

节前某路员司索薪时，某局长说"暂时没办法"。一个姓赵的说：

"没有法办，就该滚蛋。"这虽然是一个人一时的气愤话，但很可作以目前热心做官者的"当头棒喝"。

按着"没有法办就该滚蛋"的定理，那么应该滚蛋的，正不只某局长一人。做内阁总理的没有办法，做总理的要滚蛋；做各部总长的没办法，做总长的他要滚蛋。推而至于这个长那个长，凡是没办法的就要滚蛋，那中国将成无长之国，而改为滚蛋世界之蛋局矣，是乌乎可？！

目前没有法办以后的办法，只有恋栈；而恋栈的方法最好是抹上两层臭胶，让他"蛋而不滚"，那么，庶几乎没有法办之后而又有办法了。

或者，熬臭胶膏药是最能赚钱的职业，而熬臭胶膏药的人是最有办法的吧？

谁 的 责 任

京师繁华，人烟稠密，公众卫生本是很重要的事；不然，污秽不除，随意堆掷，疫病必生，死亡必多，是何等的危险！近来暑气日盛，臭气易于蒸发，走到各街衢巷口，恶气逼人，虽欲掩鼻而过，亦不能逃出臭气恶味的包围，真是到处令人难堪！想使公众注意卫生，改换一种清新气味，是谁的责任？

各市商店，初也闭门歇业，继而零星开张，物价因之陡涨，直是骇人听闻，平日价值一元者，今竟定价至三四元之多，这样应该市利百倍，但是仍然畏首畏尾，吊胆提心，见一异装者赐顾，莫不若虎狼当前；窃想各种钞票，均有定值，或足价，或扣折，早有明文，而且禁止扰害商民的布告，贴满街壁，何以今有这等现象？商业不安，影响最深，欲使商民安心，照常营业，是谁的责任？

四郊难民，扶老携幼而来，衣服褴褛，面带饥色，苦无可诉，走无所归，虽有各慈善家及慈善团体，设法救济，然粥少僧多，无济于事；且是来者纷纷，源源不绝；又各省各地，无处不有，其困苦难堪，比四郊之民，有过之无不及，徒事救济，宁有豸乎？年非凶荒，难从何来？想根本弭难，使万民安居，是谁的责任？

军兴以来，土匪乘机而起，红枪会、黑枪会到处猖狂，虽会剿招抚，时有所闻，然而一处未平，一处又起，浩浩惨劫，无有已时！奸淫掳掠，民何以堪？人心好乱乎？官逼民反乎？欲彻底清剿，使匪无由起，是谁的责任？

战事不息，大局不定，时而倒总统，时倒内阁，政府无主，四境分据，财政穷竭，百务废弛，分崩离析，国不成国；中华之土，犹是昔日之土也，中华之民，犹是昔日之民也，岂常此扰乱，而至于灭亡乎？欲使战事平定，庶政重兴，救国救民，不至于为外人瓜分，是谁的责任？

关着门做买卖

做买卖定是开着门，这原是商家的原则，但是不能无例外，尤其是"反常国度"里的"反常时候"。所以关着门做买卖，这话并非不通，朋友们切莫齿冷！

你不信，请到……看去，米粮店里的伙计，正爬在窗户台上，伸出头来，做生意呢。他们为什么关着门不开，却费这么大的事？这个，我可不知道，你问他们去，他们也许说不出理由来。我想，不过是"反常国度"里的"反常时候"之"反常现象"罢了。

君 子 国

《镜花缘》中有所谓君子国,那一国的风俗习惯和现在的世界各国都相反。尤其关于钱这样东西,和我们的意见,立在反对的地位。

在这个世界里,借用外国人常说的一句话,"金钱、名誉、美人,是人人希求的东西"。但是君子国呢?就不然了。他们虽然不憎恶钱,但也不怎样爱钱。买东西的时候,总是卖货的人少要而买主多给。最后还要有个人出来,很费力地调停,交易才能成功。

最近北京也发现了一件事情,似乎和君子国的国情相仿。甲说:"乙要给我钱。"乙说:"我没要给他。"慢慢地商人的交易也改成这样,中国就快成了君子国了。

爱当夹板风味

新名词愈出愈多,就也愈出愈奇。这几年来,政治上发生纠纷的时候,往往有什么缓冲的题目发出来。什么缓冲内阁了,什么缓冲地点了,什么缓冲人物了,不一而足。

什么叫作缓冲呢?就是两个冲突之间,塞进一个第三者去。譬如甲和乙打架,叫丙站在甲乙的中间,于是甲打在丙身上,乙也打在丙身上,双方冲突不起来。两方因是白打,或者因此停了手,至于丙的吃苦,那是不必提了。

这样说来，当缓冲的人物，其大不受用，也就可知，偏偏有人要干，你说这是怪事不是怪事？这种人，发生一件事，先得吃甲方的苦，后又得吃乙方的苦，两方往中间一挤，事才可以办妥。照俗语说：这就叫夹板风味。古人说什么两姑之间难为妇，其实这种妇，要抢的还多着呢。不信，你往后瞧。

我只是图着什么来

金圣叹批《西厢》，对于拷红一则，极痛快淋漓之至。故于正文之前，作如不亦快哉之语，以为本文之陪笔。出头好事，与人做嫁者，读此文一遍，不能不浮一大白矣。

文中红娘曰，"只是我图着什么来"一语，金批曰："妙！妙！真有此事，真有此情，真有此理。大则立朝，小则治家，至临命时，回首自思，真成一哭耳。"吾读金批，渗渗汗下，只觉三万六千毫毛之孔，发出狂热如电。此语他正中我心窝，我哭不得，笑不得，恍然点头，默念曰：如是！如是！又岂但痛快而已哉？

作文不可乱改

吾人为文，贵偶遇而不贵苦求，贵自来而不贵力索。鸟啼花落，偶有所感，俯首微吟，妙文也。茶熟酒香，忽然拈得，振笔疾书，亦妙文也。若搜索枯肠，无中生有，愁眉苦眼，走入醋瓮，便得佳句，势不自然，生机垂尽矣。

吾人为新闻记者，秃毫在握，积稿盈前，手挥目送，文不加点。其或偶得一篇言之成理而琅琅可诵者，已属难能。至求一性灵之作，情文并茂，实不可得矣。故窗明几净之间，垂襟小坐，一获短句，即弥觉其宝贵。近常见人将偶成之文，事后努力雕琢，功夫过刻，面目全非，甚可惜也！昔袁子才作诗话，切劝人勿胡乱改诗，吾对人之作文，亦有此感焉。

保定好开封好武昌更好

报上说：有人劝吴子玉离开长辛店，驻节保定。他的理由是：长辛者，是长在辛苦之中的意思。吴若久居于此，总是辛苦的。这太有趣味了。若照此说法，保定当然不错，可以保守平定。不过定字虽有定于一的意思，还嫌不进取啦。

依我说：保定好，不如开封好，驻节那里可以开拓封疆；开封好，又不如武昌好，驻节武昌，武德就可以昌盛呀。

可是话说回来了，大丈夫不拘小节，以吴子玉崇奉关岳的人，你看他是什么胸襟？似乎风水的话都不必信，小小地名何嫌何疑。不然，段芝泉曾住在吉兆胡同，何以也有不吉兆的时候呢？所以长辛店不见得就长辛。我看《儿女英雄传》，那里面的长辛店，都是常新店，想原来的地名，必是如此，今日又何妨作如是观呢。

抱杨树兜洗澡

吾乡人有言：抱杨树兜洗澡。此盖指谨慎将事之人，不肯稍稍疏忽之谓。喻人在河中洗澡，手抱岸上之柳树根，决不能涉乎中流，而得游泳之乐也。

吾以为此语固可讽刺拘谨之流，然亦可以忠告放浪之辈。盖人而无游泳之能，果永抱杨树兜者，不过不能出色。若见他人乘风破浪，得意中流，则亦毫无顾忌，坦然临深，即不灭顶而逝，亦复追随能者之后，饱受其簸弄与蔑视而已。

昔之抱杨树兜洗澡者，不乏其人，今唯一杨增新耳，且亦地位使然也。

熬到长胡子就好了

《探亲家》的那一出戏里，乡下亲家母，对她女儿说：孩子你熬着罢。女儿说：熬到什么时候呀？她说：熬到你长胡子就好了。按世上没有娘儿们长胡子的，这分明那乡下姑娘没希望了。昨天在街上，碰见两人说话。一人说：什么时候发薪啦？一人说：熬到长胡子罢。他那句话，仿自乡下亲家母，似乎也是说没希望。可是说话的是爷儿们，爷儿们老了，一定会长胡子的。照他这样说，也不过日子长一点罢了，薪是有发的呢。

大家熬着罢，熬到长胡子就好了。

狗咬你，你也咬狗吗

我从前认为报复主义，是持平的。所以常常说：恶声至，必反之。其实错了。无论你来我往，一报一复，他的前途是无穷大，有些可怕。就是他要了你八两，你一定拿他半斤也是有范围的。因为人打你一下，你就打人一下，设若狗咬你一口，你也咬狗一口吗？所以报复主义就是可行，也是狭义的，不是广义的。

俗言说得好，君子不和牛斗力，象牙筷子不夹狗骨头，比这狭义的报复主义，还要进一步，却也是人生减少烦恼的一剂好药。若懂得这个，无价值的报复，应当如何，就不成问题了。

要钱做什么

我们家乡人有几句话：儿子好似我，要钱做什么？儿子坏似我，要钱做什么？我曾说：人要把这几句话不住地在嘴里咀嚼，一定可以少做许多孽。人生在世，无非是几十年的光阴，出将入相，是这几十年，手糊口吃，也是这几十年。若是在几十年内，死命积下过几百年日子的钱，全是替人家弄的，那是何苦？

所以人能够看破此层，做一天和尚撞一天钟，好，做一天钟撞一天和尚，也好。吴稚晖老丈，在读书人里面，负那样的盛名，常常穷得没饭吃。有人说：他一双眼睛，看到太阳系以外，看透地层以内，所以一身的衣食，毫不介意。其实据我看来，也正是他解得要钱做什么那个诀窍。不然，比吴老丈高明的尽有，何以一样恶衣恶食呢。

无话说逼出迎年诗

做新闻记者的人，随时随地，可以感到无聊。就是无聊，而且不许不办。譬如新年办特刊，这好像是戏场开台的加官一样。明知弄出来，不过陈陈相因，还是那一套。所以每到过年，人家问我办特刊否，我是十分地踌躇。办呢？不办呢？若说不办，看报的人，一定会说：嘿！新年一点儿点缀也没有。若是办，每逢年，每个报尾巴，都要说。境内有许多报，一个报，自然有一个尾巴，自从中国有报以一遍应时的话，岂不穷乎？所以我是愁着没有话说。

虽然，今年我们却感到不同之点，因为满街满巷挂的是青天白日旗，不是五色旗。在这个情形之下，抓着新旗，可以说几句话了，说话恐怕会累赘，抓几首歪诗罢。

关于两封怪信

关于两封怪信这件事，有许多读者来信讨论。于此，可见两性的问题，总是人极愿谈的一件事。

但是这种文字，非袒男即袒女，在我们记者的立场上，很容易惹起误会。尤其是女性一方面，恭维之不可，攻击之更不可。所以这种奇怪的事，除让她和他去厮杀外，实在用不着第三者给她和他出一把汗。

无论是哪一个青年，都有急于求恋爱的一个时代。不过女性因传统思想的关系，在这一点，总比较矜持些，男的恰好居于反面，总浪漫些。总而言之，过犹不及。在这过犹不及的中间，我们何必说什么呢？

又要马儿不吃草

安徽人有谚曰：又要俏，又要好，又要马儿不吃草。俏，便宜也。买马者之言如斯，其人可思矣，细拟其调，广而为之歌。

又要钞，又要俏，又要郎儿不会老。

人要小，脸要俏，又要娘儿不会吵。

得要早，缺要好，又要官儿不怕倒。

钱要饱，事要少，又要东家不开窍。

人要少，心要巧，又要伙计不胡调。

又要貌，又要钞，又要哥哥不怕跑。

又要讨，又要扫，又要百姓不怕扰。

吃要饱，穿要俏，又要事情不会掉。

随手写来，不觉其八，天下事果能如此乎？少写点罢。

旧年怀旧（一）

予虽幼读线装书，稍长则笃信科学，不知何者为鬼神与吉凶，而有一事，令予当时不能无凶兆之念者，其事至今犹在目前也。宣统三年，先君宦南昌。阴历元旦，例须上院。上院前，应举行出行。吾乡旧俗，子刻迎年拜祖，继则出行。出行为一年行动之始，未可忽也。时先君着补服冠戴已，令仆燃长爆竹，率予开门出行。予虽鄙此俗，以先君心慈，而家规则严，不得不从。既出门，例应向四方拱揖。先君向南方一揖，有声沙沙然，出于脚下。视之，胸前朝珠，断线落了满地矣。予色变，噤不能声。先君强于笑，执烛自为寻觅归而缀之。黎明，欣然乘肩舆上院去。予以为此岁先君必遭大变，数月不忘怀，然事后卒无恙，至年底始干一把汗也。

故乡菜圃中，有蜡梅一树，高过丈许，丛枝杂出，大则数围。每旧历岁除，即为黄金灿烂，奇香绕屋之时，辄于春酒后，徘徊其下，以消遣浅醉，十年久别此花，恐垂垂尽矣。

旧年怀旧（二）

舍下老屋数椽，仅堪蔽风雨，先人遗产，曾系三代之盛衰。后人虽有改建之力，以念先人，未敢易也。然屋后青山，蜿蜒遥抱；屋前平畴，一望无际，有足乐者。门外即草塘一所，环堤种古柏垂杨之属。更其右，有旷场，冬青一树，高入云霄，数里外即望之。年期既届，在满目阳春之下，与群儿戏冬青树下，以急线爆竹掷水中燃放，终日不倦。今十年未归，闻堤树多坏，冬青亦已倒却，弥增感慨也。

余今砚田自活，固为将门之子。先祖父上字开，下字甲，驻节江西广信府。衙中为三国周瑜行营，大可数里，大门内，东西两校场，一习箭，一习杂艺也。营中老卒，山羊一，小弓一，无镞之矢一，赠予为年礼。予于是挽弓矢，跨山羊，驰驱校场之上，俨然一小英雄。今则困顿词场，呻吟终岁，愧对先人矣。

旧年怀旧（三）

古人以月圆记岁，错乱时序，本为不可通之事。然积习千年，亦复安之。今之知识阶级，欲力矫此俗，遂主张不过旧年，以发其端。吾侪新闻记者，得宠锡指导社会之衔，遂不得不为前趋。今夕万家爆竹，围炉大嚼之时，吾人则方左剪刀而右浆糊，尽前趋之责任。或曰吾人为无冕之王。至今日，则此王之尊，虚席以待。必无揖让而升者，此可发一噱也。

北平为各省人士麇集之所，家异其俗。吾国各省，于古历二十四后，逐日皆有祀神祭祖者。因之连日以来，记者于银灯灿烂之下，把笔为文，如食药，则恒有爆竹破空而起，以扰吾文思，搁笔暇坐，百感交集，十年尘事，涌上心来。编报之暇，以笔头余沈记之，殊可念耳。

二十余年前，记者方在髫龄。以家庭由城避嚣乡，则从村先生治子曰之学。入冬以来，日日屈指放年学之期，苦不得到，期近矣，若干日前，即私与同砚约，将如何如何消遣。实则放学后，一无所成。人情大抵如此矣。

情　波（一）

有情人成眷属，诚然是一快。有情人不成眷属，也未必是不快。因为他和她已是情人了。人生有了情人，已是幸福哩。

三角恋爱，当然有一个人失败。然而难堪者就是失败的吗？

千金买笑，虽然是种豪举，究竟还是傻事。因为笑要钱买，不是真笑！真情之介绍，不是金钱，不是美貌，不是虚荣，是艺术，是性情，是品格。

情人往往为情人牺牲了他自己，他或她自己并不觉得痛苦。这种牺牲，是宇宙间无可抵抗的爱力。

有些人说：发乎情，止乎礼，情之正者。有些人说：礼近于虚伪，以礼制情，必流于伪。这话似乎是一个可研究的问题。

情　　波（二）

黄金为爱情之敌，权威为爱情之敌，礼教亦为爱情之敌。

诗三百篇，十九为男女爱慕之词，而孔子所订正也。于是知圣人不讳言情。

西洋之女子慕武士，中国之女子慕文人，或问孰佳。吾曰：武士之情直率，文士之情温柔。武士之情长于保护，文士之情长于体贴。见仁见智，未易遽作断语也。

中国女子之才，在吟诗作赋；西洋女子之才，在蹴球驰马，则各爱其所爱也亦宜。

有情人，爱其情人，固矣。然亦爱其友，亦爱其父母兄弟，亦爱春之花，秋之月。爱而能博，而其爱斯出于天然。

几句上场白(一)

我常对朋友说,人生有不虞之誉,有求全之毁,孺子成名,英雄落魄,都是这个道理。缩小来说,至于编一张日报的小玩意儿。也是如此。但是我认定了天职去做,毁誉之来,都不应该放在心上。

读书人过了二十五岁以后,总会感到肚子里的书太少。我立了三年的志向了,每日至少读中英文各半小时,始终办不到。固然是忙,实在也是感到无从下手。我想提出一个读书谈话会,在本珠发表,请读者把中英文读书的捷径(当然是各人心得之一部分)公布出来,大家研究研究。

谈恋爱的文字太多了,我写字台的抽屉里,恐怕存到三十卷以上。虽然有人说衣食住行性,是人生五大要素,何以单是趋重于最后这一点?我愿大家谈谈其余的四件,换一换本珠的口味,大家以为如何?

新诗,自然有它的本身价值。不过我知道这种稿件,赏玩者虽有,而看了摇脑袋的也多。本珠并不戴文学帽子,所以缺了,也不打紧。而像本珠一类的小玩意儿,多半是不敢请新诗翁光临的。本珠自然不能例外。

几句上场白(二)

我在外省某报上,看到他有几句标语。乃是:我们要增加读者的兴趣,所以要艺术化;我们要多数人了解,所以要民众化。这个标语,本珠是可以借用的。

任何报文艺栏，都有互相标榜和无味的攻击的文字。我们不敢说无。但是很愿改之呢。

我是学旧文学的人，词章是我乐于揭载的。不过寄来的稿子，我不敢像新诗那样冒昧登出去，必然要有考量的余地。

我们向来不捧角。但是伶人艺术本佳者，也不能硬说他坏。我们承认皮簧是一种民众化的艺术，决不用科学的眼光，来抹煞一切。

谈科学是容易令人睡觉的。然而有趣味的科学，也多得很，本珠乐于登载。

白费三副眼泪

从前汤卿谋说，人生当储蓄三副眼泪：一副哭天下事不可为，二副哭文章不遇识者，三副哭半生沦落不偶佳人。后代许多文人，都极力为汤先生去捧场，以为他的话，一点也不错。我觉得他们都是多此一举。尤其是第三副眼泪，来得不相干。

这个年头儿，人生第一件大事，就是人造雷神爷，打不打屋顶上经过？第二件大事，才轮到有没有饭吃？若是这两个问题，都平平安安地过去了，其余，就天塌下来了，自有高山去顶着，管得着吗？

什么天下事可为不可为？今天出了大门，明天能不能走出去，是谁也不能保这个险。而且就是不出大门，现在天上发现了下大蛋的怪鸟，掉下蛋来，能把你屋子砸个粉碎。自己住的屋子，还不定哪一天放花盒子哩，高谈什么天下事？再谈到文章不遇识者，那也是活该。这个年头儿，你若安守本分地干，最好是做点小事，啃啃窝窝头。坐在人家屋檐下，看那些吃白面的，天天闹减捐，乐得打哈哈，反正和我没事。再不然的话，你早就得想法子，到日本去进士官学校。将来毕业回来，那自然什么事也有办法了。你若是闹之乎者也，慢说十年窗下无人问，就用八倍起来，一直让你孙子曾孙子，将你送到山上埋了，你那眼泪，也许不干呢。至于第三副眼泪，倒是一般青年愿意洒的。其实呢，你身上没有子儿，你干哭个周年半载，恐怕那佳人还要骂你多事呢。

算了，算了，这三副眼泪，都是白费。

谈谈国产女明星的面孔

丁子明并不美，但是表情很好，演苦情的丫头和童养媳一流的角色，没有人能赛过她的。

杨耐梅是马脸也不美。可是目挑眉语，也是拿手杰作。

胡蝶很美，若是演一个聪明的女郎，一定很好，可惜她多演妓女化的少妇。

宣景琳并无可取，而且小老太婆四字，竟形容尽致。何以大导演家会把她在窑子里物色出来。

殷明珠是有名的外国面孔（Foreign Face），所以叫FF。若论时髦装束，还算。

张织云脸略圆，还有几分秀气，特写的时候，眼光可惜不流动。

王汉伦是鹅蛋脸，不能算不漂亮。但是她竟是天生的寡妇相。

林楚楚，眉目清秀，丰致差一点儿。

女明星胖得而尚有秀气的，要算贺蓉珠。要她做杨贵妃是很合适的了，不过她妹妹贺佩瑛比她美丽些。

李旦旦不是美丽，只是面庞上带着一片喜色。

韩宝珍名曰骚在骨子里，她那一副面孔，乍看倒是很老实的。

杂感

生 活 程 度

迩来物价腾贵，生计日蹙，自智识阶级，以及走卒贩夫，率皆嚣然以生活程度为口头禅。此事势使然，无足怪也。顾知其名而不知其义，则为害乃甚，爰就管见所及，略为解释如下：

生活程度者，乃我人对于日常衣食住，以及其他生活必需之质量。易言之，即我人养生送死之标准也。世界人类，因有贵贱贫富之分，故生活程度，亦有尊卑高下之别。谚云：富人一席酒，贫人半年粮。诚哉是言！盖富贵之家，食膏粱，衣锦绣，居必广厦，出必车马。而贫贱者茅屋布衣，食饭菜羹，终日勤动，仅能自给。其劳逸苦乐之不同如是，不可谓非天下至不平之事矣。虽然，生活之有阶级，不独中国为然，据美国最近之统计，生活程度，约分四级，最高者的安乐程度，一家五口，岁费二千二百金以上者属之；次为康宁程度，其家每岁之消费，约在一千四百金左右；最下为贫乏程度，其家岁费，至少亦须一千金，我国尚无。而生活程度，不及彼邦人士之高且难，可断言也。是以生活程度，本无一成不变之标准，乃视收入之丰啬，物价之贵贱，以及文化嗜欲之消长，为之转移者也。

生活程度之解释，既如上述，请略言其适当之标准。夫人类生活之适当与否，不在消费数量之多寡，而在能否启发个人之智德，及增进社会之生产力为判。彼纨绔子弟，丰衣美食，消费能力，无不胜人一筹，而游手好闲，不务正业，则虽富犹贫，虽贵犹贱，安得谓之适当生活？反之，则布帛菽粟，有守有为，进退绰然，俯仰无愧，生活虽简，奚足为病？世之贪得无厌，过犹不及者，其亦恍然有动于中而知所返乎？

七 个 字

书画琴棋诗酒花，当年件件不离他，而今七字皆更易，柴米油盐酱醋茶。这虽然是一首打油诗，读起来好像可发一笑，其实真能说这话的人，不是笑，是哭。

一个人正事不干，专弄些书画琴棋诗酒花，自然是世界上第一大废物。但是丢了这个，专弄些柴米油盐酱醋茶，这种人俗与不俗，姑且不问，生活岂不太枯燥吗？所以专干上七字的人，一变而来干下七字，那就精神和物质上，都会感到痛苦。而且这种人，中国社会上又最容易发现。

大概越有钱的人，教育子弟越不得法，能够养到孩子在上七字上面做工夫，也就觉得既风流，又文雅。可是这种人除了认识几个字而外，其余的本领，全不是混饭吃的材料。有一天靠山没有了，下七字全会发生问题。你就觉得一样未能免俗，却连俗都俗不过来，于是一天到晚，只好为这样忙了。

在读书为中状元而设的时代，固然五谷不分，乃是常事，就是现在读书的种子，为找职业而来，可是他们对于柴米油盐上所知道，决不如恋爱所知道的多。到了将来看到这二十八字的时候，恐怕也就浩然兴叹了。我不是要青年都丢了书本，去算伙食账。但是人来读书，正是为着下半辈子，柴米油盐酱醋茶那七字，所以这个日子，多少要知道一点。至于书画……以至于有熟书铺里"私相授受"，买来的新出版的"好书"，那都是调剂枯燥人生之一种。若不劳动而专门去调剂。总有一日，想调剂而不可得呢。

关于杨贵妃之故事

青年会顷演杨贵妃影片,颇能轰动一时。游兴偶动,不期为入幕之宾,观影归来,恍惚亦天宝后人矣。此两日间,读者必多念杨贵妃,戏摘录遗闻,以佐谈助,至少省读者翻书之劳也。

《容斋续笔》云:明皇兄弟五王至天宝初,已无存者,杨太真以三载方入宫,而元稹《连昌宫词》云:百官队仗避岐薛,杨氏诸姨车门风,笑之也。仆考唐史,申王以开元十二年薨,而杨妃以二十四年入宫,号太真,遂专房宠。是时申岐薛三王虽死,而宁邠二王尚存,是以张祐目击其事。系之乐章,有曰:日映宫城雾半开,太真帘卷畏人猜,黄幡绰指向西树,不信宁王回马来。又曰:虢国潜行韩国随,宜春小院映花枝,金舆远幸无人见,偷把邠王小管吹。盖纪其虢国窃邠王笛,而百斛明珠,乃诣妃子窃宁王笛。此说不同(《野客丛书》)。

落妃池按乐史《杨太真外传》云:贵妃小字玉环;琰,为蜀州司户。贵妃生于蜀,尝误堕池中,后人呼为"落妃池"。池在道江县前,今为唐氏居(《舆地纪胜》)。

零口镇新丰市道北一里,有马周庙,宿临潼县华清宫之西馆。宫后骊山,新丰古城,故骊戎国,故山以骊名。山间宫殿基址皆在。连理木在长生殿之上,莲花池发至山足为石渠,引泉入室,雕白石为莲,十窍以涌泉,号白莲池,即妃子浴所,次太子泉,次百官泉,虽蒙故号,仆隶今游之,独白莲尚浴士大夫西馆,即当时游幸梨园憩寓之地,明皇自临潼为复道,往来长安,按石刻尽见,今只有玉石像躯,立荒庙中(《西征道时记》)。

杨国忠因贵妃专宠,上赐以木芍药数棵,植于家。国忠以百宝装饰栏楣，虽帝宫之内，可及也（《天宝遗事》）。

江山情重美人轻
——为杨贵妃呼冤

万岁长呼蜀道东，鸾拳兵谏太匆匆。
将军手把黄金钺，不管三军管六宫。

到底君王负旧盟，江山情重美人轻。
玉环领略夫妻味，从此人间不再生。

袁子才为人，以情种自负。他作诗，向来有尊重女权的趋势。所以他对于古美人的吟咏，都十分忠厚。所谓若教褒妲逢尧舜，都是周南传里人。但是他前后过马嵬驿的六首七绝，却首首都好。我家里没有袁子才集，以上两首七绝，是我勉强记出来的。我觉得他的议论，很是公允。

说到唐明皇在寿王手里，将玉环夺来，本也就有伤忠厚，这姑且不说，然而杨玉环跟着明皇，却不曾有干政弄权的事，究竟不能和吕雉、武则天相比。杨国忠一死，她不过是个弱女子，有何置之死地之必要？陈元礼这一举，实在不对。回转头来，又该说到明皇。自始那样不顾一切，将玉环谋了过来，本就不应有所顾虑。况且七月七日长生殿那一番密誓，世世生生愿为夫妻。何以这一世的夫妻，都不能保全呢？

袁子才说唐明皇江山情重美人轻。起明皇于九泉，也就百喙莫辞，堂堂一个天子，不能庇护一个爱人，也就可耻。无怪乎人家说他，"三郎郎当，三郎郎当"了。由此，知道可以共生死的爱情，固然不容易，就是可以共患难的爱情，也就难得。"三郎郎当"，我觉得"此耻绵绵无绝期"了。

看了杨贵妃影片之后，偶然有这一点感想。就写之如右。

贫不必炫亦不必隐

人生偶然落魄，这是不足耻的事。汉代开国之杰的韩信曾受漂母一饭之恩。目前雄视欧洲的莫索里尼，他也曾张手向人讨过一片面包充饥。而且这样的事迹，后人或当时人，秉笔直书，正也不必稍为顾忌。因为这样，才可以把暂时落魄的人震起来，也可以叫成了事业的人，回想回想当年吃苦的滋味，不要为富贵薰染了向上之心。

我不是一个英雄，也没有成什么事业，我的历史，自然无足称述。设若我也得有万分之一成就的事业可言，那么，我有几件事，必得事先详详细细告诉人。（一）我曾身带一个铜元，孤身旅行陆路一百二十里。（二）我曾以十八个铜子，在上海过三天。（三）我曾在江北运鸡鸭船的舱里，睡在鸭屎当中，度过漫漫的长夜。（四）我在专门学校读书的时候，我的衣服，从没有给人洗过……好了，只说这些，说多了要落那时髦之人"贫的炫耀"之老套。我为什么说这话？我又有两种感想。其一，偶然受了一点经济恐慌的人，就喜欢向人告苦，急于得人去怜惜，而且为了得人怜惜的缘故，把事实隐起来，故意张大其词，表示他无可奈何。其二，就是有一些体面的人，决计不让人知道他有落魄的往事，设若他的出身微贱，连他所为的旧时职业，都不愿人谈到。人家谈到了，就以为是有意讥讽。这种人与那炫贫的，一样是胸襟窄小。我的意思是："贫不必炫，亦不必隐。"

有力才谈理

天下的公理，并不是公共的，是一种特殊阶级私有的。特殊阶级，共分三种。一是有权的特殊阶级，二是有力的特殊阶级，三是有钱的特殊阶级。

这权的阶级和力的阶级，表面上看来，好像是一件事。其实不然，譬如开到中国各地来的日本兵，他并不操着中国什么政权，他不过有力而已。因为他有了力量，他就为保护侨民起见，可以派兵到中国来。据他说：理由是极其充分。但是反过来一说，如若中国也派兵到日本去保护华侨，行不行呢？那当然是绝对不可以的了。为什么不可以？中国，不许你派兵，你一定要派，那么，派去就是送羊入虎口了。这可以证明力的阶级另有一种理了。

线装书上说的有：己所不欲，勿施于人。又说我不欲人之加诸我也，我亦毋加诸人。你我一般，这才算是公平之理。若是我骂你不许你回嘴，我打你不许你还手，我杀了你不许你流血。只能硬说是理，不能说生成有这种理。虽然，理是要硬说的。不硬说，总会有人驳你，或者不信任你。你若有力硬说，你觉得有理，那就有理，多么痛快呢？《水浒》上李逵说：我只是先打后商量。这是一种求痛快，讲硬理的。如今此理，在中国失传，传到日本去了。

杂感

怎样替我们的鼻子保险

国家并不是谁一个人的，大家不管，我们又何必管？就是管，靠着几个人演演说，发发传单，就能挽救回来吗？这位先生所说，真是聪明极了。爱国！爱国！大家乱嚷一阵子。其实于事一点无补。吃了饭，白费用许多精神，那是何苦？再退一步说，亡了国也不要紧，你看看朝鲜印度安南……许多许多亡国之民，可曾不吃饭？又可曾不穿衣服？亡国与我并没有什么影响，亡了就亡了吧，那要什么紧？我想持着这种论调，至多也不过让人骂一声凉血动物，鼻子是决计没有危险的了。若是认识几个外国人，又懂几句外国话，到亡国的那时候，善事新主，也许发一笔大财。朋友们，宜未雨之绸缪，毋临渴而掘井。快快地学日语罢。

有人说：学会了日语，不见得就没危险。譬知蔡公时，他就是曾说日本话的，何以也保不得了鼻子，而结果且至于死。这话也对。我想学了日本话，固可以格外恭维日本人，也可以格外痛骂日本人，那还不是明哲保身之策。最妙是赶快入日本籍，高唱大和之魂的歌。不但没危险，而且可以加铁腕于中国人，不亦抖哉！鼻子鼻子，不要急，我们有保护之法了。

只要有羊肉包饺子吃就得了

现在的中国人，大概分作两班做事。第一班，他们还是干。好像廊房头条的照相馆，什么名人的相片都有。什么人在北京的名声最大，他就会把什么人的相片，化成丈二法身，放大了挂在门口。有人说，照相馆掌柜是研究光学的，所以他们的眼光，善于转移。其实天下人都是这样，不过不像他们那样挂死幌子罢了。第二班，他们是抱着"看戏"主义，我没法加入你们班子里唱戏，我就不唱，白瞪着两眼，看你红脸的杀进，黑脸的杀出。

中国不亡则已，中国若亡，就亡在看戏的人身上，因为他们的目的，只是在自己搂钱。像北京城里，这一百三十万人民，至少有一百二十万，是抱着大树荫下好乘凉主义。今天有钱，买一口袋白面回来，砍上五斤羊肉，切上两个大葫芦，包上一千或八百角（读作饺）子，饱啖一顿。但愿今日如此，后日如此，再后日又如此，什么事也可不问。巡警今天晚上来说："你们家里，预备青天白日旗没有？"主人说："没有。""我告诉你，这旗子红的。上边一个犄角儿是青的，青的中间，一个白圈圈，白圈圈外，有一围尖角。今晚上得预备，明天就挂上，听见没有？""是，明天就挂上，这尖角儿要几个？"巡警一愣，走了。明天满城就飘着青天白日满地红的国旗。日光的光角，于是有八角的，有九角的，有二十四角的，有……这首善之区的良善百姓，他们对于国旗的了解是这样，还知道什么叫革命？可是八国联军进城的时候，那时不曾有巡警招呼，他们也会挂上顺民旗。

这样下去，只要有羊肉包角子，他们挂什么旗子都不必去了解，这是多么危险的事？

打 倒 窑 子

我并不想死后变成一块木牌，在大成殿两厅，分一块冷肉吃，而况且现在也此路不通。什么贤贤易色，什么万恶淫为首，那些字纸篓里的古董，都不必再掏出来。

我们要废娼，并不是又一摇三摆，替中国人争气，说什么四千年礼教之邦，不能有这种事。我觉得有了娼妓，一方面给社会加了一层消耗所。男女两界也都有莫大的不利。第一，女子拿身体公开换钱，这是女界一种耻辱。而且娼妓，除了极少数的人，换得吃喝穿而外，其余十之八九，都围困在穷愁二字里。其痛苦如下：（一）被龟鸨和债权人监视，行动不能自由。（二）不能嫁一个男子，得到家庭幸福。（三）生命不长。（四）断绝生育。（五）终身为社会所不齿。（六）身体不知康健卫生为何物。冬要挨冷，夏要挨热……我不必再开这种枉死城的阎王账了。总之……当妓女的人，她的身子不是自己的。而且不笑要笑，不哭要哭，心也不是自己的。这种人我们不去解放，谈解放的人就免开尊口了。

至于男子方面，传染恶疾，必是天下咸知。因为这一层在民间化的泗州调里，三岁孩子也知道了。所谓"叫你学好不学好，杨梅大疮长上了"。回头还有消磨时间，浪费金钱两点。或者大家也冬天喝凉水，点点在心头。所以十个嫖爷，九个是落得"懊悔"下场。有了娼妓，又颓丧多少男子的志气？

我敢断言，栽过跟斗的人，无论他在窑子里有多少情人，他必大悔从前走上浑蛋之路，赞成废娼。好在废娼的理由，以前经过许多废娼运动，有人说得很多，我也不必再费笔墨了。此外我友王无为，他从前曾大声疾呼运动废娼。有一段议论，可以介绍一下。下面就是：

现在有一些人以为留着娼妓，是有益于社会的。他以为社会上男女的情事，是永无解决的时候，不正当人欲的发挥，也是无法制止的事情，与其去了娼妓，使社会上发生强奸或白昼宣淫等等不好的现象，就不如牺牲一部分的女子，任男子发挥兽欲俾不至发生强奸或白昼宣淫等事情的好，其实这是不通已极的话。因为男女的性态，现在已经有许多人能够证明是受冲动而发生的多，自然的少，社会上如果没有娼妓，就有若干人感触不到这种冲动，只能减少强奸或白昼宣淫的情状，决不至于增加。关于这事,我有很显明的例,可以举出来,比如上海娼妓之多,总算是世界第一,假使有了娼妓,就不会发生强奸等事,那么上海的奸淫案件,当然要比各处都少才是,然而事实上上海的奸淫案件,是多是少呢?报纸上所记载的这类事,是多是少呢?或者说这是下流社会无智识的人太多,所以才有这现象,然而试问上海以外的各地,难道就没有无智识的阶级么?何以上海以外的各地,关于强奸等等案件,反而比娼妓制度最发达的上海减少呢?有这几个疑点,就可见保留娼妓的制度,只能制造罪恶,只能使风俗受恶影响。

恋爱上六个疑问

我自负是个老少年,不会谈恋爱问题。有人把这件事问我的意见如何,我就把我当年曾揭出的六个问题和他一谈。朋友听说,也有赞成的,也有反对的,却不一致,一直到如今,我不知道我的疑问,是否是疑问?那六个问题如何?且把他录在下面大家看看:

(一)恋爱大概要金钱。不然何以穷汉少得美妻?

(二)恋爱大概怕权力。不然,何以美人而愿嫁老吏?

(三)结婚大概是恋爱最后一幕。不然,何以已婚者不如未婚者之好?

(四)自由结婚仍有流弊。不然,何以新式夫妇离婚最易?

(五)恋爱由假可以变真。不然,何以旧式夫妇真有守贞节者?

(六)恋爱多因环境而易。不然,何以有始乱终弃及始离终合者?

诸君看了,以为怎样?从前也有人赞成我发表长篇议论的;也有反对我,写信来驳的。赞成我的,我当然不便拿出来自捧自。我现在可以把一位善继君驳我的信,录下来看看。

（一）请"水先生"从事实上观察，乡中的苦农人，没有妻的可以说不到十分之一，他们每到秋天替人家收获，到春冬两季农家没有事情的，就往京城地方当小工（北京土话）或拉洋车，养活他们的妻子，能说他们不是穷汉吗？然每当他们回到家里的时候，他们夫妇，是何等喜欢，何等亲爱？能说他们没有真美的妻吗？

（二）"水先生"说：恋爱怕权力，并且还拿美人愿嫁老吏这句话证明，试问美人因怕老吏的权力而恋爱，还可以说是恋爱吗？若给他"强奸"这个名词，是非常适当的吧？

（三）"结婚是恋爱的最后一幕"这句话未免太笼统了，可以说精神的恋爱不能永久吗？旧式夫妇爱情很深很浓厚的，可以说不是结婚才发生恋爱吗？

（四）"自由结婚仍有流弊"，"新式夫妻离婚最易"这两句，有点欠研究吧？我想凡离婚的人，大概都是不知自由的真意，不明白自由的手续。胸无主见，天性鲁莽的人，初遇不久，还未明了个性，就盲目拿自由结婚的名词来结婚，这岂不是错用自由结婚的真意吗？还能在他们这等人身上加这个好名吗？

（五）"水先生"的意思："恋爱由假可以变真"看了真是莫名其妙，再看下边的证明"旧式妇人有守贞节者"，旧式夫妇终身死不合的，她丈夫死后，因旧理教的关系而守节，能说这就是真的恋爱吗？而凡守节的就是恋爱吗？（水按）：此段善继君引的不是原文。贞节要从两性说。

（六）我想两个人若是真正恋爱，结成，就是使他们肉体分开，视线隔断，音信不通，他们的精神上还是一样亲切，永不会变更的。"水先生"你以为怎样？

他这样驳我的话，似乎不很恳切，我想经过情场的人，他必然有所感动，何妨抓住这六个疑问，来谈一谈呢？

瞧 灯 去

今年这个双十节，确乎异于寻常的双十节。因为宣统三年旧历八月十九，第一个双十，是革命军起义。今年这个双十，却是有了革命政府。革命虽然未成功，十七年来，总算一首一尾，告一段落了。

遇到这种机会，我们似乎可以叫声兄弟们，大家同喜。以后的事，反正是以后，且别管那本无字大书，好在现在总是向好的路上走，我们就喜一喜走路罢。在报纸上，我们没有什么特别的法子来庆贺，还是那个老套，说几句废话。不过这种废话，搬了十七年之久，究竟也有些腻人。虽然今年的双十，与以前大不相同，我们觉得果然要说起话来，还是祝多于庆。何以言之？你看看，这个国庆，要不是派那街上英雄，到大街小巷，各家去传话，叫市民悬旗挂灯，他们未必来管这件闲事。就是他悬旗挂灯，他依然所知道的，只是：警察来传话，今天是国庆纪念，悬旗挂灯。他要问其所以然，他也只好学着张康氏的口吻，自说鄙人坐在家中，喜从何来？何喜可贺？国民之情形如此，并革命关键的国庆，还莫名其妙，又何况其他。所以训练民众，这是千万要紧的事。虽然急惊风遇到了慢郎中，如今就是这位不相干的大夫，不能不等他了。所以我说，对此我们祝多于庆。

本来一国的政治状况，不是国民个个能知道。但是无论如何，国家举行国庆纪念，国民应该知道这就是国庆纪念。但是北平的民众，他的感想如何，请看下面："大姐妈，明天晚上咱们瞧灯去。""又不是元宵，瞧什么灯？""嘿！你真浑蛋，双十节都不知道。明天街上，满街都挂旗点灯真有个意思。""咱们店里也挂了吗？""巡警要挂，不挂哪成？""这是什么意思？一年只有端午节，中秋节，怎样又有一个节？""官家向来是这样办的，谁知道？明天公园都白逛，去罢。"这是我听来隔墙邻居的话。市民经过十六个双十节，还不知道双十节是什么东西，人民政治智识，如此薄弱，岂不可叹？这种地方，不应该迁都，还等些什么？咳！国庆举行过十六年了。遇到这样大的国庆，人民还只知道：白逛公园，瞧灯去。呜呼噫嘻！

北平的马路

我并不是羡慕伦敦和纽约城市的丰富，道路的清洁奇丽，以及其他美不可胜述的所在，他们如何壮观美丽的惊人！可惜我没有亲身到该地参观过！只不过看了几张关于他们的相片，读了几篇关于描写它们的英文罢了，于是便起了无限的钦羡和赞美！

除了伦敦和纽约以外，尚有许多名胜的城市如：巴黎，亦颇夙著；然我国亦有许多名胜的城市和繁盛的商埠如：上海、汉口……可是这些地方只可我们认为名胜的，假说与纽约比较一下，岂不犹霄壤之别？至于判断它们的好坏，恐怕亦非同日之语。

说了这些个，好像我重于外而轻于内似的，其实大大不然，仅就北平的马路而论，便可以知道我们是好是坏了。

各国使馆所在的东交民巷，其马路荡平坦途，久为平人称道之，然而以我们的马路，可以同它相比并称的，殆也寥寥无几！除了西长安街和王府井大街的马路能够与它相比，以外恐怕很少了！

北平最坏的马路，要当首推南北长街及后门内外的马路了，坎坷不平，石子凸出，人力车行其上，不亚乎跋涉山川，坐车者，几乎震裂屁股；拉车者，亦要脚掌起泡，过此马路，亦犹如渡难关也，因此之故，所以洋车常有行于便道者，阻碍行人往来，殊觉不便利极矣。

此外土马路更难以尽述，汽车一过，尘土飞扬满天，任你有锐利之眼，也恐怕要装一装瞎子先生！若遭了巨风，行人可就难过极了，沙土满面，呼吸不能，所以面上癣症和眼疾，微生物大多靠此风土为媒介；于是在此土马路上的商贸住民们，"卫生"二字就提不到讲求了！

我不希望不平的马路，能变成与东交民巷的马路恰恰相同，但希望能变成其二分之一；不希望土马路尘土一丝没有，但希望能够扫清一大半，就是了。

作诗与哭穷

"物以类聚"这句话，的确是至理名言，我自己是穷困得不得了！于是乎我的朋友就没有一个富有的。最可怪者，就是他们和我离开以后，十有八九是有点发展的，然则，我这个人，在朋友之中，说起来，也算个不祥之物了！

但是，穷是穷，困是困；可是，毫不抱悲观，绝不趋消极，终日里，不是欢笑一室，就是互相期许。假设谈话就是事实，那么，上至国府主席，下至一县县长，以及那文武百官，我们早就做遍了！

不知道因为什么事情，忽然谈起作诗问题，有人说："我们假设能作诗，将今年的生活的经过，心里的苦乐，活泼泼地写出来，一定有很好的作品。"于是同人之中，忽然发现了几个诗迷，我想，诗之为物，抒发自己的心情，是最好的工具；而感人之深，更是他物所不能及。学习学习，倒是不坏。并且"诗工于穷"，几成不易之定律，以我们的境遇来论，也是作诗的黄金时代。

然而，仔细一想，自己的命运不好，根本就不必对人家哭，明白话说，也就无须使他人知道，自己有福自己享，自己有罪自己受，自己死了，它们也没有消减，岂不清楚。何必把它写出来呢？若是把它写出来，千万也不要写好了！假设你写好了，一定有些好事的人传写传念，甚至于留下几个不肖的子孙，他还给你刻个版，这是多么讨人厌的事情。

固然，"君子疾没世而名不称焉"。但是以说穷哭穷，换点小名，也未免太可怜了！你作得好了，也不过是使那后世之人，知道你是穷小子一个而已。作得不好，不是与身俱没，就是挨后人些不良的批评，作好作歹，都没有多大的意思。

就照作好了说吧！后世之人，与我们固然没有交情，可也没有仇恨，你何必作出些穷诗来，使来世之人，境遇好的读了，添上个怕穷心理；与吾同遇读了，流一点同情之泪，有什么好处呢？

一切作诗的穷朋友，赶快算了吧！等到我们阔了的时节，把那些富贵的生活，安乐的心情，多多地描写描写，使人家读了以后，发生些快乐之感，岂不是件好事！

你们也许知道有两种好诗，一种是乐而不淫，一种是哀而不伤，以我看起来，还是头一种好些。况且往好处想，便往□□□□

百忙里写几句

近来实在是忙，每天总会写到五千字以上，所以我在本珠不大作小品。今天有点感想，要写出来，索性把一个星期的话，都带出来了，便拉杂写在下面。

人生为什么？更为什么忙？一刹那一刹那地过去，便把一生葬送，而我活时为着什么？我现在不知道，何况死后，这是一个奇异的问题。

夜雨青灯，茶冷香消，翻展旧日飘零的日记，是值得玩味的。可惜我一个字没有？

有个不相识的人，写信给我，说我是逸老。我的思想在文字上表现出来的，大概很腐化了。十年湖海，消沉至此，有髀肉复生之感了。

知己是可遇而不可求的。所以有二三十年的老友，始终不相投。而倾盖偶谈，恰是可以精神相通。我想这不能用事去证明，只好用个灵字来象征着。

未当新闻记者以前，想当记者。当了记者，怨当记者。人对于职业问题，大概都是如此。

谦是美德，而一方也是招侮之媒；直是美德，而一方也是招侮之由。这个不讲理的年头，只有虚夸狡诈，是名利之途的指南。

能弄手腕，不过是个狡猾的人；不受手腕，才是绝顶的聪明人。

□□

创造与不了解

十年前，我曾有一度画迷，可惜始终不曾去动手，至今只好看看罢了。

谈到看画，现在除了人体美之外，便是西洋画。艺术本来无国界，我们不能说中国画都不好，也不能说西洋画都好。可是现在新出的大作家，都是西洋派，而且不许说不好。你说到那画从来所未见过，他就说是创造的；你说看不出好处来，他就说你不了解艺术。于是他说好，大家也就跟在后面嚷一阵子好，究竟好不好呢，大家不但不能说，实在也不敢说。

有了创造的名词，然后画一橛黑炭，你不能说这不像东西。有了不了解的名词，他把鹿说成一只马，你不能说少了两只角。总而言之，艺术实在没有什么好坏，只要艺术家能自圆其说，那就得了。

杂感

你若是学了三天画，头发养得长长的，披到肩上；头上戴着阔边呢帽，微笑后仰；自然是穿上等西服，别忘了艺术家特别的记号，拴上黑领结子。于此，再能自圆其说，虽曰不是艺术家，人不信也。

霸 王 别 姬

在目前皮黄戏里，杨小楼梅兰芳合演的《霸王别姬》，总算是一出最能叫座的戏了。我为这出戏，也曾大破悭囊，费过十块大洋。这虽然还是做了两回二等看客，已觉是尽力而为，似乎不能不谈上两句。

这出戏的场子，比较还干净。只是前半剧太没有什么精彩，尤其是楚汉两方，各有一个四将起霸，未免烦腻。我以为不如把李左车诈降的一大节，为之减少，把十面埋伏阵一节扩大。最好把"汉兵围之数匝"的那一点，将暗场改为明场，然后才显得项羽的无可如何。至于因项羽受李左车之降，有虞子期虞姬的那段谏阻，无中生有，更嫌蛇足。又有人说，自虞姬自刎而后，项羽出走，及乌江赠头一段，可以删去，我以为不然。这出戏的主角，原是项羽。项羽的事，写得热烈一些有何不可。不过听这出戏，到了舞剑以后，便要开闸①，小楼要往下演，也是无法去演的了。

小楼在戏里饰项羽，身体魁梧，举止大方，的确有大将的风度。而且他演这出戏，是与梅兰芳合演，又必是义务或堂会，不能不卖力。他本以口白见长，在这出戏里，因为黑头，所以他的口白，略带净味。如定场诗汉占东来孤霸西句，便和平常唱武生不同。就全戏言，前半的喑呜叱咤，后半的悲壮慷慨，都好。尤其是告别一场，几回酒来的口白，都活是无可奈何。将酒杯一扔，所唱力拔山兮一歌，无论是谁也不能不叫好。最后持

---

① 伍附识：旧时北京，观众在剧场戏未完，而退场，称之"开闸"。

着虞姬的手,唱虞兮虞兮奈若何一句,何字颤动带悲泣之声,与上句可奈何三字一提高,恰是抑扬得法。虞姬舞罢,霸王哈哈大笑,而一面拭泪,写一个强为欢笑的英雄,真是可怜!

梅兰芳的虞姬,处处描摹一个温存体贴的女子。在告别一场,项羽再三地说失败,虞姬便再三地安慰。站在项羽身边,做出那种婉转依人的样子,令人回肠荡气。等到项羽唱完,舞剑承欢,起舞时的愁态,和收舞时的背身拭泪,都好。

将 毋 同

不知如何高兴,在《春明外史》里,写了一段三等妓院的事,有一些朋友,见着面就笑着问:你何以知道,也去过的?我对于这种质问,总是微笑而不答。因为现在混饭吃,除了做官而外,其余就不能完全蒙,多少要知道一点。在北京(恕用京字了,因为作书的时候,还是京)作小说,又描写北京的事,若是只凭蒙,恐怕找骂挨吧?

有些人说:总得到妓院里去看看,究竟里面是怎样的。要研究社会情形,以至妇女问题,当然可以正大光明的去。又有些人说:社会问题,与妇女问题,多得很哪,不到这里面走走,少研究一样,打什么紧?这两种话,似乎都有理由。照仁者见仁,智者见智的老例来解释,一方面是仁者,一方面是智者,统而言之,乃是君子。

"为政不在多言,顾力行如何耳。"一个人对付他的环境,也并不例外。你觉得为调查而入妓院,便为调查而去,于心无愧,用不着解释。而况这年头儿,以反对性欲书为顽固,何独怪于入妓院,这纵然不是"见一钩金而不见舆薪"至少也是"知二五不知一十"。反过来,若是以为娼妓无须乎研究,不算"一事不知,儒者之耻",那就不去得了,又何必沾沾自喜,高山滚鼓,声闻在外(非不通不通又不通也)。

有一班道学先生,表示鲁男子柳下惠坐怀不乱的态度,说什么"目中有妓,心中无妓"。这正如理学先生大书特书,"昨夜与老妻敦伦一次",一样言所不必言了。而且心中无妓,何以知道是妓?

且住,我们并不是评花,不要老向下谈妓了。这就该转笔到其他。有些人天天说:兵戈四起,民不聊生,国必自侮,而后人侮之,宜息争对外。又有些人说:我愿牺牲一切,救国救民,海枯石烂,此志不渝。又有些人说:我绝对不做官,我绝对不要钱。又有些人说:我忙得要命,连吃饭睡觉的工夫都没有。有些人说:我拥护一夫一妻制,实行纯洁的恋爱。……不能尽举了,我这里反问一句,为什么一定要告诉人?较之上面那一大堆妓话,古人有言曰:"将毋同?"我实在不敢骂人。因为接连几个朋友质问我,为什么不作一点有刺激性的,想了几天,始终不敢下笔。灯下偶然想到心中无妓四个字,便添头添尾,作了这样一篇不成东西的东西。若是学一学文学家"其词若有憾焉,其实乃深喜之"的口吻,"此文于若干分钟仓促写成,措词或有不妥,还望读者原谅"。倒也寓谦于吹。然而我总觉得"有干未便"。再会!

反孔子主义

少食,少兵,民不信之矣!

孔夫子说:足食,足兵,民信之矣。这便是他的治国安邦之道。而今看起来,简直不是那一回事。

第一是足食。你瞧,中国闹了这些年的灾荒,尤其是陕甘,几乎人吃人。然而今年的把戏,要算那里闹得最凶,不足食又何妨?扩大来说,中华民国的国民,也不因为陕甘闹荒痒了一痒。

第二是足兵，中国的兵，凭良心说，不能不说足了。这一分成绩，也用不着来说。

第三是民信之矣。这未免太开倒车。站在世界上看，不讲信义的莫如日本，而日本是那样强。这个年头儿，非用滑头主义，不能成功，要处处讲信用，非处处上当不可。

无怪孔夫子要打倒，他说的话，乃是愚骗民众的啊！

有纯阳的有纯阴的也有名阴而实阳的

我是一个拥护阳历年的人，因为他比较科学一点。现在阳历年有名实相符的趋向，我们自然可喜。然而回头看看旧历，他在东亚，还有相当的势力，究竟何日彻底废除，很难说啊！原来世界的历法，不下十几种，概括的说，分为三种：

（一）纯阳历，（二）纯阴历，（三）阴阳合历。现在除用阳历者外，用阴历（阴阳合历在内）并兼用阳历的，很是不少。所以中国旧历的势力，尚不可侮，现在分述于下：

（一）纯阳历这就是中国现在采用的了。每年三百六十五日又四分之一。地球绕太阳一周，就是一年。他的老祖，来自埃及与巴比伦，（原来肯定三百六十五日，少却四分之一，无闰日）后来罗马引了他，又加了四年闰一日，就成了所谓西历。现在欧美基督教国，十分之八九是用此。

（二）纯阴历这不是中国的阴历，乃是完全照着月亮算的。每年也是十二月，月亮圆一周，就算一个月，所以一年只有三百四十五日。奉行这个历法的，都是在赤道边下的回教国家，所以和地球公转赶不上，也觉察不出来。然而比世界上一般历法，一年少过二十天，十八年，就要少过一年。而且也不能拿到温带来用，因为赶不上四季的推运哩。

（三）阴阳合历就是中国的旧历和犹太历。每年十二月，也照月圆来算。但是三年两头闰，三年两不闰，加上闰月，去凑付地球的公转，实在还是把三百六十五日算一年。所以尚书说三百有六旬有六日了。他的力量，从前很大，除中国外，日本，朝鲜，安南，缅甸，暹罗，犹太和俄国一部分，都是如此。现在中国，日本，暹逻，都改用阳历，然而实际上，这三国的国民，因习惯不容易改除，还是大过其旧历年。

今天是元旦，我的天职上，应该作一篇有趣而应时的文章，但是我实在作不出。这只好对不住读者，把读过的旧书新书，统计一下子，公开地袭（不是抄）上一分，塞责一下。在一部分读者，（有研究的不算，故云）今天放假，无事谈天，谈到历法上，也可拿来做个引子，作为谈助，省得去翻书箱了。

信 口 开 河

昨天发稿子以后，因为有孤血先生的"复活与文字"及旅宾先生的"旧诗与我的兴趣"，我很想说几句话。既而一想，能省就省了，何必多说废话？今天呢，恰是少一段稿子，于是"我把往事今朝重提起"。

谈到"文章寿世"，我是有点和孤血先生感想不同的。我虽然现在天天发表文字，却只有两个目的，其一是混饭，其二是消遣。混饭是为职业而作文字，消遣是为兴趣而作文字。作完了以后，他能留着到什么时候，我决计不会去计较。孤血先生，爱用那句话："把虚名料理传身后"。我想这都是些书呆子干的事。人生长寿不过百年，要那传之千万年的虚名于我何用？我并不是抹煞那些留芳千古的圣贤豪杰，因为他的任务，是给人类谋幸福，和我们说废话不同。可是用哲学的眼光看起来，也无不同。不过他和我们打譬，恰是倒因为果，第一是消遣，第二才是混饭。所以有些朋友们抬举我，说我是小说家，我也不以为荣。有那名教授先生，说羞与《春明外史》和明珠一类的文字为伍，我也不以为辱。我只是混饭与消遣。消遣，人干涉不了的。只要人家不来砸我的饭碗我是顺来顺受，逆来也顺受。一天两足一伸不吃饭了，也就不必拿笔了。等我进了棺材，有人把明珠当金科玉律，我也捞不着一文好处。有人把《春明外史》换洋取灯，我也不皮上痒一痒。然则要文章寿世何用？

回头说到旧诗，我是十一二岁，就学这劳什子。我二十年来，除了为它废时失业而外，又是没有得一文好处。可是，我至今还爱它。遇到月明之夜，在月光下就哼哼唧唧，"今夜月明人尽望"，遇到春天花红柳绿，在东风下，又哼哼唧唧，"春城无处不飞花"了。我很赞成旅宾先生那句话，只是声调之美。不但新诗不如旧诗是这点，词的长调不如小令，诗的古体不如近体，都为了不能给予人一种随时吟咏的可能。作诗固然，就是一乐，读诗更是一乐，所以旧诗站得住，为了它有令人可念的长处啊！我自认是赶不上潮流的所以对诗舍新而言旧。旅宾却同情于我，可谓物以类集了。然而我很怕，怕从何来？怕只怕人家要对我们喊一声打倒呢。

到民间去

时彦有言曰：到民间去。吾人苟非生于富贵缙绅之家，当无不赞成此言。然反观倡此言之人，其思想行为，真能到民间去者，实百不得一二也。闲尝考其原因，其失有二。一则贩卖主义之人，盗名欺世，意别有属，而空雷无雨，类于玄谈。欲与是等人谋到民间去，所谓缘木求鱼也。一则好唱高调之人，纲举目列，非不成章，而小题大做，徒惊时俗。欲与是等人谋到民间去，则又所谓过犹不及也。总上二者，皆言出而无当于事。设始终由此路到民间去，则如海上三山，终身不至也可。故吾人言此，先问言者实行不实行，实行矣，切实不切实，若仅口头呼号，则亦等于群众运动中之打倒一切而已。

吾以为到民间去者，必先化为民间之一分子。然后施受无间，乃可进行。譬如与小儿对语，必俯其身，庶几声音笑貌，彼此蔼然可亲。更进一步言之，吾人若以药饵治小儿之疾，必杂以糖果而后与之。则小儿为糖果所诒，可忘其苦。若一味与药饵相逼，则小儿只知苦之当避，而不知病之须治，鲜有不号哭抗拒，出而哇之者矣。

尝见奔走社会事业之人，每扼腕而言，以为中国人暮气已深，不可救药。其实非旧社会不可救药，乃施救之人，未能对症开方耳。中医治痼疾，常先之以疏解，继之以驱逐，终之以调补，按步而行，虽不奏效，而无大反响。若言到民间去作事业，则此实妙法也。

洒 松 香 火

松香火所以表示失火或鬼神出显者也。然兹事亦大不易。洒松香火照例系由检场兼管，并须洒出种种花样，兹以忆及者列后，并附以说明。

满堂红（洒满堂红最难，所以示起火之处极多，如连营寨是。系围洒者之身绕一平面大圈，而火光不绝，昔老谭之检场人某颇娴此技，今也则无）。

钓鱼（即洒一抛物线，极为普通）。

双钓鱼（此种颇不易，钓鱼仅一手为之，双钓鱼则须双手同时并进，做两抛物线，力不平均，则一长一短，一高一矮，甚不雅观）。

月亮门（系一相立之圆圈，望之如一月亮门，故名）。

托塔（松香火自下抛上，然后又由上落下，上细下粗，如塔然）。

洒松香火在昔甚重视，且松香价亦廉，近则百物昂贵，后台因顾客仅重伶工之演奏，此种过节，可敷衍即敷衍，于是遂不为所重，而洒者亦不愿卖力讨好矣。

练习时系以沙士代松香，于庭院中习之。在台上洒出如不燃，则谓之（洒杂合面），以其徒有黄色粉末，而无火光也思之殊可哂。

又，松香火之制法，以普通之香碾碎，掺和若干之松香末，但二物之重量，非有经验不可，外行人不得知也。

替北京天文台吐一口气

天文学家的学说，是怎样的失败呀。去年说今年没有夏天，而今是有了夏了。今年又说，地球要与水星相撞，而今并没有撞上。这样看来，天文学家的话，是可信而不必深信的。本来一切科学，都没有像天文这一门难实验的，说了不能准，又何足怪呢？

于此，我们要转着说到北京的天文台了。天文台天气预测的报告，除了例外，总是不对。许多人从前都说北京的天文台，敷衍了事，或者说里面主持的人，就不懂天文，甚至乎怪到中国的科学不发达。现在睁眼看看，世界上的大天文家，他们的预告，又是怎样呢？

由此看来，世界上的天文家，都是没有准儿的了。这至少可以证明，世界上的天文台，不能胜于北京的天文台了。

（原载于1927年6月10日北京《世界晚报》）

向墓中去

　　人必有死。质言之，是向墓中去也。彭祖齐殇，谁非在此了结？始念之而悚然，终悟之而坦然。

　　此翁事事安排定，生冢营成旁杏花。虽然看得破，究竟多此一举。岂不闻刘伶荷锄曰："死便埋我。"

　　任有千年铁门限，终须一个土馒首。时有求生而速其死者，得毋哑然？

　　王侯蝼蚁，毕竟成尘。此是天地一片最公平之心。

　　江淹曰：蔓草萦骨，拱木敛魂。人生到此，天道宁论？然而小人寂焉，君子息焉。何憾之有？

　　君王忍把平陈业，换得雷塘数亩田。千古英雄当点首曰：原来如此！

　　赤手挽银河，君自大名垂宇宙；青山埋白骨，我来何处哭英雄？英雄有知，必曰：早知如此，悔不当初。

　　从无古井波能起，只有寒山骨可埋。来来来，都向墓中去者。

　　人生有酒须当醉，一滴何曾到九泉。来来来！五花马，千金裘，呼儿将出换美酒，与尔同销万古愁！

（原载于1927年5月2日北京《世界日报》）

咏　北　京

有人咏香港云：五百田横亡命客，三千管子女闾家。又咏上海云：烟花黑海二三月，灯火红楼十万家。都用数字，都用麻韵，殆以家字故，不得不如此乎？

北京首善之区也，以无风三尺土，有雨一街泥咏之，终为减色，我拟二诗，为一联曰：劫后楼台千古梦，望中尘土万人家。或曰：依然有土气息，且失之雅。予曰：然则四城狗苟蝇营客，一带钟鸣鼎食家。如何？某乃点首。

（原载于1927年9月4日北京《世界晚报》）

风都可以往北

先生问：风吹到屋子里来，是什么风？

学生答：自然是北风。

先生道：胡说！

学生道：风往北吹，不叫北风，倒要叫南风吗？真是奇闻了。

先生问：你是南边人，到了北京，怎么叫南边人呢？正因为你是从南而来呀！

学生道：这我倒明白了。风往北吹的，也可以叫东风西风，对不对呢？

先生道：不对！

学生道：怎么不对？山东人自东边来，到京还叫山东人。山西人自西方来，到京还叫山西人。山东山西的人，和南边一样，都能往北，东风西风，自然像南方一样，也可以往北了。

（原载于1927年10月29日北京《世界晚报》）

吉人自有天相

中国人俗套，称善人曰吉人。试看中医到了开绝望药方的时候，必要加上一句"吉人自有天相"的话，这吉人可以至贵也就是无疑的了。

可是我见许多人，穿衣要穿吉服，住房要拣吉屋，做事要拣吉日。论到做人，却没有几个愿做吉人的，怪乎不怪？

要照吉人自有天相一句，看来，现在并没什么吉人，天当然不相。民穷财尽，也是活该，咱们何必怨天怨地呢？

（原载于1927年12月21日北京《世界晚报》）

热中之不亦快哉（一）

圣叹外书，予向爱读之。其拷艳篇首之不亦快哉，尤觉隽永有味。因天气苦热，遂记其第一则云：夏七月，赤日行天，亦风，亦无云，前后庭赫然如烘炉，无一鸟敢来飞，汗出遍身，纵横盛渠，置饭于前，不可得吃，取簟欲卧地上，则地湿如膏，苍蝇又来缘颈附鼻，驱之不去。正莫可如何，忽然大黑，车轴疾树。澎湃之声，如数百万金鼓，檐溜浩于瀑布，身汗顿收。地燥如扫，苍蝇尽去，饭便得吃，不亦快哉！此言正是吾人日日所欲道者，不意先贤为我道之，因戏广其意。

执笔为文，汗出如浆，以肘覆案，如胶着漆。虽窗户尽开，头昏脑涨，不可言状。忽然天掀地动，声在树间，狂风入户，稿纸片片作蝴蝶飞。以身当户，毛发飘动，不亦快哉！

长午行役，前后十余里地无人家，浮尘着体，染汗成盐，气喘口渴，喉如火灼，尽力翻过一山口，忽遇大林，古木森森，上薄云汉。流泉一湾，绕林而去，亟在绿荫深处，脱衣卸履，跃入泉中，且饮且濯，不亦快哉！

(1928年7月17日)

热中之不亦快哉（二）

好友招宴，却之不可。衣冠而往，周旋揖让，拥挤一室。一箸未下，遍体尽湿。气闷难出，如坐蒸笼。忽主人下令，尽去外衣，而电扇电流亦通，四叶旋转，衣袂旋动。冰汤方进，瓜果杂陈。于是吃喝自如，谈笑风生，不亦快哉！

长日无事，挥扇劳。乃备钩饵，钓于绿荫池畔。不但已忘人事，且忘天热，夕阳西下，行吟而归，不亦快哉！

(1928年7月18日)

从 军 乐

唐太宗云：泥龙竹马，儿童之乐也；翠羽明珰，妇女之乐也。"故人各有其性情，即各有其所忧乐。必问何以可乐，正如诗人之咏燕语，说与旁人浑不解"矣。

吟诗，填词，猜谜，下棋，皆极费脑力之事。而好之者，愁眉苦脸，且反以搜索枯肠为最乐。以此告于局外人，局外人能不引为拂人之性，而不解所谓也。

枪林弹雨，血肉横飞，云愁雾惨，日月无光。人至其间，虽不必惊心动魄，然衡之君子远庖厨之例，当亦有不忍者。然天下固作壮语者，则曰从军乐。此亦可乐，则天下事又有孰不可乐者哉？

（原载于1928年2月22日北京《世界晚报》）

无 我 主 义

元次山结屋浯溪之上，有三吾焉。因水而浯之，则曰浯溪。因屋而吾之，则曰吾亭。因石而吾之，则曰峿台。盖取吾独有之义也。韵语阳秋，志而刺之，谓其不知庄独往独来之义。虽然，此事何必独责于次山？古之英雄豪杰，皆无不以其所得者为所有也。

孟子之梁，梁惠王问何利吾国？孟子闻之，只驳一利字，未尝驳一吾字也，国可吾有，何况于一溪？故进取之人，不能望其无我。无我主义之最精透者，厥唯释迦牟尼，其他东西圣人如孔子，如耶稣，如老聃，皆得其一枝一节而已。若不学如吾侪（此吾字暂代用，非所有之侪也）安敢言吾与"非吾"哉？

（原载于1928年5月3日北京《世界晚报》）

叶楚伧当当

现在注意党国新闻的人，大家谁都知道叶楚伧、邵力子是谁，我们若知道叶邵之所以有今日，就会知道什么叫作奋斗了。

在前十三四年的时候，叶邵同在上海办《民国日报》。因为完全替国民党宣传的缘故，见忌于政府，不得同情于社会，报纸不但无营业可言，而且不能出租界一步，所以报馆里的人，穷得一塌糊涂：往往报上了版，没有钱买纸来印，叶楚伧就拿了衣架上的衣服去当，决不停刊。而且一个不留神，巡捕房里，还要抓人罚款。这种风雨飘摇的日子，一直就过到民国十年以后为止。这实在值得国民党捧一捧的了。

如今呢，国里添了无数的《民国日报》，都是由于有叶邵的《民国日报》而起的。差不多是《民国日报》，跟着青白旗走。这样说来，人之当当，可不学叶楚伧乎？

（原载于1928年10月19日北平《世界晚报》）

认定几个字做去

人生在世，接事应物，朝夕万变。我们怎样去做一个人，怎样度此一生，这是个大问题，自然是头绪纷如，非三言两语所可尽。

其实要归功研究起来，总不过几个字。不信，我们举几个例子看看。两千年来，在中国有存亡关系的，莫过孔子之道了，而他孔氏门中，却只有忠恕两个字。又像做官，是中国人所最注意的事，可是做官的大道，也不过清慎勤三字。

由此说来，可以知道一个人要做一番事业，只要认定几个字为目标，极力做去，自然可以得到好结果。古人曾说，盖世功名，经不得一个矜字；弥天罪孽，经不得一个悔字，也是这个意思。人生做事之法何须多呢？能认定几个字做去，就可以了。

(原载于1929年12月9日北平《世界晚报》)

无法安贫　焉能知命

中国旧文人，常常谈个名教中自有乐地。这所谓乐地，就是陋巷，以箪食，瓢饮，曲肱而枕之等等。于是这乐地里，产生了一个八字哲学，乃是"君子安贫，达人知命"。其实，名教中人干的事，恰恰与这相反。孔子一车两马，周游列国，便是入世奋斗，苦求一生的人。颜回自然是最守贫最知命的人了，他在先生面前屡次表示，愿得小国而相之，以推行王道。又何尝以深居陋巷作为终身生活？

自十二岁作会了旧诗，便认识了一批自命风雅的斗方名士。后来在上海住法租界，大家穿一件破棉袍过冬。日无所事，在马路上大摇大摆走着。夜晚在亭子间里，哼出几首诗。次日亲送到《国民日报》去投稿，再溜一趟马路。"又得浮生半日闲"。肚子饿了，花三个铜板，在湖北老面馆里，吃上一碗洋村（此二字谐意不知对否？）面，不管有味无味，反正把五脏庙修整了。路遇同志，一点头，就走到一块。沿路大谈哪路革命军要发动，哪位革命党要北上刺袁，慷慨激昂，旁若无路旁之人，岂止王猛的扪虱而谈。一天过了，明天仍复如此。那件袍子却未能与人相见，不能维持原状，油渍与破洞的增多，装点得旅客生活，每况愈下。但也不介意，见了穿得整齐些的家乡人，怕他回家走漏消息，故意洋洋自得，昂头说，有钱难买名士派。同乡不知就里，以为我们天天骂北洋军阀，骂袁世凯，大有来头，也许真是不衫不履的名士。好在革命党的《国民日报》上，常登着我们的大作，证明了不是无聊之辈，我们那名士架，是足以自节的。虽然有时经过三四马路，路旁不正经的女人，会骂我们一声瘪三，却也犯而不较。这，又是遁逃数中自有乐地，深得安贫知命之道了。

钱这东西，最能戳穿西洋镜，有几位名士，不知哪里弄得一点钱，立即跑出法租界，另觅住所。唯一原因，是怕跑马路的布袍同志借钱，偶然遇到他们，有的穿了雪白的滩羊皮袍，有的也穿上了西装，时髦点，不问近视与否，架上一副那时风行一时的力克眼镜。因此，看这世界，也另成了一样，不骂北洋军阀，也不骂袁世凯。（后来总说，不是变了宗旨，怕骂就让布袍同志粘着了）点个头就分道扬镳。自然，《国民日报》上，不易见他们的大作。他们已不闹名士派了。

君子曰：于此，可以吾为人之道矣。眨眨眼就是二十年。小伙子们，全成了老头了。时事的变化，真是"树犹如此，人何以堪"？当年溜大马路的朋友，墓木已拱的也有，坐汽车的也有。偶然在都郡街看到一位，闹了一个"乍见翻疑梦，相悲各问年"。他穿了一件灰布棉大衣，散了一头半白头发风尘满面,颇有来自前方之象。问起来,可不是这样。他说:还要到前方去,此处非久留之地。我说,他老当益壮,他也自笑而存之。此后是常在街上遇到,他见我身上总是一件蓝布大褂,就笑着说:有钱难买名士派,我们又恢复住上海法租界的精神了。后来,有一个月不遇到他,我想,是上前线了。最后,还在重庆遇着,不过变了一个人,穿了一套薄呢短衣,外罩大衣,白头发也盖上了一顶细呢帽。手里拿了一根斯的克,在路上七搠八搠地移了脚下雪亮的皮鞋。我看他这副打扮,准是不上前线了,便笑问了一声:"听说你要到香港去,什么时候动身?"他答:"不,明天飞昆明。前面有个朋友等我呢,再谈再谈!"他追上前面去了,让我回想到当年在上海当瘪三,遇到穿绸衣的朋友那副神情。

"志士不亡在沟壑。"中年人喜欢回忆过去,也就拿了孟轲这句话,聊以解嘲。其实今日所见到的人与事,也就禁不住你不回忆。是否志士倒是不曾计较的。唯其能回忆,自己才能检讨自己一下。当年谈论革命,根本不要什么名士,于今抗战,哪里还有名士立足之地?回想到当年闹名士派,误人误己,则今日冒充安贫的君子,知命的达人,实在要不得,我以为苦闷就苦闷,无聊就无聊,干脆说出来,与身份毫无妨碍。不要学三家村学究的口吻,说什么"名教中自有乐地"。孔孟:"富而可求也,虽执鞭之士,吾亦为之。"别以为他是发牢骚,谁要在抗战社会里混了一年半载,他就会感到有发财之必要。做一件蓝布大褂,已非十张法币不办,便是颜回那甘居的陋巷,在重庆四郊,每间屋要月租三十元法币,房东大敲躲飞机者的竹杠,还要先交半年租金。不发财怎么混下去呢?

君子安贫达人知命?哪个孩子才相信这句话!

(1939年2月)

梦 中 得 诗

入冬，梦到一段游览的地方。那地方，四围是水，其平如镜。我虽是一个人游览，也不嫌孤独。所走的路，是湖里的古大堤，一条分作两条，像人的两条腿，撑着一具身子一样，我就在身子上走。至于那段风景，那是太好了。古陌前头，各有木桥，冲着大树，好风吹来，碎红乱落，满身都是舒爽的。我心里猜想说，这不要是西湖里白堤吧。就在这时，仿佛有人叫我，让我作一首诗纪念纪念。说着就先出了两个诗韵，就是八齐了。我说，试一试一试罢，于是我拈着齐韵，作成第一第二两句，等我要作第三句时，一翻身醒了。至于出诗韵的人，我始终没有看见，你说怪不怪。次日起来，白天无事，就念着诗韵，七零八落凑在下面。附带报告一句，讲对句的诗，不计好歹，还是病后第一次呢？

三四桥头寻陌齐，好风时卷柳梢西。

画图人渺香还在，桃李花狂路转迷。

一水如油三面去，对吾有树两边题。

苍天似作青年放，记起春光满白堤。

张伍附识：1949年5月，先父张讳恨水先生，晚饭后，给张二水，张全两位家兄补习英语，突然口齿不清，摇摇晃晃走向长沙发倒下，昏迷不醒。送往当时中央医院，诊断为脑溢血，经抢救，转危为安，住院月余，始出院，但留下后遗症，左手左腿行动不便，说话不连贯不清楚，记忆力大为减退。在母亲周南先生的调理和协助下，父亲以惊人毅力和顽强意志，向病魔作斗争，从牙牙学语开始，在母亲搀扶下，又蹒跚学步，继之开始练习书法，奇迹出现了！半年后，父亲已完全自理，行路虽不太灵便，但可以出门散步，独自访友，说话也可连贯清晰，与人交流也不成问题，而且书法已经恢复到原有的水平。医生看了，连称奇迹！奇迹！

一年后又练习写作，《梦中得句》一文，是他大病后的第一次发表之作，从此便一发不可收，从1954年至1963年，创作了《梁山伯与祝英台》《秋江》《白蛇传》《牛郎织女》《翠翠》《重起绿波》《魔镜记》《孔雀东南飞》《凤求凰》《记者外传》等十几部中、长篇小说及数百首诗、词和大量散文。因而《梦中得句》一文，非常有纪念意义，此次尚是初次结集出版。

（原载于1950年12月13日上海《新民报晚刊·晚会》）

我的一个戏迷儿子

"一马离了西凉界"，这个奇怪而又尖锐的喉音，在天色将亮而未亮的时候，由此屋子里穿过后院，由后院再穿过前院玻璃窗，直达到我的床上，一直把我惊醒了。这是第四个孩子每日天没亮时就叫嗓子的声音。这时，全家都在黑甜乡里，这一叫，有不扰乱的吗？我恨极了，只有叫他一个碰头好！一句好，不成，又叫一句，好吗！这算听见了，唱到花花世界那地方，突然停止了。

这个孩子光是靠父母管不好的，除非问先生可另有良法。正好逢着学校里开恳亲会，我就把我的孩子，喜欢唱戏，喜欢双簧，说了一套，请先生给他纠正。先生说：的确如此，并不是唱戏和双簧学校里就不要，老实说一句，唱戏双簧也离不开学校。可是要虽要，总不宜耽误正当功课。当你令郎下课的时候，我们曾解释给他听，他也表示诚恳接受。但他一离开我们，找到同学，或者他一个人，他又表演起连环套来了。同时论到考试，总是甲等，你有什么办法呢？我听了他先生这些话，也只有咳声叹气回家。

为这第四个孩子叹气，不是一年矣。当他初入小学一年级之时，进的是重庆南泉小学。老是看见他下学的时候，揪着一位同学一同走，我这位四令郎摘了一根树枝，向同学小娃横着一比，大声喝道：呔！你拦住大将军去路，意欲何为。你敢放马过来，大战一百回合吗？那孩子答应一声"要得"！于是也在路中端了一根树枝迎上去打起来了。这孩子傻到出恭也忘不了戏，找到山上一块空地，他正中一站，一拉裤子一蹲，口里还喊马来，右手拿马鞭的手一横。诸位这还像个出恭的样子吗？我决不撒谎，百分之百是真的。不过他那时候真小，不懂若干戏词，信口乱编一起。既蹲下了，乱编的戏词就来了，把手上那树枒一横道：叫你不要挡孤王的要路，你还是挡起来，杀！杀得兴起，猛地起身要换马，脚一抬，感觉没有穿裤子呢，请问，这样的孩子能够不管吗？由南泉到现在，半路上耽误一年，真正六个整年，他的戏迷，有加无已这是怎么办呢？

（原载于1951年3月9日上海《新民报晚刊·晚会》）